novum **pro**

Wolfgang Bader (Ed.)

novum #17

VOLUME 2

novum pro

© 2025 novum publishing gmbh
Rathausgasse 73, A-7311 Neckenmarkt
office@novumverlag.com

ISBN 978-3-7116-0701-0
Umschlagfoto:
Sara Winter | Dreamstime.com
Umschlaggestaltung, Layout & Satz:
novum Verlag
Innenabbildungen:
S. 26 © H.J: Noyman,
S. 32, 40, 51 © Kaffee Anna,
S. 152 © Roxi,
S. 166, 170, 171 © Spitzmüller Alfred,
S. 188 © Wiesinger Claudia,
S. 189, 190, 191 © Wolters-Sajn Gisela

Die von den Autoren zur Verfügung
gestellten Abbildungen wurden in der
bestmöglichen Qualität gedruckt.

Gedruckt in der Europäischen Union
auf umweltfreundlichem, chlor- und
säurefrei gebleichtem Papier.

www.novumverlag.com

Inhaltsverzeichnis

Barwig Alia

Das Yin und Yang der westlichen Welt ...

Über die sogenannte Gleichberechtigung wurde viel gesprochen, viel geschrieben, und vielerorts hängt sie der einen oder anderen auch zum Halse heraus. Verständlich. Haben wir doch das Gefühl, dass wir irgendwo falsch abgebogen sind und die Sache mit der Gleichberechtigung wohl doch nicht so wirklich funktionieren mag. Sollen wir daher wieder zurück zu den alten Klischees und back to the roots? Aber nicht doch! Wir kommen aus der Matrix der Geschlechtertrennung nämlich erst raus, wenn sich etwas in unserem *INNEN* verändert. Allein schon der Begriff „Gleichberechtigung" führt einen schon in die Irre, denn er suggeriert, dass wir alle die gleichen Rechte haben. So erklärt das zumindest der Duden: Gleichberechtigung = gleiches Recht. Was aber heißt das genau? Wir Frauen haben vordergründig das gleiche Recht wie Männer. Wir „dürfen" arbeiten gehen. Wir „dürfen" das gleiche Geld verdienen. Wir „dürfen" auch dann arbeiten gehen, wenn wir gerade Mutter geworden sind. Wir „dürfen" wählen gehen. Wir „dürfen" uns wehren, wenn uns der eigene Ehemann zum Sex zwingt. Wir „dürfen" mit einem Mann zusammenwohnen und Sex haben, selbst wenn wir nicht verheiratet sind. Super. Klingt auf dem Papier nach neugewonnener Freiheit, oder? Und all das stimmt: Diese Dinge waren vor 150 Jahren nicht selbstverständlich – mutige Frauen haben für diese Rechte gekämpft und Großartiges geleistet. Doch es ist Zeit, die theoretische Ebene der Gleichberechtigung zu verlassen und sie wirklich und ernsthaft zu praktizieren. Die Gleichberechtigung sollte nicht nur legitimiert sein, sondern gelebt werden! Und um diesen Prozess voranzutreiben und uns emotional zu befreien und wirklich unabhängig und frei zu werden, bedarf es der Mithilfe unseres eigenen Geschlechts. Die wahre Revolution kommt nun nämlich von uns selbst, liebe

Frauen! Eine sanfte Revolution steht in den Startlöchern, um den emotionalen Status quo der Gleichberechtigung neu zu entwickeln.

Doch bislang durchzieht diese Sicht- und Denkweise nach wie vor unser Sein. Geschlechterungleichheit fängt schon kurz nach der Geburt an. Schon als werdende Eltern werden wir in eine von der Gesellschaft etablierte Norm gepresst, unser Neugeborenes entweder als Junge oder als Mädchen zu behandeln. Das fängt schon bei den Klamotten im Babygeschäft an: Die Farben sind monoton – entweder gibt's Rosa für die Mädchen oder Blau für die Jungen. Das ist ein simples und doch tiefgreifendes Beispiel dafür, wie stereotyp wir schon von Geburt an in Rollen gedrängt werden. Ist für ein Mädchen die Farbe „blau" noch akzeptabel, so greift keine Mutter, die bei Sinnen ist, nach einem *rosa* Strampler für ihren Jungen! Selbst ich als durchaus emanzipierte Frau habe nach der Geburt meines Sohnes niemals nach einem rosafarbenen Ton gegriffen. Blau war die tonangebende Farbe, Rot und Gelb noch akzeptiert. Aber *rosa*? Ich bitte dich. Ich mache doch aus meinem Sohn keine Lachnummer. Kein verzärteltes Weichei. Kein – *Mädchen*! Und schwupps, schon ward die Emanzipation dahin. Sind mit „männlich" verbundenen Attributen, ausgedrückt in der Farbe Blau, die Mädels auf jeden Fall noch „cool, keck, frech", so sind die mit „weiblichen" Attributen belegten Kleidungsstücke dafür prädestiniert, aus dem kleinen männlichen Baby schlimmstenfalls einen verweichlichten Knaben zu machen! Schon als Kinder werden wir darauf getrimmt, dass das, was die Mädchen tragen, irgendwie nicht zum Bild vom großen, starken Jungen passt. Die sogenannten weiblichen Attribute, hier einfach nur symbolisiert in unterschiedlichen Farben, sind negativ assoziiert. Trägt ein Junge die Farbe Rosa, wird er nicht nur eine Lachnummer bei seinen Kumpels, sondern diese Farbe und ihre (vermeintlichen) weiblichen Qualitäten scheinen auch auf die holde Männlichkeit abzufärben. Weiter geht es mit der Einteilung in Geschlechterklischees zu Hause bei Mama und Papa, im Kindergarten, in der Schule. Jungs dürfen „laut" sein und Krach machen – zumindest wird das eher toleriert als wütende, laute Mädchen. Die haben, bitte schön, lieb, brav, nett und angepasst zu sein. Außerdem sollen sie bitte möglichst „hübsch" aussehen – am besten verpackt in ein rosafarbenes Kleid. Jungen wird in der Schule in naturwissenschaftlichen Fächern mehr zugetraut als Mädchen. Hat ein Mädchen eine unleserliche Handschrift, wird ihr beigebracht, ordentlich zu schreiben. Bei einem Jungen wird darüber eher hinweggesehen. Es gibt Hunderte Beispiele dieser Art, wie Jungen und Mädchen großgezogen werden. Doch auch das männliche Geschlecht hat es von Kindesbeinen an nicht leicht und wird in Stereotype gepresst. Darf ein Mädchen in der Schule in aller Öffentlichkeit weinen, so ist das ein absolutes No-Go als Junge. Tränen – Fehlanzeige. Er will doch nicht als „Mädchen" von seinen Freunden abgestempelt werden. In diesem Zusammenhang sind die vermeintlich negativen, da weiblichen Eigenschaften schon in der Schule ein Schimpfwort. Ein Junge kann „Mädchen" geschimpft werden und ist damit ein Softie, während es das Schimpfwort „Junge" unter Mädchen gar nicht gibt. Von Kindesbeinen an wird uns beigebracht, dass Mädchen, oder besser gesagt: weibliche Eigenschaften ablehnenswerter sind als die eines Jungen. Diese Unterscheidungen werden oft sehr subtil getroffen und ziehen sich wie ein durchsichtiges, aber hartnäckiges Spinnennetz durch den Alltag. Mädchen sind immer noch das *„andere Geschlecht"*, wie schon die Feministin Simone de Beauvoir in ihrem gleichnamigen Werk feststellte.

Doch auch Jungen haben unter dieser merkwürdigen Differenzierung von Kindesbeinen an zu leiden. Die Betonung des männlichen Prinzips, des Starken, der Vernunft, der Härte, lässt Männer den Zugang zu ihren Emotionen schon als kleiner Junge unterdrücken. Ein Junge weint nicht, schon gar nicht in aller Öffentlichkeit! Oder: *Ein Indianer kennt keinen Schmerz.* Das führt dazu, dass schon der kleine Junge seine Gefühle abschneidet, keinen Zugang zu seinem Herzen mehr hat und sich der erwachsene Mann in seine Arbeit flüchtet, da er nicht weiß, wie er sich zu Hause den emotionalen Bedürfnissen seiner Familie, besonders aber seiner Frau, stellen soll. Es ist kein Zufall, dass vermehrt Männer statistisch gesehen unter Herz-Kreislauf-Erkrankungen leiden. Sie haben bildlich gesprochen ein „verstopftes" Herz und keinen

Zugang mehr zu ihrer Herzenswahrheit. Über Männer und ihr gebrochenes Herz könnte man vermutlich ein komplettes Buch füllen. Doch das überlasse ich lieber anderen. Ich widme mich an dieser Stelle lieber dem weiblichen Prinzip. Obwohl das weibliche Prinzip ebenso wie das männliche Prinzip ein ganz natürlicher Bestandteil unseres Lebens ist, ist es durch gesellschaftlich-kulturell bedingte Annahmen, durch das jahrtausendealte Patriarchat, durch eine lange Geschichte und die dazugehörigen männlichen Perspektiven massiv in den Hintergrund gedrängt worden. Der emanzipatorische Befreiungskampf der Frau steckt im Vergleich dazu noch in den Kinderschuhen. Wir verhalten uns fast immer noch „geschlechterkonform" in einer Welt, in der Frauen (vordergründig) die gleichen Chancen und Rechte eingestanden werden wie Männern – doch niemand hat verstanden, wie sich eine Frau denn nun fühlen soll, verhalten oder handeln kann, um auf gleicher Ebene zu bestehen und akzeptiert zu werden. Also nahmen wir uns das erstbeste Vorbild, das sich in der Leistungsgesellschaft bestens auskannte und mit finanzieller Unabhängigkeit, politischen und persönlichen Rechten und der Arbeitswelt vertraut war. Wir dachten, wir werden einfach die besseren Männer! Wir tragen Hosen, da wir denken (und es vielfach gelebte Realität ist), mit einem Rock und Dekolleté nicht ernst genommen zu werden; wir arbeiten bis zur totalen Erschöpfung, weil wir fleißig und diszipliniert in der Arbeitswelt mithalten wollen (und ja, fast alle Frauen, die ich in meinem Arbeitsumfeld kenne, „strengen sich mehr an" als ihre männlichen Kollegen – sie setzen sich selbst unter Druck, weil sie nicht als unbelastbar oder schwach gelten wollen), wir bekommen Kinder, wissen aber nicht, wie wir Familie und Beruf genau vereinbaren sollen, weil wir uns ständig zerrissen fühlen zwischen unseren eigenen Bedürfnissen, Ansprüchen, und den Augen der Gesellschaft (und ja, die guckt genauestens hin, was und wie eine Frau lebt!). Der Burn-out hat mittlerweile nicht nur die Männer eingeholt, sondern macht sich immer mehr auch unter Frauen bemerkbar, die an ihren unterschiedlichen Rollen, die sie erfüllen wollen, sollen, müssen, kaputtgehen.

Das Gefährliche am Patriarchat ist nicht, dass Männer Frauen gewaltsam unterdrückt haben, die weibliche Geschichte negiert haben, Frauen an Stärke und Kraft überlegen sind und sich Gesetze überlegt haben, um die Frau gefügig zu machen. Die wahre Gefahr des Patriarchates ist die subtile manipulative Kraft, die sich in unserer globalen Kultur implementiert hat: Wir Frauen sind mittlerweile so konditioniert, dass wir uns unbewusst selbst als minderwertige Wesen betrachten, die sich entweder abrackern, um neben einem Mann zu bestehen, oder sich übermäßig anpassen an die Bedürfnisse der anderen, um nicht „unangenehm aufzufallen". Wir leben dadurch an uns selbst vorbei und werden unglücklich. Im Gegenzug tendieren wir dann auch gern dazu, „dem bösen Mann" die Schuld in die Schuhe zu schieben und vergessen darüber, dass wir durchaus selbst wirksam sein könnten. Solange dieser *circulus vitiosus*, diese Abwärtsspirale im Denken herrscht, wird unser großartiges Geschlecht nicht vollkommen frei sein.

Wir Frauen sind Gefangene einer Lüge geworden, die sich tief in unsere Seele eingegraben hat. Wir sind gefesselt worden von einer Gesellschaft, die auf uns herabgeschaut hat, bis wir uns selbst mit diesen Augen betrachtet haben.

Es ist an der Zeit, die Fesseln zu sprengen. Die Welt braucht uns Frauen. Frauen, die das weibliche Prinzip wieder in sich zur Entfaltung bringen, um der Welt zu dienen und um Wachstum, Zartheit, Verspieltheit und Freude auf diesen Planeten zu bringen.

BIOGRAFIE

Alia Barwig arbeitet als Coach und Trainer in Berlin und online. Sie gibt Workshops, Seminare und 1:1-Coachings. Ihre Zielgruppe sind – ganz klar – in erster Linie Frauen, die sich in ihre eigene, weibliche, authentische Stärke entwickeln dürfen – in ihr „Weibliches Prinzip". Dieser Text ist ein Auszug aus ihrem Buch „The Feminine Superpower", das 2025 erscheinen wird.

42 Tage Sonne

Jetzt mach ich es schon wieder. – Alles in diesen Erwachsenen-Scheiß einzuteilen. Finanzen. Status. Gut und Böse aus gesellschaftlicher Sicht. Dabei hatte mir doch Celine so ein schönes Beispiel gegeben. Wie sie mich mit ihren kindchenschematisch, viel zu großen Augen angesehen hat und wollte, dass auch ich das sehe, was sie gerade sieht, indem sie: „kuck", sagte.

Gut, sie ist erst 2½ Jahre. Sie versteht noch nichts von Beziehungskrisen, Wirtschaftskrisen, der Flüchtlingskrise, Umweltkrise und den anderen vielen Krisen.

Mit ihr nehme ich einfach ein Blatt aus der Wiese und streiche über ihr Oberärmchen, und sie ist fasziniert. Von dem Gefühl des Angenehmen, das sie gerade erfährt. Sie lernt, was man mit einem Blatt machen kann. Und auf die Frage, ob ich den Vorgang wiederholen soll, nickt sie mit einem kurzen, prägnanten Ja.

Sie streckt mir ihr Ärmchen entgegen und wartet.

Ich muss unweigerlich lachen.

Wir Erwachsenen rechen die Blätter zusammen ohne Muße oder Gedanken, was ein Blatt bedeutet. Ein Blätterhaufen für einen Igel bedeutet.

Vielleicht bin ich viel zu romantisch durch die Zeit mit einem Kleinkind. Aber es ist auch die Erinnerung an MEIN Kind-Ich. Mit bunten Träumen und den Idealen einer guten Welt. Da, wo auch ich noch nichts davon ahnte, was Menschen anderen Menschen durch Worte und Taten oder Gleichgültigkeit antun können.

Zu Gleichgültigkeit fällt mir der Satz ein: töten oder sterben lassen, beides läuft auf dasselbe hinaus.

Mir wird kalt. Es ist diese innere Kälte, der man auch mit einer Wärmflasche nicht beikommen kann.

Ich weiß leider um die Inflation, und dass mein Leben trotz Nöten noch hundertfach komfortabler ist als das von den meisten Menschen in Indien oder anderswo.

Ich höre von Krieg. Doch er betrifft mich nicht. Und ich sehe, wie die Leute zwanglos weiterhasten, zu Terminen. Und wie sie sorglos shoppen, während ein Ort zerbombt wird und Menschen gerade alles verlieren. Während Menschen geliebte Menschen vor ihren Augen verlieren, sterben sehen. Indem dieser Verlust eine nie zu schließende Lücke in ihrem Herzen hinterlässt. Vielleicht füllen auch wir unsere Kästen deswegen, denke ich. Weil unsere Herzen in Wahrheit gefüllt werden wollen. Von echten und innigen Umarmungen. Das herzhafte Essen mit Lieblingsmenschen.

Oder einem Tag mit einer 2½-Jährigen.

Ich lasse ein kleines Mädchen, das ich gerade erst kennengelernt habe, von meinem Teller mitessen. Ich denke daran, wie oft mich der Mut verließ, Nachbarn einzuladen, wenn ich wieder mehr gekocht hatte, als mein Magen fassen kann.

Warum ist es mit diesem Kind so viel einfacher als mit uns Erwachsenen? Die durch Erfahrung allerlei Arglist hinter Freundlichkeit erwarten?

Ich könnte weinen.

Manchmal frustriert es mich, wenn meine guten Absichten so missgedeutet werden. Weil die Welt schon so tief gesunken ist.

Weil die Ungerechtigkeit Menschen dazu verleitet, ihr eigenes Verständnis von Recht in die eigene Hand zu nehmen.

Celine vertraut mir. Sie kuschelt sich an mich. Ich frage mich, wann sie wohl das erste Mal richtig enttäuscht wird, sodass es die Farbe ihres Wesens verändert. Ich weiß, das sind negative Gedanken, aber leider auch sehr realistische.

Ein Geistesblitz entführt mich zu dem Lärm der Großstadt. Eigentlich nichts Spektakuläres, wenn man bedenkt, dass so viele Menschen auf einem Haufen zusammen, getrennt leben.

Aber hinter jedem Weinen eines Kindes im Hof und jeder heulenden Sirene von Einsatzkräften wie Rettung, Polizei oder Feuerwehr stecken Biografien. – Leben!

Jeder Mensch bewegt sich in einem Wirkungsradius. Familie. Schule. Arbeit. Supermarkt.

Wir begegnen einander und tun es doch nicht. Keiner weiß vom anderen. Kennt seine Träume. Wir verlieren uns, während wir lieber Kontakt zu einer Person aufnehmen, die Kilometer oder Kontinente weit entfernt ist.

Zeit, die wir im Netz eines Konstruktes verbringen, wo wir glauben, sein zu können, wer wir wollen, und Freiheiten auszuleben, die uns das reale Leben zu verwehren scheint.

Celine dagegen erfreut sich gerade an den Fotos von Tieren und meinen Zeichnungen.

Sie erkennt die Tiere, die ich zeichne, und benennt sie sogleich. Ich staune über ihr Wissen.

Wieviel Neues habe ich mir in den vergangenen 2½ Jahren angeeignet?

Ich seufze.

Celine legt anteilnehmend ihr Händchen auf meines und fordert mich auf, weiter zu zeichnen. Sie möchte mehr Fotos von Tieren ansehen.

Mehr Wissen in sich aufnehmen.

Das mit dem Wissen ist auch so eine Sache. Ich dachte mir schon oft, ich hätte lieber nichts über so manche Systeme gewusst und dass man nur der Spur des Geldes folgen muss, auf dessen Weg sich Leichen türmen. Von verantwortungsloser Gier und der brutalen Wahrheit, wieviel Menschen für Geld bereit sind zu vergessen. Vergessen, die Würde eines anderen und des Planeten zu wahren.

Und dann wundert man sich, tut überrascht, dass die Natur gewaltig und wütend über den Raubbau zurückschlägt.

Wir ignorieren geistige Gesetze und wundern uns über die Konsequenz, die wir daraus erhalten.

Wenn Celine etwas nicht kennt, zeigt sie darauf und erwartet eine Antwort.

Antworten hätte ich auch gerne.

Auf so viele Fragen!

Wir sitzen im Garten.

Celine hat ein Planschbecken dort. Es ist ein sehr heißer Tag. Sie weiß nichts von Hitzewellen und Jahrhundertunwetter.

Für sie zählt das Hier und Jetzt und meine Aufmerksamkeit.

Irgendwie kommt mir auch das makroskopisch Ganze wie dieser mikrokosmische Ort vor.

Wir Menschen, trotz technischer Höchstleistungen und wissenschaftlicher Errungenschaften, stehen vor Grenzen des Endlichen.

„Selbst der Schnelle erreicht oft nicht als Gewinner das Ziel, weil Zeit und Unvorhergesehenes uns alle trifft".

Celine denkt, ich wüsste alles, weil ich mehr weiß als ihr junges Leben bisher.

Oh, wenn sie wüsste, von den Galaxien der Unwissenheit, in denen ich mich oft bewege und sehe, dass auch mein Umfeld an falsch getroffenen Entscheidungen schwer trägt.

Celine kümmert es nicht.

Sie zieht mich zu ihr ins Wasser.

Ich halte ein und erkläre, dass ich zuvor noch meine Sandalen ausziehen muss.

Sie beobachtet genauestens, dass ich mein Versprechen auch wirklich gleich erfülle.

Ihre instinktive Schlauheit gefällt mir. Wie oft vertröstet man und verspricht Dinge, obwohl man nie die Absicht hat, sie einzuhalten.

Ich lächle sie an.

Sie ist zufrieden mit mir, weil sie mir nun ihre Schätze zeigen kann. Eine Playmobilfigur. Ich merke bald, dass so ziemlich alles Maskulin wirkende bei ihr Papa genannt wird.

Ich korrigiere sie nicht.

Papa, auch so eine Figur, die in so vielen Familien fehlt. Selbst wenn physisch vorhanden, fehlt er. Ich glaube sogar, diese Vater-Mutter-Kind-Spiele meiner Kindheit sind total fremd für die heutigen Kinder.

Etwas Schalkhaftes überfällt meinen Geist ins Zynische und sagt, heute spielen sie schon Mutter-Mutter-Kind.

Kurz finde ich es amüsant, wie sehr Menschen die Zeiten geändert haben.

Davon lass ich mir nichts anmerken, lasse mich auf das Spielen mit Celine ein und denke mir auch so manchen Spaß aus.

Gleichzeitig hoffe ich, dass Celine nie mit derart Spaß konfrontiert wird, welcher abartig dafür gehalten wird.

Für einen Moment wünschte ich, dass ich dieses kleine Wesen vor allem Schaden und Leid bewahren könnte.

Doch ich vertraue darauf, dass sie stark wird und alles nehmen kann, was ihr Leben bewegen wird, und sogar durch Härten umso stärker wird.

Merklich wurde Celine gereizter, was für mich ein Anzeichen war, dass sie einen Mittagsschlaf benötigt.

Wir machten es uns deshalb auf der ausgebreiteten Picknickdecke gemütlich.

Ob eine Kinderseele wohl schon von verpassten Gelegenheiten oder Versäumnissen gequält wird?

Vermutlich träumt sie von ihrer Lieblingszeichentrickserie.

Schön, noch keine Gedanken an richtige Mülltrennung, Artenschutz, Killerviren, Altersvorsorge, Lebenserhaltungskosten oder Arbeitslosigkeit zu haben.

Ihre Äuglein geschlossen und von langen Wimpern verriegelt, genießt sie wohl erstmals den süßen Schlaf und die Ruhe der Gartenanlage.

Könnte ich es nur für sie und mich einfangen, ich täte es!

Es ist köstlich, diese Art Nichtstun geschenkt zu bekommen und gerade mal keiner Anspannung oder Furcht ausgesetzt zu sein.

Inmitten des Schlafes verzieht die kleine Celine ihr Gesicht.

Ein weinerliches Aufraunen ihrerseits lässt erahnen, dass sie gerade etwas Schlechtes träumt.

Was sich in ihrem Traumfänger wohl verheddert hat?

Als sie etwas später aus der Mittagsruhe erwacht, lerne ich ihren Schrecken etwas besser kennen. Jedes Mal, als ein Flugzeug über uns zu hören war, kam Celine schutzsuchend zu mir gelaufen.

Zu gerne hätte ich erfahren, warum sie sich so vor Flugzeugen ängstigt.

Wohin laufen Erwachsene vor ihren Ängsten?

Wir betäuben sie mit Alkohol und sexuellen Abenteuern, Drogen und anderen Süchten oder exzessivem Verhalten.

Welche Anlaufstellen haben auch einsame Herzen?

Ich schließe meine Arme über den kleinen Körper und gebe ihr von meiner Wärme und Gelassenheit. Ich flüstere sanft, doch ermutigend genug: du brauchst keine Angst haben. Dir passiert nichts. Ich passe auf dich auf!

Das Flugzeug ist außer Sichtweite. Nichts passiert!

Unweigerlich denke ich an die unzähligen Kinder, die bereits vom Krieg betroffen waren oder gerade sind. Es ist grauenhaft, sich vorzustellen, dass jedes Fluggeräusch Todesängste in ihnen auslöst.

In Ruinen findet man zudem auch keinen Schutz mehr. Ohne Dach fühlt man sich ausgeliefert und frei für jede Art Angriff.

Zudem der Hunger, den man nur durch den Schrecken verdrängen kann.

Für mich ist es unbegreiflich, trotzdem ich von den profitablen Gründen der Waffenindustrie und der Kriegsmaschinerie weiß, wie man Frieden gegen Krieg eintauschen mag.

Aufblühen und Wachstum gegen Zerstörung und Absterben.

Meines Wissens wurde durch Krieg noch nie etwas gelöst, außer Grenzen, die sich verschoben haben.

Ich fühle mich so unbedeutend klein und hilflos gegen diese Mächte, die mein Leben mit beeinflussen. Selbst nie direkt vom Krieg betroffen, stehe ich in einer Schuld. Der Schuld, gegen Krieg und Mobbing und Uneinigkeit und Streit anzugehen. Den Frieden zu fördern. Einer der Gründe dafür sitzt liebenswürdig, arglos, neben mir. Sieht zu mir, mit erwartungsvoll haselnussbraunen Augen, die noch nichts gesehen haben von der Grausamkeit des Neids, der Habgier, Profitgier, Ignoranz und Feigheit.

Ach, süßes kleines Leben, sei auf der Hut. So viel mag dein Wesen trüben und beeinflussen, dass es das Süße aus dem Dasein ins Bittere wandelt.

Mag es nie dazu kommen, dafür bete ich!

Wann hat man eigentlich damit angefangen, etwas, das zu Boden gefallen ist, als schmutzig und krankheitserregend anzusehen?

Du hebst deine Cashewnuss einfach wieder auf und willst sie essen. Nichts verschwenden.

Nichts ist unrein.

Du wirst nicht müde, mir Tiere zu benennen und manche mit Geräuschen nachzuahmen.

Liebe Celine, es ist schön, dass du meine Zeit so bereicherst.

In dir lebt weiter, was durch Liebe entstand.

Die Stunden vergehen.

Bald werden wir uns verabschieden.

Du denkst nicht an Abschied.

Und ich bin dankbar, dass unser Kennenlernen nicht mit der Frage über Arbeit, Status, Haben, Wollen, Angebereien, Leistungen, Messen, Schönheit, Ansehen ... begann!

Es begann damit, mich selbst wieder als Kind zu fühlen und über das lachen zu können, was du Wunderbares bist, machst und dir ausdenkst.

Ich möchte nicht, dass du traurig bist über unseren Abschied. So überlege ich, wobei ich dann sage:

Ich muss jetzt gehen, aber wir sehen uns bald wieder.

Ich hoffe es, wobei ich es eigentlich nicht sagen darf.

Und du winkst mir mit deiner kindlichen Resonanz:

Bis bald, wobei deine Stimme wie ein Lied höher wird und mein Herz mit Freude erfüllt.

H.J. Noyman

Mein Leben auf dem Bauernhof –
Von Mäusen, Ratten und Menschen

(Fortsetzung von „Cäsar" siehe Anthologie #14 novum)

Seit Menschen Geschichten schreiben, sind Tierfiguren überall zu finden. In Märchen, Romanen, Sachbüchern und Filmen spielen sie tragende Rollen, w.z. B. in Orwells „Animal Farm", in den Filmen „Stuart Little" und „Ratatouille" oder in dem Zukunftsroman „Die Rättin" von Günther Grass.

In der Realität sind Mäuse und Ratten allerdings weder putzig noch unterhaltsam, es sei denn, es handelt sich um eine zahme Spezies (dazu später eine kleine Geschichte).

Leider können sich diese Nager unter bestimmten Voraussetzungen explosionsartig vermehren und für andere Lebewesen zur Plage und Gefahr werden.

Da ich viele Jahre meines Lebens auf einem Bauernhof verbrachte, hatte ich täglich mit ihnen zu tun. Im Keller, im Holzschuppen, auf dem Getreideboden, in den Ställen und sogar in den Wohnungen begegnete man ihnen. Blitzschnell verschwanden sie jedoch, wenn ein Mensch sich näherte, Licht im Keller eingeschaltet wurde oder sie ein Geräusch oder Hundegebell hörten.

Unsere Wohnung im 1. Stock des Bauernhauses grenzte an den Getreidespeicher, wodurch unter dem gemeinsamen Fußboden der beiden Räume sich vor allem im Winter einige Mäusefamilien tummelten und auch auf diesem Wege zu ungebetenen Gästen wurden.

In manchen Nächten schreckte ich aus dem Schlaf hoch, weil sich eine Maus in mein Zimmer verirrt hatte und über meine Bettdecke sauste.

In dieser Jahreszeit waren mein Vater und ich immer auf Mäusejagd. Entweder stellten wir über Nacht Fallen auf oder wir erlegten sie mit einem Schuh, wenn sie nicht schnell genug unter dem Küchenbuffet verschwinden konnten. Meine Mutter hatte panische Angst vor Mäusen und missbilligte unsere Aktionen, bei denen sie mit seltsamen Verrenkungen zuerst auf einen Stuhl und dann auf den Tisch sprang. Von dort aus beäugte sie ängstlich und argwöhnisch unser Tun.

Katzen, regelmäßig aufgestellte Fallen rund um den Bauernhof und individuelle „Jagdmethoden" der Hausbewohner hielten die Nagetiere in der Regel zahlenmäßig auf niedrigem Niveau.

Jedoch nach einem sehr milden Winter hatten wir den Eindruck, als gäbe es mehr Ratten als im Jahr zuvor. Vermehrt waren sie in den Ställen, in der Scheune und in den Kellern anzutreffen. Neu war für uns, dass sie sich auch auf den Dächern tummelten und Jagd auf die Tauben (die „Ratten der Lüfte") machten.

Wolfis Vater meinte, die Lage wäre bedenklich und gab uns folgende Anweisungen: „Ihr dürft keine Türen und Tore offen lassen, nähert euch den Ratten nicht, falls sie nicht weglaufen, könnten sie euch angreifen. Ihr müsst mithelfen, auf dem Hof Fallen aufzustellen, damit wir die Plage in den Griff kriegen, kapiert?" Wir nickten mehrmals belämmert, denn auch wir schätzten die Situation als gefährlich ein.

Wolfi und ich waren trotz allem der Meinung, dass auch **wir** etwas gegen die Rattenplage unternehmen sollten und entwickelten nach einem kurzen Gespräch unsere eigene Jagdmethode. Wir wussten aber auch, dass wir diese Aktion nur durchführen konnten, wenn die Bauersleute auf dem Feld waren.

Bald hatten *Wolfi* und ich Gelegenheit, unseren Plan umzusetzen. Zuerst schleppten wir ein paar Eimer mit Wasser auf den Getreideboden, dessen Dach sehr niedrig war und auf der Seite zum Hof ein Dachfenster hatte. *Wolfi* ging auf den Hof zurück und besorgte sich eine Axt aus Großvaters Werkstatt.

Meine Aufgabe bestand darin, einen Eimer auf den Rahmen des geöffneten und nach hinten geklappten Fensters zu positionieren (was nicht einfach war, obwohl wir kleine Eimer wegen des Gewichts ausgesucht hatten), und so konnte ich eine vorbeilaufende Ratte in die Dachrinne schwemmen, die dann über das Fallrohr hinunter auf den Hof rutschte, wo *Wolfi* versuchte, sie mit der Axt zu erschlagen. Nach einer Serie von Misserfolgen gaben wir auf, auch weil wir Angst hatten, dass wir bei unserem Tun von den Erwachsenen erwischt werden.

Eine weitere Aktion zur Eindämmung der Plage war nun doch der Einsatz von Giftködern.

Wegen der freilaufenden Tiere, w.z. B. Katzen, Hühnern und Gänsen, konnten die Köder nicht einfach so auf dem Hof verteilt werden. Nach Rücksprache mit einem Nachbarn besorgte *Wolfis* Vater mehrere etwa 40 cm lange Rohre mit einem Durchmesser von etwa 7 cm, die wir in der Mitte durchbohrten. Dorthin wurde der Köder geschoben und das Rohr wurde dann mit einem langen Nagel oder einer Speiche von einem alten Fahrrad durch die Löcher und auch durch den Köder im Boden befestigt. Nachdem wir mehrere solcher „Fallen" gebaut hatten, verteilten wir sie auf dem Hof. Manchmal mussten wir sie wieder neu bestücken, doch nach einiger Zeit hatten wir den Eindruck, dass die Zahl der Ratten sich verringert hatte. Ein durchschlagender Erfolg war es aber nicht.

Doch dann kam uns der Zufall zu Hilfe. Während unserer Aktionen fiel uns auf, dass unser neuer Hofhund *Fips,* der Nachfolger von Cäsar, mit großem Interesse das Geschehen beobachtete und auch hin und wieder nach einer vorbeilaufenden Ratte schnappte. Seine Kette schränkte seinen Aktionsradius ein, so dass er sie nicht verfolgen konnte.

Fips war ein schwarzer, kurzhaariger, etwa schäferhundgroßer, kräftiger Rüde geworden, der im Gegensatz zu *Cäsar* keine Angst vor Ratten und Mäusen hatte.

So beschloss *Wolfis* Vater, *Fips* freilaufen zu lassen. Was dann geschah, überraschte uns alle. *Fips* wurde regelrecht zu einem unermüdlichen Rattenjäger. Jede Ratte, die den Hof überquerte, gehörte ihm. Er rannte wie wild hinterher und wenn er eine erwischte, tötete er sie mit einem Biss ins Genick und ließ sie dann liegen.

Verständlicherweise konnte *Fips* nicht jede Ratte erlegen, denn die Tiere waren schlau und passten sich der neuen Situation an, indem sie sich in irgendwelchen Nischen versteckten.

Doch *Fips* wusste genau, wohin sie verschwanden, und wartete dort mit der Geduld einer Katze, bis sie wieder hervorkamen …

Täglich warf *Wolfis* Vater die erlegten Ratten in einen Schubkarren, brachte sie in den Hinterhof, wo er sie mit Benzin übergoss und anzündete. Bei dieser Aktion verzogen wir uns immer schnell ins Haus, um dem beißenden Rauch von verbranntem Fleisch zu entgehen.

Nach ca. 6 Wochen waren wir von der Plage befreit. *Fips* war zwar unser Held, aber wir konnten keine ähnliche Freundschaft zu ihm aufbauen, wie es bei unserem verstorbenen Cäsar der Fall war.

So vergingen die Jahre auf dem Bauernhof, meine Eltern hatten zu Beginn der 60er-Jahre gute Arbeit gefunden und wollten den Traum vom eigenen Haus verwirklichen. Dann ging Mitte der 60er-Jahre dieser Traum in Erfüllung. Wir verließen den Bauernhof und zogen in unser eigenes Haus am Rande des Dorfes. Ich durfte in der Nachbarstadt das Gymnasium besuchen, machte Abitur und musste anschließend meine Wehrpflicht ableisten. Wieder in Freiheit, begann ich mein Studium in R., kehrte aber immer wieder in mein Dorf zurück. Meine Liebe zur Rock-, Blues- und Country-Musik und mein fortgeschrittenes Gitarrenspiel ermöglichten mir das Mitwirken in verschiedenen Bands.

Als ich später in einer der Bands *Karl* kennen lernte, einen jungen Mann, der als „Roadie" für uns tätig war und der eine braunweiß gefleckte, zahme Ratte namens *Fritzi* als stetige Begleiterin hatte, fiel mir sofort wieder die Geschichte unserer Rattenplage auf dem Bauernhof ein. *Fritzi* „wohnte" vorübergehend in einem Schuhkarton, im Handschuhfach von *Karls* Auto oder hatte als „1. Wohnsitz" einen ausgedienten, aber äußerst komfortablen Vogelkäfig bei *Karl* zuhause.

Wir männlichen Bandmitglieder (unsere Sängerin war von *Fritzi* nicht so angetan) schlossen schnell Freundschaft mit *Fritzi* und wir durften sie auch betreuen, wenn unser Roadie „busy" war.

Das war verhältnismäßig einfach. Nach Anweisung von *Karl* suchten wir uns dann immer einen Tisch, holten sie aus dem Schuhkarton heraus und setzten sie auf die Tischplatte. In Windeseile erkundete sie eifrig die neue Umgebung, doch wenn sie in die Nähe der Tischkante kam, zog sie sich sofort wieder zurück. *Karl* hatte ihr angeblich beigebracht, nicht von Tischen herunterzuspringen.

Als wir *Karl* einmal fragten, wieso er sich eine Ratte als Haustier hielte, sagte er amüsiert: „Wenn ich irgendwo hingehe, vor allem dort, wo großes Gedränge herrscht, z. B. in Lokalen, Discos, Clubs etc., dann setz ich mir meine *Fritzi* auf die Schulter und begebe mich ganz gelassen dorthin, wo **ich** möchte. Kaum hat man entdeckt, dass eine Ratte auf meiner Schulter sitzt, macht man mir einen Platz frei."

Vor einigen Jahren hatte ich eine Chinareise unternommen und mir wurde schon vor Reiseantritt empfohlen, genau darauf zu achten, was dort vor Ort auf den Tisch käme. Es war ja bekannt, dass die Chinesen Fleisch von allen möglichen Tieren essen würden. In China fragte ich also unseren „Guide" *Lu,* „sag mal *Lu,* esst ihr eigentlich auch das Fleisch von Hunden?" „Nein, wir dürfen seit einiger Zeit keine Hunde mehr essen, aber Ratten stehen schon auf unserem Speiseplan." Ich war schockiert und allein der Gedanke an eine Rattenmahlzeit löste bei mir ein flaues Gefühl im Magen aus. „Ist denn das nicht gesundheitsschädlich, so ein Tier zu verzehren?" Die Frage nach der Zubereitung lag mir schon auf den Lippen, aber die Antwort darauf hätte wahrscheinlich meinem Magen erst recht nicht gefallen. „Nein, wir essen ja nur die Ratten, die auf den Feldern leben, die haben sich vegetarisch ernährt. Von den Ratten, die in den Städten leben, lassen wir tunlichst die Finger, die fressen in den meisten Fällen nur Müll." „Ach so", sagte ich und nickte verständnisvoll.

Rückblickend hatten wir damals an diese Möglichkeit nicht gedacht und hätten vielleicht auf diese Weise zur schnelleren Beendigung der Plage beitragen können ...

Wolfgang, der kleine Fips & ich

„Klebers" Irrungen und Verwirrungen

Morgens schau ich aus dem Fenster
und ich glaub' ich seh' Gespenster.
Auf der Straße sitzen sie,
haben Zeit und keine Müh.

Sehen aus wie Osterhasen,
zeigen rotzfrech ihre Nasen.
Kleben gerne auf dem Teer,
stören täglich den Verkehr

Mit Arbeit hab'n sie nix am Hut,
sie schüren nur der Bürger Wut.

Prangern ihre Umwelt an,
haben selber keinen Plan

Lieber sie zu Talkshows laufen,
dort das Volk für dumm verkaufen
Massenklicks sind ihr Gewinn.
Worin steckt denn da der Sinn?

Schön ist doch das pralle Leben,
jeden Abend einen heben.
Uni-Abschluss nicht in Sicht,
niemand will Freizeitverzicht.

Man fühlt sich wohl im trauten Heim
eigenes Zimmer, nicht zu klein
Gut vernetzt, ach, wie cool,
Smart-TV, im Garten – Pool.

Sozialverhalten – Fehlanzeige,
Einkaufswut spielt erste Geige,
Kleiderschränke platzen bald,
Fastfood-Abfall liegt im Wald.

Schmierer, Sprayer, Klimakleber
Geht's denn eigentlich noch blöder?
Könnte es was Schön'res geben
als am Airport fest zu kleben?

Macht dem Kleben jetzt ein Ende
Nutzt für and'res eur're Hände.
Betreibt aktiven Umweltschutz,
befreit die Landschaft mal vom Schmutz.

H.J. Noyman

NB: Andere und ähnliche Gedichte sowie Kurzgeschichten und verschiedene Texte kann man in meinem Buch mit dem Titel „Mein Kopf lässt mich nicht in Ruh" sowie in den Anthologien #7 bis #14 finden.

BIOGRAFIE

H.J. Noyman wurde 1948 in der Nähe von Cham geboren. Nach dem Abitur leistete er Wehrdienst, danach Studium der Anglistik und Geographie. Seine Gedichte, Kurzgeschichten und Songtexte sind geprägt von den vielfältigen Eindrücken, die er sowohl in seiner Heimat als auch auf Reisen gesammelt hat.

Kaffee Anna

Die Festung der allumfassenden Selbstliebe – eine spirituelle Fantasiegeschichte mit viel Wahrheitsgehalt

„Der Kalender zeigt den 10.10.2020 an! Eine gepaarte Synchronizität, vielleicht ist heute ein Glückstag für uns, liebe Frida!", sagte Madame Ella „XY" gutgelaunt und neigte sich zu ihrer geliebten Katze hinunter, um deren zartes Köpfchen zu streicheln und ihrer Fellfreundin einen „Guten Morgen" zu wünschen. Anschließend nahm sie ihren frisch aufgebrühten Kaffee, öffnete die Balkontür und hielt ihr Gesicht in die morgendlichen Strahlen der Herbstsonne. Es versprach ein warmer Tag zu werden und Ella freute sich bereits jetzt darauf, einige Zeit ihres arbeitsfreien Tages draußen an ihrem Kraftplatz in der Natur zu verbringen. Sie mochte das Rascheln des farbenfrohen Laubes unter ihren Füßen. Im Wald fand sie Ruhe und zwischen den Bäumen fühlte sie sich immer irgendwie aufgehoben.

Abgesehen davon, dass sie sich selbst im Moment als zu dick empfand und sich die Einsamkeit regelmäßig an ihr verbiss, wie ein Parasit in seinem Wirt, war Ella dankbar für alles, was sie hatte, stolz auf das, was sie bisher geschafft und zufrieden mit ihrem routinierten Leben. Dass ihr der Stress in ihrer Firma ordentlich zugesetzt hatte in den letzten Monaten und sich bereits erste Erschöpfungszeichen an ihr bemerkbar machten, wollte sie sich nicht eingestehen. „Zähne zusammenzubeißen", das hatte sie gelernt, genauso wie stets zu versuchen, das Beste zu geben und möglichst viel aus sich herauszuholen.

Um Punkt 11 Uhr verließ Ella leicht beschwingt ihre Wohnung. Kurze Zeit später spazierte sie auf ihre Lieblingseiche zu. Seit einigen Wochen schrieb die Frau, die mittleren Alters war, ihre Gedanken und Zitate nieder. Das tat ihrer Seele gut und ihre beste

Freundin hat letztens sogar gemeint, dass sie Talent zum Schreiben hätte, das hat ihr sehr geschmeichelt. Während sie auf der sonnigen Waldlichtung ihr Buch und ihre Füllfeder auspackte, wanderte ihr Blick zu dem blauen Schutzengelanhänger, der seit ein paar Tagen auf ihrem Rucksack baumelte. Als sie letztes Mal hier war, kam eine junge Frau mit einem niedlichen Hund des Weges. Nachdem sie eine Weile über den Schöpfer und die „traurigen Zustände auf der Welt" geplaudert hatten, schenkte ihr die freundliche Dame diesen Engel. Sie war immer noch sehr berührt, wenn sie an diese Begegnung zurückdachte. Dass es Schutzengel gab, daran glaubte Ella schon länger und in den schwersten Zeiten ihres Lebens hat sie auch hin und wieder gebetet.

Sie setzte sich auf ihre Picknickdecke, ließ ihren Blick schweifen und atmete den wohligen Nadelgeruch ein, den die Bäume so breitwillig freigaben. Drei Tannen weiter tat sich plötzlich eine große Staffelei vor Ellas Augen auf. Auf der Leinwand, die von der Staffelei gehalten wurde, war ein Richtungspfeil abgebildet und mit schöner Schrift und viel Glitzer verziert, stand dort in pinker Acrylfarbe Folgendes zu lesen:

HERZLICH WILLKOMMEN!
HIER GEHT ES ZUR FESTUNG DER
ALLUMFASSENDEN SELBSTLIEBE!

Ella war irritiert, erst zwickte sie sich und dann rieb sie sich mit beiden Händen über ihr Gesicht. Sie wollte sicher gehen, dass sie nicht träumte oder gar verrückt wurde, denn auch die hohen Steinstufen, auf die der Pfeil zeigte und die steil in den Wald hinaufführten, hatte sie bis dato noch nie hier gesehen. Die Neugierde der Frau siegte schließlich. Nachdem sie all ihren Mut eingesammelt hatte, packte sie ihren Rucksack und sie begann, die Stufen zu erklimmen. Es war anstrengend, Ella keuchte und dampfte wie eine Lokomotive, die in einen Bahnhof einfuhr. In Gedanken schimpfte sie mit sich selbst, dass sie sich so gehen hatte lassen im letzten Jahr. Gleichzeitig brachte sie Verständnis für sich auf. Die Süßen des

Lebens, sie fehlten ihr dort und da, daran gab es nichts zu rütteln. Am Heimweg von der Arbeit hatte sie sich in den vergangenen Monaten regelmäßig mit süßen Köstlichkeiten von der kleinen Bäckerei in ihrer Straße eingedeckt und abends vor dem Fernsehgerät mit einem Gefühl aus Kummer, Lust und Frust verdrückt. Es hat ihr wehgetan, als letztens abends im Kaffeehaus ein Mann zu ihr gesagt hat, dass sie zwar ein sehr hübsches Gesicht hätte, doch ihr Arsch zu fett und ihr Busen zu klein wäre. Bald war es zwei Jahre her, dass ihr einst so treuer, geliebter Partner und Haltgeber in ihrem Leben, sie quasi über Nacht, nach 11 Jahren Beziehung gegen eine wesentlich ältere Frau eingetauscht hatte. Das war das erste, was ihr damals den Boden unter den Füßen wegriss. Wochenlang weinte sie immer wieder bittere „Herzweh-Enttäuschungstränen". Kurz nach der „Blitztrennung" hatte Ella noch einen Abschied zu verschmerzen. Eine ihrer wenigen, lieben Bekannten hatte sich suizidiert in dieser Zeit. Das gab der menschlichen Seele damals den Rest, sie verfiel nicht nur in die Menopause, sondern auch in eine Angststörung, die in einer Depression mündete. Nach dem abrupten Beziehungsaus und dem so plötzlichen, unerwarteten ewigen „Fortgang" von Rosa-Maria blieb Ella wochenlang appetitlos. Jeder Bissen, den sie versuchte zu sich zu nehmen, schien ihr im Hals stecken zu bleiben. Ihr war lange Zeit immer wieder sehr übel und sie verlor so viel Gewicht in dieser Zeit, dass sie sich selber als viel zu mager empfand. Der Weg raus aus den Klauen der Angst und den Fängen der Depression war mühsam, er war steinig, er war steil, teils eisig und er war lang. Der Tunnel, durch welchen sie damals watete, war schier endloses, finsteres Sumpfgebiet, ein Gewaltmarsch, der sie quer durch das „Tal der blutigen Tränen" trieb. Es hat rund ein Jahr gedauert, bis das langersehnte Licht und somit das Ende des Tunnels für Ella sichtbar wurde. Zum Glück erfuhr sie damals dort und da hilfreiche Unterstützung. Ohne Antidepressiva, regelmäßige Psychotherapie und die Unterstützung anderer ihr wohlgesonnener Menschen hätte sie es nicht geschafft, wieder aus diesem extremen Körper-Geist-Seelen-Dilemma rauszukommen, darüber war sich Ella mehr als sicher. Wie in der Familie und in der Gesellschaft teilweise damit umgegangen wird, wenn es einem psychisch und physisch mies geht, wurde ihr in dieser Zeit leider auch allzu schmerzlich bewusst.

Vor einigen Monaten kam das Glück auf vier Pfoten bei ihr zur Tür herein. Die freundliche Nachbarin, die über Ella wohnte, war mit 88 Jahren plötzlich verstorben. Als der Sarg mit der Frau „JK" die Stiege runtergetragen wurde, ist deren Katze Frida bei Ella in die Wohnung reingerannt, als wäre ein jagender Hund hinter ihr her gewesen. Obwohl sich die beiden aus dem Stiegenhaus kannten, blieb Frida erstmal rund eine Stunde im hintersten Eck der Couch verschwunden. Mit Wurst und beruhigenden Worten angelockt, kam sie schließlich hervor. Das war der Beginn einer sehr intensiven „Frau-Katze-Freundschaft" und Ella fühlte sich seither auch viel weniger „einsam-allein".

Nach einer Stunde Aufstieg hatte Ella es endlich geschafft, gefühlte 100 Stufen aus Stein lagen hinter ihr. Sie stand am Eingang einer lieblich angelegten Baumallee. Zu beiden Seiten der hölzernen Gewächse tat sich ein kleiner Park auf.

Zwischen den verschiedenen Baumarten, die hier den Weg des Besuchers säumten, gab es Rosenranken und Blühendes in den prächtigsten Farben. Eine gepolsterte Bank lud zur Rast und zum Verweilen ein. Hinter der breiten Sitzgelegenheit waren zwei große Engelstatuen positioniert. Ella setzte sich und schnaufte erst mal durch. Anschließend ließ sie die Energie dieses magischen Ortes auf sich wirken. Eins war ihr bereits jetzt schon klar: Noch nie in ihrem Leben hatte sie sich bis dato an einem Platz derart geborgen gefühlt. Schräg gegenüber plantschten drei piepvergnügte Spatzen in einer steinernen, katzengeschützten Vogelbadewanne. Die lebendige Freude, die von den gefiederten Tierchen ausging, hüpfte direkt auf Ella über. „Guten Tag, liebe Madame Ella! Du wirst bereits erwartet, bitte folge mir", sagte da jemand in einem sehr freundlichen Ton. Die Stimme schien aus dem Nichts zu kommen. Ella blickte in alle Richtungen, außer ihr war kein Mensch in der Nähe. „Ich, der bunte Schmetterling neben dir, hab zu dir gesprochen", ergänzte die Stimme heiter und flatterte fröhlich um die menschliche Seele herum. Ella kam aus dem Staunen nicht heraus und deshalb ploppte auch nur ein kurzes und knappes „OK" aus ihrem Mund. Während sie dem schönen Schmetterling folgte, klopfte ihr Herz teils vor Aufregung und teils vor Vorfreude ziemlich heftig. Sie wunderte sich gerade über sich selbst, dass sie keine Angst empfand. Wenige Minuten später stand Ella vor einem hohen, schmiedeeisernen Eingangstor. Zu beiden Seiten der Absperrung trat ein Engel hervor. Die himmlischen Wesen schritten langsam auf sie zu. Der Engel im königsblauen Gewand trug ein mit Lapislazuli bestücktes Schwert bei sich. Der zweite Engel war in einem leuchtenden Orange gekleidet. Er hielt ein Gerät in seinen Händen, welches einer großen Taschenlampe ähnelte. Fasziniert und von tiefem Respekt erfüllt, betrachtete Ella die beiden lächelnden, göttlichen Boten. Ihre Knie wackelten ein wenig. Endlich traute sie sich zu sprechen: „Schöö-nn-en guten Vormmm-iiittag! Was gee-sch-iiieehht je-tztz-tttt mit mir?", stammelte Ella leicht verunsichert. „Herzlich willkommen im höheren Selbst, liebe Madame Ella!", sagten die zwei Engel wie aus einem

Mund. „Madame Selbstliebe Bedingungslos-Radikal-Vollumfänglich empfängt Besucher erst, nachdem wir sichergestellt haben, dass der Gast nicht gekommen ist, um sie zu kränken, zu enttäuschen oder hinters Licht zu führen. Wir sind die Passierschranken, die für dich das Eisentor zum Festungseingang öffnen." Der Engel in Orange knipste sein Gerät an und sprach mit sanfter Stimme: „Du wirst jetzt durchleuchtet, das verschafft uns die Gewissheit, dass du frei von böser Absicht bist. Madame Selbstliebe lässt seit geraumer Zeit ausschließlich bedingungslose LIEBE in ihrem Leben zu und da ist sie sehr rigoros!"

Wenige Augenblicke später wurde Ella Einlass gewährt. Ihr Blick ging geradewegs Richtung Festung. Vier mittelalterliche Türme ragten aus dem Bauwerk. Sie waren so hoch, dass es den Anschein erweckte, sie würden bis zu den Wolken reichen. Aus dem Zentrum des riesigen Gebäudes ragte ein Stahlseil in die Unendlichkeit des Universums hinein. Als sich die Zugbrücke öffnete und die Burg ihr Innenleben preisgab, erkannte Ella, dass die mittelalterliche Festung eine Attrappe, eine Art Filmkulisse war.

Einige Schritte später fand sie sich im Vorraum eines großen Hauses wieder. Die beiden Engel boten ihr einen Stuhl an einem runden Tisch an. Ella war erschöpft und hungrig, dankbar ließ sie sich auf den Sessel fallen. Auf dem Möbel vor ihr standen eine glänzende Kristallkugel, ein Glas Wasser und Engelkarten lagen auch auf dem Tisch. Während Ella sich umsah, versuchte sie sich vorzustellen, wie Madame Selbstliebe wohl aussehen könnte. Sie hatte ihre Gedanken nicht zu Ende gedacht, da trällerte eine freundliche, leicht rauchige Stimme: „Einen kurzen Moment noch bitte. Ich war eben noch in ein Gespräch mit dem Schöpfer und Erzengel Michael verzettelt." Gegenüber aus der doppelflügeligen Holztür hörte Ella Papier rascheln und dann sprang sie auf, die besagte Tür.

Ella wich mit dem Stuhl Richtung Wand zurück. In dem Moment klopfte ihr Herz nicht mehr vor freudiger Aufregung. Ihre Pumpe raste nun vor nackter Angst!

Madame Selbstliebe kam auf Ella zu. Sie war nicht alleine, eine ausgewachsene Dogge und ein Rottweiler wedelten neben ihr her und steuerten geradewegs auf Ella zu. „Hab keine Angst, liebe menschliche Seele. Meine beiden treuen Vierbeiner bestehen in ihrer Essenz, ebenso wie jeder Mensch und jedes Tier, ausschließlich aus Liebe und Licht.

Leider eilt gerade diesem wundervollen, ruhigen Familienhund Rottweiler ein fürchterlich schlechter Ruf voraus. Weißt du, ich denke, dass jeder Hund, egal welche Rasse, nicht zögern würde, zuzuschnappen, wenn sein menschlicher Rudelführer angegriffen wird." Ella beruhigte sich langsam und schlussendlich bewegte sie ihre „Hände hoch"-Arme nach unten, um sie schließlich wie zum Gebet gefaltet auf ihren noch schlottrigen Knien abzulegen.

„Darf ich vorstellen, die Hündin mit dem rosa Stoffflamingo im Maul heißt Maya. Meine zweite treue Begleiterin trägt den Namen Lotte", sagte Madame Selbstliebe liebevoll, während sie Ella die rechte Hand zur Begrüßung reichte. „Und ich, ich bin die Selbstliebe! Bin weder makellos, noch perfekt und auch nicht fehlerfrei. In meinen Augen gibt es das nämlich nicht auf der Welt. Doch ich habe gelernt, mich innen und außen genauso zu lieben, wie ich bin und auch jenes an meinem Körper schön zu finden, was ich lieber anders hätte. Ich bin mir selbst mein Nächster und zugleich wichtigster Mensch geworden", fuhr die strahlende Dame fort, während sie sich ein paar Mal freudig um ihre eigene Achse drehte. „Ist es in Ordnung für dich, wenn wir „du" zueinander sagen? Meinen dreifachen Nachnamen haben dir meine beiden Wächterengel ja bereits verraten", lieblächelte die Selbstliebe. „Ja, natürlich können wir „du" zueinander sagen", gab Ella zurück. Vor lauter Aufregung bemerkte Ella nicht, dass sie mittlerweile schon begonnen hatte, die zwei prächtigen Hunde zu streicheln. „Mich wundert hier gar nichts mehr", dachte Ella bei sich. Endlich fand sie Zeit, sich Madame Selbstliebe näher anzusehen. „Ich habe mir dich so ganz anders ausgemalt", traute sie sich schließlich zu sagen. „In meinem Kopf habe ich mir ein geflügeltes Wesen, eine Art Zauberfee oder Elfe vorgestellt. Dass jetzt eine ‚normale' Frau vor mir steht, damit habe ich schlichtweg nicht gerechnet", ergänzte Ella und Fragen über Fragen purzelten quer durch ihre Gehirnwindungen. „Ja, ich bin eine Frau wie du, ich habe wunderschöne Zeiten erlebt und es gab Abschnitte in meinem Leben, da hatte ich das Gefühl, mich geradewegs durch die Hölle zu bewegen", fuhr die Selbstliebe in traurigem Tonfall fort und senkte ihren Blick. Ella empfand in diesem Moment ein tiefes Mitgefühl für die sehr groß wirkende, hagere Madame und auch für sich selbst. Ein paar Atemzüge später nahm Ella das Wort wieder auf, einerseits um Madame Selbstliebe zwei „wahr gemeinte" Komplimente zu erteilen und andererseits, um die Stimmung zu heben. „Dein dunkelblaues Blusenkleid und die Brille, die du trägst, stehen dir ausgezeichnet! Das wollte ich dir vorhin schon sagen", teilte sie sich mit. „Doch warum trägst du lange Handschuhe bei diesen Temperaturen und welche Bedeutung hat das dicke Seil, das aus deinem Gebäude ragt?" Endlich war Ella zumindest schon mal zwei ihrer Fragen losgeworden. „Oh, ich danke dir für deine wertschätzenden Worte, liebe Seele! Das Stahlseil", erklärte die nette Dame weiter, „das ist mein glühender Draht nach oben, meine Verbindung zur Göttlichkeit, zu den Engeln und zu jenen, die ich liebe und die bereits ins Jenseitsleben übergewechselt sind. Das Stahlseil fungiert als magischer Kanal zur bedingungslosen Liebe der Göttlichkeit! In den Stunden, in denen es mir nicht so gut geht, weil mir mein Trauma noch Restwunden aufzeigt und ich mich fühle, als würde ich einen ‚Eisenkettenvorhang' tragen, hänge ich mich immer für einige Minuten an das Seil. Augenblicklich erfüllt mich ein Gefühl von Getragenheit, oberstem Schutz und höchster Geborgenheit. Kannst gerne mal ausprobieren und dich am Seil festhalten, es umarmen, wenn du magst. Dann kannst du selber fühlen, wovon ich gerade gesprochen habe." Ella kam aus dem Staunen nicht mehr heraus und ja, natürlich wollte sie das Stahlseil selbst erproben.

„Die Handschuhe bedecken das, was mich in meinem Leben besonders erschüttert hat, und damit die Menschen sich nicht vor mir ekeln und mich angaffen, wenn ich im Tal unten bin, bekleide ich diese Körperteile. Ich habe meine Hände in der Vergangenheit ins lodernde Feuer eines erkalteten Herzens gelegt und mir einen Teil meiner Finger weggebrannt, bin übersät mit Blasen und trage die Scherben seiner ‚Hassliebe' und die der Kränkungen, der durch Demütigung durch andere Menschen noch an und unter meiner Haut. Vor mittlerweile bald 2,5 Jahren bin ich gegangen aus einer Wiederholung an mir verübtem Terror und dank tief reichender Aufarbeitung habe ich mein oberstes Ziel, nämlich die Wiederherstellung der absoluten Gesundheit meines Körper-Geist-Seele-Systems, beinahe erreicht. Über neun Jahre habe ich auf der Baustelle meiner Metamorphose von der Raupe zum Schmetterling verbracht und losfliegen traue ich mich immer noch nicht." Die Selbstliebe schniefte leise und auf ihrem Gesicht machten sich die Spuren der Erschöpfung breit. Sie tupfte sich mit einem „Trosttaschentuch" ein paar Tränchen weg, bevor sie sich wieder ihrem Besuch zuwand. „Als ich hochsensible Seele im reißenden Gewässer meines Lebens unterzugehen drohte, hat der Schöpfer seine rettenden Arme um mich gelegt und hat mich mit aller seiner Liebe zu sich aufs Schiff gezogen! Es war eine lange, teils sehr stürmische und auch gefährliche Reise, doch nie haben wir Schiffbruch erlitten. Meine eigene Macht zurückzuerobern, mein authentisches SELBST endlich leben zu können, waren zwei meiner angestrebten Ziele dieser Überfahrt vom Überleben zurück ins Leben. Ich bin angekommen! Hoch oben, fest verankert in meinem Heimathafen! Das ist das Allerwichtigste und mir ist so vieles ‚wurstegal' geworden!" Die Selbstliebe zog eine Bratwurst aus ihrer Tasche, während sie das sagte. Im selben Augenblick fingen die zwei Damen lauthals zu lachen an.

„Nun zurück zu dir, liebe Seele! In meinem Reich darfst du dich hofiert wie eine Königin und grenzenlos frei wie ein Adler fühlen! Alles darf, nichts muss. Selbstverständlich steht es dir offen, meine Burg ohne Angabe von Gründen jederzeit zu verlassen. Komm, wir wollen keine Zeit verlieren. Um 19 Uhr 19 kommt meine Bachstelze aus ihrem Uhrenhäuschen und meine beiden Engel begleiten dich zu dieser Zeit vor unser Eisentor und die Stufen runter ins Tal zurück. Das Mittagessen ist fertig, ich hoffe, du hast Hunger mitgebracht", ergänzte die Selbstliebe und bat Ella, ihr in die Küche zu folgen. Ellas Magen knurrte bereits. Sie war dankbar, dass sie jetzt etwas zu essen bekommen würde. Die Atmosphäre der großen, lichtdurchfluteten Küche war erfüllt von einer Mischung aus beruhigendem Räucheraroma und frisch Gekochtem. Der Duft, den die Pfannen auf dem gusseisernen Ofen verströmten, ließ Ella augenblicklich das Wasser im Munde zusammenlaufen. Ella wollte gar nicht daran denken, dass die Zeit hier an diesem Ort ein Ablaufdatum haben könnte. Nachdem die Selbstliebe den Schöpfer um Segen für das Mahl gebeten hatte, genossen die beiden in roten Zwiebeln angebratene Kartoffeln mit Spiegeleiern. Der breit gestreute Schnittlauch verlieh dem Gericht eine besondere Note. Ein grün-gemischter Salat rundete das schmackhafte Mittagessen ab. „Sehr lecker, gesund, günstig und einfach", dachte Ella und ließ sich genüsslich den nächsten Bissen auf der Zunge zergehen. Der Nachtisch bestand aus warmem Apfelstrudel mit Vanillesoße und frisch aufgebrühtem Kaffee und wurde ihr auf einer sonnigen Terrasse gereicht. Zwischen den beiden Damen war inzwischen ein angeregtes, wechselseitiges Gespräch entstanden.

„Darf ich fragen, ob du ein Hotel betreibst? Oder stehen die vielen Zimmer in deinem Haus alle leer?", setzte Ella das Gespräch schließlich fort. „Nein!", schmunzelte die Selbstliebe. „Die meiste Zeit bin ich hier ganz alleine mit meinen Tieren und des Öfteren droht mich die Einsamkeit zu erdrücken. Ich habe einen wundervollen Sohn. Raphael ist 21 Jahre alt und studiert. Meist kommt er jedes zweite Wochenende heim. Darauf freue ich mich immer sehr. Die einzelnen Räume meiner Festung werden von den Teilen bewohnt, die in Wahrheit zu mir gehören. In Zimmer Nummer 111 zum Beispiel ist meine Selbstbestimmtheit eingezogen und in Raum 999 wohnt mein ‚mir selbst‘ vertrauen. In Zimmer 777 residiert meine Selbstachtung. Sie sind alle über Jahre nach und nach heimisch geworden. Es war mühsam, sie bei mir sesshaft zu machen. Wenn du möchtest, stelle ich sie dir nach unserem Kaffeekränzchen gerne einzeln vor. Zwei Zimmer sind leider immer noch nicht bezogen. Ich erwarte diese Anteile schon länger recht ungeduldig und sehnsüchtig. Meine komplette Selbstsicherheit und mein Selbstbewusstsein haben bis dato noch immer nicht gänzlich retour zu mir gefunden. Ein im Moment noch leerer Raum ist für das männliche Gegenstück meines Herzens und meiner Seele reserviert.“ Die Selbstliebe seufzte und leicht bekümmert ergänzte sie: „Es gab ihn bereits, den Mann in meinem Leben, der mich genauso geliebt hat, wie ich bin und der mir stets das Gefühl vermittelte, ein besonderer, wertvoller Mensch zu sein.“ Mit diesen Worten verabschiedete sich die Selbstliebe, um sich kurz ins Bad zurückzuziehen.

Ella blieb nachdenklich zurück. „Eure Menschenfreundin und ich, wir zwei haben viel gemeinsam“, flüsterte sie den in der Nachmittagssonne dösenden Hunden zu. Sie fragte sich, warum es ihn nicht mehr gab, diesen Partner. Ob er schon im Jenseits war? Was, wenn ihre Vermutung stimmte? Ella entschied sich, nicht nachzufragen. Sie wäre sich pietätlos vorgekommen, wenn sie recht gehabt hätte, und das wollte sie auf keinen Fall. Als ihr Mann sie Hals über Kopf mit der Neuen im Gepäck verließ, hatte sie auch das Gefühl, er wäre gestorben und sie, zumindest eine Zeit lang, mit ihm. Wie eine ausgediente, verblichene Estrichpuppe, genauso kam sie sich damals vor. Noch bevor die Scheidungspapiere in beiderseitigem Einvernehmen unterzeichnet waren, waren die beiden Frischverliebten bereits zwei Länder von Ella entfernt in ein Luxusobjekt umgezogen.

„Da bin ich wieder! Ich habe mein Gesicht mit kaltem Wasser erfrischt und mich kurz energetisiert!“, rief die Selbstliebe ihrer Besucherin von der Balkontür aus zu. Ella war froh, die vertraute Stimme hinter sich zu hören und dankbar, nicht mehr länger in

Gedanken an die härteste Zeit in ihrem Leben zu hängen. „Wenn ich bitten darf, Frau Ella-Königin", lächelte die Selbstliebe belustigt und reichte ihrem Gast die rechte Hand. „Meine Selbstfürsorge und meine Selbstverwirklichung erwarten uns bereits in ihrer Hütte unten am See!" „Von Herzen gerne!", respondierte Ella erfreut.

In Begleitung der beiden Hunde spazierten die Damen langsam durch den märchenhaft angelegten Park des kleinen Anwesens.

„Kommen denn deine beiden Schutzengel nicht mit?", fragte Ella, nachdem sie das Gefühl hatte, dass irgendetwas fehlte. „Engel sind grenzenlose Wesen. Sie sind immer dort, wo wir uns befinden und stehen uns voller Liebe 24 Stunden des Tages zur Verfügung. Die himmlischen Boten respektieren jedoch unseren menschlichen, freien Willen. Das heißt im Umkehrschluss, wenn wir Hilfe brauchen oder Unterstützung benötigen, ist es erforderlich, die Engel darum zu bitten. Eigenverantwortlich zu handeln, tätig zu werden, obliegt uns allerdings selbst. Die Antwort aus dem geistigen Reiche kommt zu uns zurück, doch oft anders, als wir vielleicht erwarten, vermuten würden. Zudem gibt es beim Schöpfer keine Zeit, das heißt, mitunter kann es dauern, bis sich ein ‚Wunschgebet' erfüllt. Das kann unsere Geduld auf eine harte Probe stellen. Doch manchmal kann es ein Segen für uns sein, einen Schutz für uns bedeuten, etwas nicht zu bekommen und loszulassen, auch wenn es schwerfallen mag, dies zu akzeptieren. Ich bezeichne die himmlischen Boten gerne als ‚Backgroundmitarbeiter'. Sie orchestrieren für uns im Hintergrund, während wir uns auf der Bühne, die unser Leben darstellt, hierhin und dorthin bewegen. Lebensabschnitte sind wie Theater, mal Komödie, mal Drama oder wie das Wetter, mal warmer, wolkenfreier Sonnenschein, mal Schauerböe", antwortete Madame Selbstliebe. „Ja, da stimme ich dir zu", gab Ella zurück. Der Weg zum See führte die vier durch ein an den Park angrenzendes Waldstück. Zwischenzeitlich blieben sie stehen, um einen Baum zu umarmen und sich fest mit Mutter Erde zu verwurzeln. „Ich war ewig lange nicht mehr so heiter und unbeschwert fröhlich wie in den letzten Stunden!", merkte Ella an und hüpfte mit Schwung in die nächste, erdige Schlammpfütze, die sich vor ihren Füßen auftat! Madame Selbstliebe warf ihrer Besucherin ein herzliches Lachen zu. „Wenn ich dazu beitragen kann, dass jemand glücklicher ist, bin ich es auch. Jede Freude, die wir aus unserem Herzen spenden, kehrt geradewegs dorthin zurück."

Nur wenige Meter weiter gab das Gehölz den Blick auf eine malerische Landschaftskulisse frei. Auf dem kristallklaren See tanzten die Strahlen der Sonne und das Wasser glitzerte zurück. „Genauso würde er aussehen, mein wahr gewordener Wohntraum", dachte Ella mit offenem Mund. Ihr Blick war indessen in Richtung Holzhäuschen gewandert. Die einladend wirkende Hütte war umringt von einem Mischwald und lag etwas abseits des Sees. Mit all ihren Sinnen tauchte sie ein in die zauberhafte Stimmung, die von diesem eindrucksvollen Platz ausging. Schlagartig wurde die Ruhe unterbrochen! Ein ohrenbetäubender Lärm drang aus dem Unterholz. Der Krach wurde begleitet von einem widerlichen Gestank. Ella hielt sich die Nase zu. Gleichzeitig versuchte sie, ihre Gehörgänge irgendwie zu schützen. Es roch nach einer Mischung aus Verwesung, Blut, Eiter und Alkohol. Äste knackten, als würden Knochen gebrochen werden. Geschimpfe und Gezeter dröhnten aus dem Wald. „Um Himmels Willen, was ist das?", schrie Ella tief erschrocken. Maya und Lotte waren indes in eine Angreifhaltung übergegangen und bellten ins Unterholz zurück. „Erzengel Michael, bitte hilf uns raus aus dieser Situation!", rief Madame Selbstliebe und in dem Moment sackte sie in sich zusammen wie ein aufgeblasenes Schwimmtier, durch das sich plötzlich ein scharfes Messer gezogen hat.

Wenige Sekunden später bäumte sie sich wieder auf. Sie hob ihre Schultern an und zurück und schüttelte sich wie ein Hund nach dem Wasserbad. Kurz danach plusterte sie sich auf, wie ein Huhn, welches seine frisch geschlüpften Küken verteidigt. Der Mut und die Kraft, die die Mimik der Selbstliebe in dem Moment ausdrückte, ließen Ella zumindest für ein paar Augenblicke jede Furcht vergessen. Neu: „Das kommt aus meiner Vergangenheit, genauer gesagt aus ‚Vergangenheits-Gruft Nummer 2'. Vermutlich handelt es sich um ein technisches Gebrechen an der Schallschutzsicherung und der ‚Geruchstopptür'! Keine Panik, ich krieg das in den Griff!", rief Madame Selbstliebe. Sie nahm die zögerliche, angsterfüllte Ella an der Hand und gemeinsam stoben sie los in die Richtung des Auges aus, aus dem der Höllenlärm ihnen wie eine Peitsche entgegenschlug. Einige Minuten später standen sie vor dem Eingang einer Gruft. Die Gruft lag gut versteckt hinter dichten Waldpflanzen. Der Zutritt war mit einer dicken Tresortür, wie man sie aus Banken kennt, versperrt. Madame Selbstliebe drehte am Tresor herum, drückte ein paar Tasten, stampfte ein paar Mal heftig auf den Boden und von hier auf gleich verstummte der Radau endlich und der beißende Geruch verzog sich so schnell, wie er gekommen war.

„Erledigt!!! Danke, lieber Erzengel Michael, für deine Unterstützung!", verkündete die noch schwer keuchende Frau. Ella sank auf den Boden nieder, sie musste erst mal sacken lassen, was sich in den letzten Minuten abgespielt hatte. Später wollte sie fragen, was es mit diesen Grabeshöhlen auf sich hatte. Bis dato hatte Ella sich noch nie in einer derart schaurigen Situation befunden.

Schließlich nahm Madame Selbstliebe das Wort wieder auf: „In Gruft Nummer 2 ist der ‚giftsprühende Funken-Kasper', mein Ex, eingekerkert. Er ist es, von dem dieser Höllenlärm und der Gestank ausgeht. Es gibt ein kleines, mit Panzerglas gesichertes Guckloch, da kannst du einen Blick auf ihn werfen. Er steht gerade in der Gerüchteküche und rührt mit dem Kochlöffel seiner Wut auf mich Lügenpampe an, um die ‚Scheißhausparolen' später an das Geschwätz und Geläster zu verfüttern. Gleichzeitig versucht er, meinen Selbstwert mit Wortwut zu brechen, daher kam das Knacksen. Er war ein perfider Narzisst. Gaslighting, Drohungen und emotionale Erpressung waren seine Spezialgebiete. Schade, dass man sich schwere Zeiten in einer Vergangenheit nicht abnehmen kann, wie man einen Umschlag von einem Buch entfernt oder man sich wie eine Schlange eine neue Haut zulegen kann." Ella war froh, dass sie sich mittlerweile aufgemacht hatten, diesen gruseligen Ort zu verlassen. Auf einen Blick in die Gruft Nummer 2 wollte sie heute lieber verzichten. „Der toxische Funken-Kasper und ich führten eine 7. Himmel und Inferno auf Erden-Vorlebensbeziehung fort," ergänzte Madame Selbstliebe beinahe emotionslos. „Mein Ex-Mann und mehrere andere Menschen, die meine vergangenen Wege kreuzten, haben mir gezeigt, was Liebe alles nicht ist, was Liebe alles nicht tut, sagt und macht. Doch nichts Schlechtes, wo nicht auch was Gutes. Wäre er nicht gewesen, wären du und ich heute nicht hier. Dass ich heute Fellnasenfreundin bin, habe ich auch ihm, genau genommen seinem Yorkshire Terrier, zu verdanken. Ich bereue es, dass ich mich ihm nicht schneller entledigen konnte und ihm seine ‚Entschuldigungsblumen' nie um die Ohren gehaut hab. Aus höherer Warte habe ich ihm und anderen an meinem Schicksal Beteiligten vergeben. Ich werde allerdings weder jemals verzeihen noch irgendetwas gutheißen. Gewalt, ob psychisch oder physisch oder beides, liegt immer in der alleinigen Verantwortung des Täters." Ella wusste in diesem Moment nicht, was sie sagen sollte, so betroffen war sie von dem, was sie gerade gehört hatte.

„Es ist vorbei! Nichts von alledem wiederholt sich mehr, weil ich mir jetzt die Werkzeuge dazu angeeignet habe! Ich bin frei!", triumphierte Madame Selbstliebe. Hernach atmete sie ein paar Mal erleichtert auf und durch.

Nach einigen hundert Metern Wegzeit waren sie am See angekommen. Maya lief mit einem „Hurra" ins Wasser, während Lotte noch damit beschäftigt war, ihre Nase tief in ein Mäuseloch zu stecken. „Wenn deine Hündin ihre Nase in den Maustunnel hält, klingt es, als würde ein voll aufgedrehter Staubsauger einen Vorhang schlucken!", lachte Ella. „Das Zuhause deiner Selbstverwirklichung und deiner Selbstfürsorge sieht wie meine Lieblingsalm in den Salzburger Bergen aus", ergänzte sie und konnte es kaum erwarten, einen Blick ins Innere der, von außen so liebevoll gestalteten, Hütte zu werfen. Das Holzhäuschen war geschmückt mit einem Arrangement aus roten und rosa Blumen. Neben der Eingangstür standen ein stattlicher, geschnitzter Engel und zwei gepolsterte Schaukelstühle. Madame Selbstfürsorge kam den Damen mit einem gekühlten Getränk, zwei Stühlen und einer freudigen Begrüßung entgegen. „Schönen Nachmittag, liebe Madame Ella! Es freut mich, dich hier bei uns, an diesem zauberhaften Ort, begrüßen zu dürfen!" „Die Freude ist ganz meinerseits", gab Ella zur Antwort und nahm die Sitzgelegenheit dankend entgegen. Einige Zeit später nahm Madame Selbstfürsorge das Wort wieder auf: „Ich habe erfahren, dass du beruflich gerade sehr gefordert bist und dein Schlaf schon eine Weile nicht mehr ungestört bleibt, du regelmäßig aufwachst mitten in der Nacht. Meine Empfehlung an dich lautet, zu versuchen, etwas kürzer zu treten. Erlaube dir immer wieder, dich auszuruhen, in die Stille zu gehen. Gestatte dir, deine Seele baumeln zu lassen und positive Energien in dich zu tanken, damit deine Kräfte sich sammeln können und nicht weiter schwinden. „Wer rastet, der rostet" ist ein durch und durch falscher Glaubenssatz. Das Gegenteil ist nämlich der Fall. Pausen einzulegen zwischen regem körperlichem Arbeiten und/oder geistigem Wirken ist Teil eines achtsamen Umganges mit uns selbst und meiner Selbsterfahrung nach unerlässlich, um bei psychischer und physischer Gesundheit zu bleiben. Sich mit Feuereifer an einem Projekt, in eine berufliche Tätigkeit reinzuhängen, birgt die Gefahr des Ausbrennens, der inneren Leere, der Depression. Regelmäßige Auszeit ist eine notwendige Prävention, um leistungsfähig zu bleiben. Leben ist sehr schnelllebig geworden, viele Menschen sind gerade aktuell schwer gefordert und am Limit", ergänzte Madame Selbstfürsorge.

Mit einer einladenden Geste deutete sie in Richtung des Steges, bevor sie weitersprach: „Madame Selbstverwirklichung habt ihr gerade verpasst. Sie war eben unter meinen Fittichen, doch sie ist bereits an ihren Arbeitsplatz zurückgekehrt. Ihre Tür steht offen, sie würde sich darauf freuen, später mit dir Bekanntschaft zu machen, liebe Ella!" Nahe am See waren zwei große Hängematten aufgestellt. Vorfreude baute sich in Ella auf und wenige Augenblicke später baumelte sie bereits in der Traumschaukel. Der Abend rückte näher und mit ihm die herbstliche Kühle. Madame Selbstfürsorge brachte flauschige Decken und Kuschelsocken. Sie versorgte die Wanderer mit einem bunten Obstteller und wartete mit Kaffee und Linzer Torte auf. Ella war sehr berührt über diese „mütterliche Rundumversorgung". Im Anschluss an die Stärkung führte sie die beiden Damen mit ihrer sanften Stimme durch eine Erzengel-Entspannungs-Reise. Ella versuchte, jedes Wort und das Ambiente einzufangen und wie eine wertvolle Erinnerung in ihrem Herzen abzulegen. Es folgte eine Zeit der Stille, eine Zeit des reinen BEWUSSTEN SEINS.

Nach längerem Warten sprach Madame Selbstfürsorge weiter: „Ich bin auch der gemäßigte Genuss der eher ungesunden Gaumenfreuden! Damit ein Körper jedoch alle seine wichtigen Funktionen aufrechterhalten kann, benötigt er Obst, Gemüse, tierische Eiweißquellen, gesunde Kohlenhydrate und unser aller lebensnotwendiges

Element – WASSER. Während wir einem schönen Hobby frönen, uns mit wahren Freunden, Gleichgesinnten treffen, etwas machen, was unser Herz erfreut, werden wir mit wertvoller Energie betankt. In derart Stunden hegen und pflegen wir unseren Seelengarten. Eigenfürsorge kann auch heißen, sich in einem Schneckenhaus zurückzuziehen, ganz für sich sein wollen. Jeder Mensch ist einzigartig und jeder sollte frei für sich selber definieren dürfen, was ihn unterstützt, um gesund zu werden, um gesund zu bleiben. Alles, was wir aus SELBSTLIEBE tun, erhöht die Energie der Erde. Auf sich zu schauen bedeutet auch ganz klar JA!!! zu sich selbst zu sagen, auch wenn das ein NEIN!!! für einen oder mehrere Menschen bedeutet. Inmitten der vier Elemente der Lebensfreude, dem Lachen, dem Tanzen, dem Gesang und dem Spielen fühle ich mich im Übrigen besonders wohl." Mit diesen Worten endete Madame Selbstfürsorge.

„Die Vögel am Himmel fordern uns auf, unsere Rückkehr anzutreten, liebe Ella", sagte Madame Selbstliebe mit leichter Wehmut in der Stimme und zeigte auf einen Vogelschwarm, der sich in der wolkenlosen Abendstimmung zu einem V formatiert hatte. Es folgte ein herzhafter Abschied am See, bevor sie dem gepflasterten Weg zur Holzhütte folgten. Madame Selbstverwirklichung streckte mit einem „Hallo und hereinspaziert!" und einem großen Pinsel in der Hand ihren Kopf zur Tür heraus. Im Häuschen knisterte ein Feuer im offenen Kamin und verbreitete eine wohlige Wärme. Vor einem der Fenster stand ein breiter Sekretär, auf dem sich farbenfrohe Schriften tummelten und Bücher stapelten. „Fühl dich frei, liebe Ella, dich in meiner Kreativwerkstatt auszuprobieren. Ich lasse gerade ein Regenbogenbild entstehen und unterstreiche es mit meinem Wunsch nach mehr Toleranz in der Gesellschaft. Soll doch jeder lieben und Sexualität ausüben, mit wem er will! Das geht doch niemanden etwas an. Das Wichtigste ist, dass Sexualität in gegenseitigem Einvernehmen stattfindet, sonst wird ein Akt der Gewalt und des Missbrauches daraus. Gewalt erzeugt immer ANGST in den Opfern. Dass sich Menschen NICHT in WORTEN, in BILDERN und TATEN an unschuldigen Kindern vergreifen, versteht sich für mich von selbst", sagte Madame Selbstverwirklichung in betroffenem Tonfall. „Das sehe ich genauso. Da gibt es nichts daran zu rütteln. Die traumatisierten Kinderseelen von heute, das sind die gebrochenen Erwachsenen von morgen", antwortete Ella traurig und ergänzte: „Ich bin wie du entsetzt darüber, dass Menschen, die irgendwie anders sind, rausgepickt, gekränkt und schikaniert werden." Sie legten einige Schweigeminuten ein und gedachten der vielen menschlichen und tierischen Gewaltopfer, bevor Madame Selbstverwirklichung das Wort wieder aufnahm: „Von Herzen alles Gute für dich, liebe Ella! Egal, was kommt, höre bitte nie auf, um dich und deine Großartigkeit zu wissen! Du bist reine Liebe, reine Seele und so ein warmes, helles Licht! Du hast ein wundervolles Herz, umsorge und hüte es bitte gut. Ich würde mich freuen, wenn du bei deinem nächsten Besuch auf der Festung wieder bei mir vorbeisiehst!" „Ja, unbedingt!", gab Ella zurück. Das eben Gehörte rieselte wie warmer Sommerregen auf sie ein und in dem Augenblick fühlte sie sich um 9 Zentimeter gewachsen. Noch nie hatte jemand so schöne Worte für sie gefunden.

Der Spaziergang zurück zur Festung gestaltete sich sehr ruhig und angenehm. Die beiden treuen Vierbeiner waren ziemlich müde und trotteten gemächlich neben den beiden Damen her. Ella hatte in diesen Momenten ein Gefühl, als würde Glück durch ihren Körper rieseln und sich als vierblättriges Kleeblatt in ihrem Herzzentrum sammeln. Sie fragte sich, wie sie mit der Enttäuschung umgehen würde, wenn der Wecker gleich läuten würde und sie feststellen müsste, dass der ganze Tag mit Madame Selbstliebe, ihren anderen SELBSTS und den beiden wundervollen Hunden nur ihrer Klartraumfantasie entsprungen war.

Im Park des kleinen Anwesens angekommen, umarmte Madame Selbstliebe eine mächtige Trauerweide. Der aufgekommene Wind bog die Äste hin und her, es sah aus, als würden die Blätter und Zweige „Auf Wiedersehen" winken. „Liebe Ella", lächelte Madame

Selbstliebe, „das Band der Liebe ist NICHT trennbar." „Du hast wohl eben die Wehmut des nahenden Abschiedes in mir gespürt", gab Ella zurück. Madame Selbstliebe legte einen Arm um Ellas Schulter und sagte: „Kopf hoch, sonst kannst du das Lächeln der Sterne für dich nicht sehen. Ich würde dir gerne noch von Erzengel Sandalphon erzählen, wenn du möchtest." Ella nickte erwartungsvoll, sie konnte es kaum erwarten, noch mehr über die Engel zu erfahren. Madame Selbstliebe lächelte zufrieden und dann sprach sie weiter: „Das Erdstern-Chakra steht unter seiner Obhut. Der Schöpfer hat jeden Menschen mit vielen Talenten und Fähigkeiten ausgestattet. Der Hüter des ersten, für mich sehr wichtigen Chakras unterstützt dich, diese auszugraben und dein volles Potential zum Leben zu erwecken und aus deinen Herzenswünschen Möglichkeiten werden zu lassen. Er hilft uns bei der Wiederherstellung unseres Urvertrauens, hält uns, wenn wir ins Wanken geraten, und vereint unser inneres Kind. Weiters fungiert Erzengel Sandalphon als himmlische Brieftaube. Er bringt unsere Gebete zum Schöpfer, an die Quelle der URLIEBE, und kommt mit der Antwort zurück. Engel möchten übrigens nicht angebetet werden. Der himmlische Postbote unterstützt dein spirituelles Wachstum auf dem Fundament der Göttlichkeit. Er ist überall dort, wo Natur, wo Bäume, Blumen und Pflanzen angesiedelt sind, und er macht dich liebevoll darauf aufmerksam, deine Wege stets gut geerdet zu gehen. Seine Empfehlung lautet, barfuß zu spazieren, wenn die Temperaturen es erlauben, und immer wieder Wald, Wiese und Gewässer aufzusuchen, um dort für eine Weile in die Verbundenheit mit Mutter Erde einzutauchen. Komm, lass uns hineingehen, hier draußen ist es wirklich kalt geworden. Ich habe mir in meinem Leben schon zu viele Frostbeulen zugezogen!" Wenige Momente später saßen die beiden mit einer Tasse warmen Kräutertee im bereits vorgeheizten Kaminzimmer. Madame Selbstliebe entfachte ein Räucherstäbchen und holte ein Buch aus dem weißen, großen Bücherregal, bevor sie sich wieder zurück auf ihren gemütlichen Lehnsessel setzte. „Weißt du, liebe Ella, Bücher sind Mosaikbausteine meiner Heilung und wesentliche Lebensbegleiter für mich, und gerne teile ich mit dir, aus welchen Schriften ich am meisten Kraft gewonnen habe, von welchen Büchern ich am meisten profitiert habe, um voranzukommen", erzählte Madame Selbstliebe und strich mit einer sanften Handbewegung über den dicken Schmöker, den sie wie einen Schatz in ihren Händen hielt. „Das Buch enthält die Gesamtheit meiner mich prägenden Ereignisse und trägt den Titel ‚Schneewittchens Dracula'. Madame Selbstverwirklichung arbeitet schon lange daran, daraus ein lesensliebenswertes Werk zu machen. Das Cover würde ich dir, wenn du magst, sehr gern bei unserem nächsten Treffen zeigen. Ein für mich wahrer Künstler hat es kreiert. Zu schreiben, zu klecksen und mit Naturmaterial zu basteln hat mich sehr zuverlässig durch meine größte Lebenskrise geführt, mir mein Wissen um mich selbst gestärkt, wie ein wohlgesonnener, loyaler und ehrlicher Freund." „In meinem Leben kommt Büchern auch eine gewichtige Bedeutung zu, und wenn ich mir wahre Begebenheiten in Filmen ansehe, fühl ich mich weniger einsam", seufzte Ella und schluckte ihre aufkommenden Tränen hinunter. Nachdem sie sich wieder gefasst hatte, fragte Ella: „Würdest du mir bitte denn noch erzählen, was es mit den anderen Grüften deiner Vergangenheit auf sich hat?" „In Grabstätte Nr. 1 zum Beispiel ist der Teil meiner vielleicht leidvollsten Lebenserfahrungen aufgearbeitet und begraben. Ein Schicksal, welches uns gemeinsam verbindet, liebe Ella – der Suizid eines uns nahestehenden Menschen und die Auswirkungen, die das Ereignis auf uns hatte." Die beiden Damen reichten sich in diesem Augenblick die Hände, um sich so gegenseitig Beistand zu geben. „Der Trauerprozess war so peinigend und intensiv. Sturzbäche habe ich geweint, und wenn ich sicher war, dass mich niemand hören würde, habe ich laut aufgeschrien vor Schmerz. Meine Aura verlor von hier auf gleich ihre Farben, als ich es erfahren habe. Der Schock hat mich in eine graue Nebelwand gehüllt. Ich dachte, dass mich die Schuldgefühle, weil ich sie nicht retten konnte, erdrücken würden. 1111-mal habe ich mir die ‚WAS WÄRE WENN GEWESEN?'-Frage gestellt und genauso oft habe ich keine Antwort darauf bekommen. Heute weiß ich, dass niemand es zu verhindern vermag, wenn eine menschliche Seele keine Wahl mehr für sich zu haben scheint und die Selbsttötung als einzigen, letzten Ausweg aus einer schweren Körper-Geist-Seele-Misere sieht. Hast du die Tage, Wochen und Monate danach auch so gnadenlos traumatisch erlebt?" fragte Ella traurig. „Ja, genauso. Doch mittlerweile sind bald sechs Jahre vergangen und es ist wirklich viel leichter geworden. Zeiger, die sich im Kreis drehen, heilen keine Wunden, doch der Schmerz wandelt mit der Zeit, er verliert an seiner Gnadenlosigkeit. Trauer hat viele Gesichter und Facetten, es ist gerade zu Anfang des Prozesses sehr schwer, geradezu unmöglich, einen Umgang mit ihr zu finden. Aufklärung über die Thematiken und Suizidprävention sind von enormer Bedeutung und dem Schöpfer sei Dank, gibt es mittlerweile viele Anlaufstellen für Menschen, die vor dem Abgrund stehen, deren Leben an einem seidenen Faden hängt", gab Madame Selbstliebe betroffen zurück. „Wenn du möchtest, setzen wir dieses Gespräch über das uns doch sehr aufwühlende Thema an anderer Stelle fort. Meine Bachstelze nähert sich nämlich bereits dem Uhrenhäuschen und ich habe noch ein Geschenk und eine Überraschung für dich! Bin gleich wieder bei dir", ergänzte sie und huschte zur Tür hinaus. Wenige Augenblicke später kam sie mit einer Holzschatulle in der Hand zurück. Sie stellte sich vor ihre Besucherin und lächelte: „Liebe Ella! Ich danke dir von Herzen, dass du heute da warst. Es war uns ein Vergnügen, dich kennenzulernen und mit dir Zeit zu verbringen. Am 12.12. ab 12 Uhr wird der Weg zu uns in die Höhen herauf wieder für dich sichtbar sein. Fühl dich frei, wiederzukommen. An diesem Tag würde ich gerne mit dir ins Zentrum einer cremeweißen Rose spazieren und dir meine Selbstbestimmung und meine Selbstachtung vorstellen. Alles andere bleibt eine Überraschung!" Nachdem Madame Selbstliebe zu Ende gesprochen hatte, überreichte sie ihrem Gast das hölzerne Handwerk, auf dessen Deckel ein Engelchen hineingeschnitzt war. Ella bedankte sich überschwänglich und konnte es kaum erwarten, den Deckel zu öffnen. Sie hob ihn langsam hoch und in dem Moment erklang eine sanfte Melodie.

„Oh, wie lieb, eine Spieluhr! Das ist eine schöne Kindheitserinnerung für mich." Ella strahlte aus allen Poren, während sie sich dem Inhalt der Schatulle widmete. Drei Engel, drei Federn und drei kleine, glitzernde Golddukaten taten sich vor ihren Augen auf. „Alle guten Dinge sind bekanntlich drei!", lachte Madame Selbstliebe und erzählte weiter: „Federn sind die Visitenkarte der geistigen Welt, ein stiller Gruß in Liebe von ‚oben' für uns Erdenbewohner. Was die drei Dukaten betrifft, auch wenn es nicht danach aussieht, sind sie von hohem Wert. Sie sind sehr klein und deshalb kaum mehr im Umlauf, zudem glitzern sie, das steigert ihren Kaufpreis. Ich bitte dich, ein Goldstück für dich auszugeben und dir etwas zu gönnen, was dein Herz vor Freude hüpfen lässt. Ich möchte dir empfehlen, die zweite Münze für finanzielle Engpässe zur Seite zu legen. Das dritte Glitzerstück an bedürftige Menschen und/oder notleidende Tiere weiterzureichen, das würde ich mir von dir wünschen. Zu den Engeln würde ich dir noch gerne einen weisen Rat mit auf den Weg geben. Bitte geh achtsam damit um, wem du von den göttlichen Boten und deinen großen Träumen erzählst. Auf der Welt kann es allzu schnell geschehen, deshalb als für nicht mehr ganz bei Sinnen erklärt zu werden!"

Daraufhin folgte eine freundschaftliche Umarmung zwischen den beiden Damen, begleitet von einem herzlichen „bis zum nächsten

Mal". Die Bachstelze zwitscherte bereits aus ihrem Häuschen an der Wand und die beiden Engel traten aus dem Eingangsbereich ins Kaminzimmer hinein, um Ella abzuholen und sie zurück in ihr Leben zu begleiten. „Jetzt hätte ich es beinahe vergessen, ich habe noch einen Kontakt für dich. Du hast mir erzählt, wie sehr dich deine überschüssigen Kilos belasten. Meine ‚Seelenteigfreundin' Viktoria hat gerade eben erfolgreich abgenommen und sie hat mir gestattet, ihre Daten an dich weiterzugeben und sich bereit erklärt, dich zu motivieren und dir zu erzählen, wie ihr ihre ‚Hüftgoldverabschiedung' gelungen ist. Fühl dich frei, dich bei ihr zu melden. Hier ist ihre Visitenkarte", sprach Madame Selbstliebe. „Dieses Thema gehe ich als Nächstes an. Ich wünsche mir so sehr, wieder Freude zu verspüren, wenn ich vor einem Ganzkörperspiegel stehe. Ich bin es so satt, mich wie ein Kartoffelsack zu fühlen", gab Ella zur Antwort und seufzte traurig durch. „Ich kann verstehen, dass dich das belastet. Erzengel Raphael ist gerne bereit, dich beim Abnehmen zu unterstützen, damit du dich wieder wohl in deiner Haut fühlst und du das Ziel, dich bedingungslos selbst zu lieben, so schnell wie möglich erreichst. Erfolg in allen Belangen deines Lebens wünsche ich dir, liebe Ella!"

In dem Moment wurde auch schon die Zugbrücke heruntergelassen. Die beiden Damen lösten sich nur schwer voneinander. In Vorfreude auf ein Wiedersehen winkten sie sich noch eine Weile hinterher, bevor jede für sich wieder eigene Wege ging.

In Frieden, Wahrheit, Licht und Liebe
ANNA KAFFEE

Die Fortsetzung meiner Geschichte erfolgt im gleichnamigen Buch DIE FESTUNG DER ALLUMFASSENDEN SELBSTLIEBE – DER CHARISMATISCHE VERFÜHRUNGSKÜNSTLER

Mein wertschätzender Dank gilt allen Menschen, die meine Geschichte gelesen haben oder noch lesen werden. Wenn sie euch gefallen hat, würde ich mich sehr freuen, wenn ihr von ihr weitererzählt.

Weiters bedanke ich mich bei jenen Menschen, die mich inspiriert und an der Entstehung meines Textes mitgewirkt haben, allen voran meinen Freunden. Mein nächster Dank ergeht an die Schöpferin des Steinengelchens (siehe Foto) und an den Novum Verlag, der mir die Autorentür geöffnet hat.

BIOGRAFIE

Anna Kaffee (Pseudonym) wurde 1978 in Österreich geboren. Ihr spiritueller Weg begann 2019, nachdem sie einen Partner durch Suizid verloren hat. 2022 musste sie ihren erlernten Pflegeberuf krankheitsbedingt aufgeben, nun folgt sie ihrer Berufung als Autorin und spirituelle Beraterin. Ihr erstes Buch 77 KAFFEEGEDANKEN Teil 1 erscheint diesen Spätfrühling.

Kind Junie

Mein Freund, die Depression

Schon seit Wochen merkte ich, dass meine Kräfte schwanden, dass ich immer häufiger Konzentrationsprobleme hatte, mir für viele Dinge der Antrieb fehlte und ich an nichts mehr Freude oder Interesse hatte. Alles war egal, nichts hatte eine Bedeutung. Ich war am Ende und fühlte mich müde, leer, erschöpft, ausgebrannt. Mir fehlten die Kraft und das Interesse, um mit Yoga meinen inneren Fokus zu finden oder mich mit Hilfe einer geführten Meditation mit meiner Intuition zu verbinden. Ich empfand keine Freude mehr am Lesen, das schöne Wetter zog an mir vorbei und verschwand für mich unbemerkt im Dunkel der Nacht, und selbst alltägliche Dinge, die ich sonst locker nebenher erledigte, fielen mir unendlich schwer. Ich war erfüllt von einer unglaublichen Leere und mein Körper war schwer wie Blei. Jede Bewegung kostete Kraft, die ich nicht hatte, und selbst das Denken empfand ich als anstrengend. Es war, als ob ich die Verbindung zu mir selbst verloren hätte.

Offenbar forderte meine fehlende Selbstliebe der letzten Jahre ihren Tribut. Ich hatte jahrelang gegen meine eigene Überzeugung gehandelt und meinen eigenen Wert infrage gestellt. Ich war von Selbstzweifeln zerfressen und hatte gegen mein wahres ICH angekämpft, es unterdrückt und schließlich zum Schweigen gebracht. Ich hatte alles getan, um anderen zu gefallen und sie glücklich zu machen und mich selbst dabei verloren. Ich war wieder und wieder an meine Grenzen gegangen und nicht selten auch darüber hinaus, hatte sämtliche Warnsignale, die mein Körper mir geschickt hatte, wissentlich überhört. Und dann waren da noch die Kämpfe außerhalb meines ICH, die ich an vielen Fronten ausgetragen hatte und denen ein Teil meines Seelenheils und inneren Friedens zum Opfer gefallen waren: die existenziellen Ängste, die Trennung von Paul, seine ewigen Spitzen gegen mich und Hannes, der Kampf, sich davon zu befreien, die immer noch andauernde, wenn auch weniger strikte Coronapolitik und schließlich der Tod meines Vaters. Nun hatten sich mein Körper und mein Verstand über mich hinweggesetzt und eine Zwangspause eingelegt. Selbst Henriette, meine innere Kritikerin, schwieg. Sie hatte mir vorerst nichts mehr zu sagen.

Wie bereits vor Jahren suchte ich meine Hausärztin auf. Mit kurzen, knappen Sätzen erzählte ich ihr von den Ereignissen der letzten Wochen und Monate. Die Diagnose: seelische Erschöpfung, Burnout, Depression. Ihre Worte vernichtend: „Sie brauchen eine Pause, und zwar jetzt. Ich schreibe Sie bis auf Weiteres krank. Ich gebe Ihnen etwas, damit Sie zumindest wieder schlafen können, aber damit ist das Problem nicht gelöst. Sie machen bitte einen Termin bei einem Psychiater, am besten gleich auch einen bei einer Psychotherapeutin. Lassen Sie sich von Wartezeiten nicht abschrecken. Sie müssen medikamentös behandelt werden, das kann ich in dem Maße, wie Sie es benötigen, nicht leisten. Aber ohne Medikamente werden Sie die Depression nicht überwinden."

Was bitte sollte das heißen „bis auf Weiteres"? Was bedeutete das in Tagen? Ich hakte nach, was ich wohl besser gelassen hätte, denn die Antwort gefiel mir gar nicht. „Ich denke, in diesem Jahr werden Sie nicht mehr arbeiten gehen", kam als Antwort auf meine Frage zurück. Bis Ende des Jahres? Das waren noch drei Monate. Das konnte nicht sein, nein, das war genau genommen unmöglich. Drei Monate nicht mehr arbeiten gehen? Was sollten die Kollegen, mein Chef, meine Schüler von mir denken? Wer sollte meine Arbeit übernehmen? Außerdem brauchte ich meine Arbeit und eine sinnvolle Aufgabe, um mich nicht nutzlos zu fühlen. Und vor allem: Was bitte sollte ich den ganzen Tag zu Hause machen? Nichts tun, während Hannes seinem 14-Stunden-Tag nachging?! Wie stellte sie sich das denn bloß vor? Meine Hausärztin hatte im Gegensatz zu mir eine klare Vorstellung, wie das Nichtstun aussehen sollte. Aber ich konnte und wollte nicht nichts tun. Das entsprach weder meiner Denk- noch meiner Lebensweise. Ich brauchte das Gefühl, gebraucht zu werden, musste mich nützlich machen, musste etwas leisten, um Anerkennung zu erhalten. Anerkennung war wie mein Lebenselixier, denn sie bedeutete, dass ich wertgeschätzt wurde. Durch viel Arbeit und gute Leistungen erhielt ich Anerkennung und mit wachsender Anerkennung steigerte ich den eigenen Wert. Und je höher der eigene Wert, desto glücklicher war ich. Ohne Leistung hatte ich keinen Wert und war somit unglücklich. So funktionierte nun einmal meine Welt. Nichts zu leisten und zur Untätigkeit verdammt zu werden, wäre mein Untergang. Nein, das war keine Option. Es musste einen anderen Weg geben, so wie sonst auch. Wäre nicht das erste Mal gewesen, dass ich mich aus so einer misslichen Lage befreit hätte. Davon, dass ich mit dieser widersinnigen Methode mein Problem nur vordergründig lösen würde, wollte ich nichts hören. Leider war es aber nicht so wie sonst. Es war alles anders.

Mit der Diagnose im Kopf und der Überweisung an einen Psychiater in der Hand verließ ich die Praxis und fuhr nach Hause. Und was jetzt? Was sollte ich jetzt tun, womit anfangen und wie ging es weiter? Ratlos sah ich mich um. Hier gab es keine Antworten auf meine Fragen. Ich war wie gelähmt und unfähig, einen klaren, nein, überhaupt einen Gedanken zu fassen. Und dann bemerkte ich diese Stille. Ich hörte das Ticken der Wanduhr, das Rauschen der Heizung, ein vorbeifahrendes Auto, aber in meinem Kopf war es still, absolut still. Die Stimme in meinem Kopf war verstummt. Henriette, die bis dato immer und zuverlässig an meiner Seite gewesen war, war nicht da.

Erst jetzt wurde mir bewusst, dass Henriettes Worte, und waren sie noch so niederschmetternd und demütigend, mein Antrieb waren. Sie war es, die dafür gesorgt hatte, dass ich mich anstrengte, dass ich über mich hinauswuchs und dass ich handelte, allein deshalb, um ihr und der Welt zu beweisen, dass sie im Unrecht waren. Jetzt gab Henriette keinen Laut von sich, rief mir nicht zu: „Siehst du, du taugst nichts. Du brichst wegen dem bisschen zusammen und machst einen auf Krank. Du bist nichts wert, du hast schon wieder versagt. Wie immer." Aber nicht nur Henriette war weg, sondern auch meine Intuition und jede Art von Gefühl. Es war einfach nur still und leer und ich damit handlungsunfähig. Wer sagte mir jetzt, was zu tun sei?

Wieder einmal war es Hannes, der mir zur Seite stand, mich aufbaute, mir Halt gab und sagte, was zu tun war. Als ich ihm unter Tränen von meinem Arztbesuch erzählte, nahm er mich in den Arm und sagte: „Junie, stell dir einmal vor, du hättest einen schweren Autounfall oder einen Herzinfarkt. Dann würdest du doch auch dem Rat der Ärzte folgen und so lange krankgeschrieben bleiben, bis du wieder gesund bist." Ja, bei einem Verkehrsunfall oder Herzinfarkt. Ich hatte aber weder das eine noch das andere. Verkehrsunfall sah man einem an, Herzinfarkt war jedem ein Begriff, aber Burnout und Depression?! Das waren eingebildete Volkskrankheiten. Nein, ich musste mich nur zusammenreißen und dann würde das schon irgendwie gehen. Doch Hannes blieb wie so oft beharrlich. „Junie, sowohl die Depression als auch Burnout sind inzwischen anerkannte Erkrankungen, die genauso ihre Berechtigung haben wie die physischen, auch wenn man sie nicht sieht. Du bekommst Medikamente und du solltest sie auch nehmen, denn so wie ich das verstanden habe, brauchst du diese, um wieder gesund zu werden. Aber die Depression ist mit der richtigen Therapie heilbar. Und was sollen dir denn die anderen vorwerfen? Überleg doch mal, was du allein in den letzten Wochen und Monaten durchgemacht hast. Wer soll dir denn bei deiner Geschichte ernsthaft nachsagen wollen, dass du simulierst?"

Ich versuchte, Hannes' Worten zu folgen. Es fiel mir unglaublich schwer, denn mein Kopf war ein riesiges Vakuum, in welchem die Worte kaum Halt fanden. „Eine Erkrankung, die heilbar ist. Du bist krank", waren die Gedanken, die sich wie dünne Rauchschwaden durch mein Gehirn zogen.

Konnte es wirklich sein, dass ich erneut an einer Depression erkrankt war? Nein, das war unmöglich. Bei meiner depressiven Episode vor einigen Jahren litt ich unter einem verminderten Selbstwertgefühl, Schuldgefühlen sowie dem Gefühl der Wertlosigkeit und hatte Panikattacken mit Herzrasen und Weinanfällen sowie Angststörungen. Jetzt war da nichts von alledem, abgesehen von dem verminderten Selbstwertgefühl, aber das, so nahm ich an, war ein Teil von mir und keine Krankheit. Weder Hannes noch meine Ärztin wussten, wie es in mir aussah. Sie meinten es bestimmt nur gut, aber ich hatte mit Sicherheit keine Depression und so leugnete ich weiterhin hartnäckig, an einer erkrankt zu sein. Dass etwas mit mir nicht stimmte, musste ich mir jedoch eingestehen. Vielleicht war ich an Long-COVID erkrankt? Immerhin hatte ich mich trotz Impfung zweimal mit dem Virus infiziert. Ich schaltete den Computer ein und googelte: „Langzeitfolgen Corona". Und da stand es, schwarz auf weiß: Zu den häufigsten Beschwerden zählten Müdigkeit, Erschöpfung und eingeschränkte Belastbarkeit, Konzentrations- und Gedächtnisprobleme und Schlafstörungen. Das war es. Das waren exakt meine Symptome. Ich war nicht verrückt, ich hatte Long COVID. Da ich Gewissheit haben wollte und um das Thema Psychiater ein für alle Mal zu beenden, schrieb ich meiner Hausärztin und teilte ihr meine Vermutung oder vielmehr MEINE Diagnose mit. Ihre Antwort war leider nicht die, die ich hören wollte. „Frau Kind, Sie können gerne auf der Arbeit und Ihrem Umfeld erzählen, dass Sie an Long COVID leiden. Aber wir wissen doch beide, dass das nicht der Fall ist. Der Stress und die Anspannung der letzten Jahre, die existenzielle Angst, der Tod Ihres Vaters, das war einfach zu viel. Sie haben eine schwere Depression, die behandelt werden muss, und ich kann Ihnen nur dringend raten, sich an einen Psychiater zu wenden." Sollte sie tatsächlich Recht haben mit dem, was sie schrieb? Ich haderte weiterhin mit meinem Schicksal, wollte nicht wahrhaben, dass die Depression zurück war, wollte nicht wieder in diesen Zustand versetzt werden, der mir die Kraft und die Lebensfreude raubte.

Ich widmete ich mich lieber der Hilfe zur Selbsthilfe, anstatt einen Psychiater aufzusuchen. Ich durchforstete das Internet und fand umfangreiche Literatur zu dem Thema, angefangen von Fachliteratur über Ratgeber und Erfahrungsberichte bis hin zu humorvollen Lektüren und nüchternen Sachtexten. Ich besorgte mir das Buch „Depression bewältigen: Erste Anzeichen erkennen. Die Fülle der Therapien nutzen. Dauerhaft aus der Depression finden" von Ulrich Hegerl und begann zu lesen. Ich musste nicht alles lesen, um zu dem Schluss zu kommen, dass ich ein klassischer Depressionsfall war, wie er im Lehrbuch stand. Jeder Psychiater hätte seine wahre Freude an mir gehabt, denn ich erfüllte sämtliche Kriterien einer schweren Depression. Reduzierte Konzentration und Aufmerksamkeit, körperliches Schweregefühl, Niedergeschlagenheit, mangelnder Antrieb und Interessensverlust. Weitere Anzeichen waren Schlafstörungen, Kopfschmerzen und Magen-Darm-Beschwerden, alles typische Begleiterscheinungen einer Depression, und ich hatte sie alle. Hätte ich in anderen Lebensbereichen so oft ins Schwarze getroffen, mir wäre viel Leid erspart geblieben. Die Depression hatte offenbar viele hässliche Gesichter.

Die Diagnose meiner Ärztin konnte ich damit bestätigen: Ich litt an einer schweren Depression. Ich las weiter, dass aus medizinischer Sicht die Depression eine ernste Erkrankung war, die neben den vielen Symptomen auch erhebliches Leiden verursachte. Das mit der ernsthaften Erkrankung hatte Hannes mir auch versucht zu erklären, dass es eventuell auch für ihn Leid bedeuten konnte, schwante mir spätestens jetzt. Weiter stand dort, dass Menschen, die an einer Depression erkrankt waren, sich meist nicht selbst daraus befreien konnten. All denjenigen, denen es nicht vergönnt war, sich selbst zu heilen, konnte durch die Einnahme von Medikamenten und eine psychotherapeutische Behandlung geholfen werden, gerne auch in Kombination mit einem Aufenthalt in einer psychiatrischen Klinik. Soweit zu den Fakten.

Trotz der recht eindeutigen Faktenlage ließ ein kleines, unbedeutend erscheinendes Wort mich aufhorchen. In dem Text stand, dass Menschen sich „meist" nicht selbst aus der Depression befreien konnten. Das bedeutete im Umkehrschluss, dass es einige wenige gab, denen genau das gelang. Ob es Wortklauberei war oder ob der Verfasser des Textes nur von Pauschalisierungen Abstand halten wollte, spielte keine Rolle. Für mich bedeutete es Hoffnung. Hoffnung, das düstere Tal der Depression ohne Psychopharmaka und Seelenklempner erfolgreich zu durchqueren. Und so war es am Ende eher ein Akt der Verzweiflung, der mich dazu brachte, verbissen weitere Ratgeber zu lesen und jedes noch so kleine Detail aufzuschreiben, um daraus zu lernen und in der Hoffnung, dass plötzlich alles wieder „normal" werden würde. Meine eigens dafür angeschaffte schwarze Kladde füllte sich nach und nach mit bunten Post-its, auf denen ich Sätze zum positiven Denken schrieb, einen Wegweiser zu einem glücklichen ICH notierte, Stichworte formulierte, die mein positives Selbstbild darstellen sollten, und eine Collage bastelte, mit der ich zum Ausdruck bringen wollte, welche Eigenschaften und Fähigkeiten ich gerne (wieder) hätte. Und so wünschte ich mir, wieder kraftvoll und zuversichtlich sowie stolz und stark zu sein, wollte standhaft und geerdet sein, gelassen und in Balance, inneren Frieden finden, mutig, fröhlich und ausgeglichen sein. Kurzum: Ich wollte mit mir und der Welt in Einklang sein. Doch es ging nicht. So sehr ich mich auch bemühte, mich dazu zwang, diese wunderbaren Dinge aus meinen Büchern festzuhalten, indem ich sie sorgfältig aufschrieb, um mit ihnen zu verschmelzen und eins zu werden, mein Verstand nahm sich von alledem nichts an. Er arbeitete nicht nur langsamer als sonst, er begriff schwerer, vergaß schneller und verlor schließlich den Fokus. Das gelesene Wort blieb weder in meiner Erinnerung, noch ergab das, was ich notiert hatte, einen Sinn. Es blieben leere Worte, die keinerlei Wirkung auf mich hatten. So bitter die Erkenntnis am Ende auch war, aber Hannes, meine Hausärztin und der Ratgeber hatten Recht. Ich hatte die vielen Zeichen falsch interpretiert, die Symptome übersehen, die Warnsignale ignoriert, die Wahrheit geleugnet, den Ernst der Lage nicht erkannt. Doch ich musste einsehen, dass ich mich nicht selbst heilen konnte. Trotz meines Scheiterns blieb meine innere Kritikerin stumm und so fühlte ich mich weder wertlos, noch hatte ich versagt, war nicht gut genug, schuldig oder unfähig. Ich war ohne all die negativen Gefühle und doch war der Zustand, in dem ich mich befand, unerträglich. Ich war nicht nur gefühllos und leer, ich war innerlich tot.

[...] Die Meditation hatte ich in einer Krise vor gut einem Dreivierteljahr für mich entdeckt und sie wurde zu einem wichtigen Bestandteil meines Alltages. Die geführten Meditationen halfen mir dabei, mich zu erden, den Fokus zurückzugewinnen, zur Ruhe zu kommen, die Gedanken zu beruhigen und negative Gedanken loszuwerden, innezuhalten, zu entspannen und mich mit meiner Intuition zu verbinden. Durch Meditation konnte ein Bewusstseinszustand erreicht werden, der die innere Balance wiederherstellte und Körper und Geist miteinander verband. Mit Beginn der Depression hatte ich auf all das keinen Zugriff mehr. Ich konnte weder der angenehmen Stimme meiner Meditationsbegleiterin folgen, noch hatte das Meditieren einen erkennbaren Mehrwert für mich. Mit welchem Ziel sollte ich meditieren? Welchen Bewusstseinszustand sollte ich anstreben? In mir und um mich herum war es still und somit brauchte ich keine zusätzliche innere Ruhe. Außerdem war ich allein und tat nichts, weil ich nichts tun konnte, was mehr Entspannung war, als mir lieb war. Mit meiner Intuition konnte ich mich nicht verbinden, denn sie verweigerte mir den Zugang. Und es gab kein Gedankenkarussell, das ich hätte stoppen können, denn hätte es auch nur einen einzigen Gedanken gegeben, ich hätte ihn gehütet wie einen Schatz.

Ich war, ohne es zu wollen, zum Nichtstun verurteilt und mir blieb nichts anderes übrig, als mich der Stille hinzugeben. Ich musste einsehen, dass ich an einem Punkt war, an dem es nicht mehr weiterging. Alle Mittel und Wege, alle Ressourcen, die notwendig gewesen wären, um mir selbst zu helfen, waren ausgeschöpft. Allmählich dämmerte mir, dass ich tatsächlich professionelle Hilfe brauchte. Und so stimmte ich der ärztlichen Behandlung sowie der Einnahme von Medikamenten zu und wehrte mich auch nicht mehr länger gegen die verordnete Auszeit und akzeptierte sie, egal wie lange sie dauern würde. Ich wollte meine Kraft und Lebensfreude zurückgewinnen, aber nicht nur für mich, sondern allen voran für meine Familie und insbesondere für Hannes, weil ich es ihm einfach schuldig war.

[...] Was einem niemand sagte, war, dass es mit einer Depression gar nicht so einfach war, eine Therapie zu beginnen, geschweige denn einen Termin beim Psychiater zu vereinbaren. Denn selbst dafür fehlten mir die Kraft und der Antrieb. Obwohl ich wusste, dass es meine einzige Option war, konnte ich mich kaum aufraffen, mich darum zu kümmern. Immerhin schaffte ich es, den Computer einzuschalten, das Wort „Psychiater" bei Google einzugeben und auf „Suche" zu klicken. Es ploppten eine erstaunlich große Anzahl von Namen auf nebst Bewertungen auf, die ich aber nicht realisierte. Ich war schon mit den vielen Namen hoffnungslos überfordert. Wo fängt man da an? Wonach wählt man aus? Entfernung? Bewertung? Aussehen? Ich starrte auf den Monitor und tat: nichts. Ich las die Namen und Telefonnummern, aber ich war nicht in der Lage, auch nur eine davon zu wählen. Was sollte ich am Telefon sagen? Was genau wollte ich eigentlich? Auf die Frage hatte mein Verstand leider keine passende Antwort. Ich wusste nicht, wie lange ich vor dem Computer saß, aber als ich ihn ausschaltete, hatte ich nicht eine einzige Nummer herausgesucht oder gewählt. Morgen. Morgen würde ich es erneut versuchen. Ich ging ins Wohnzimmer, setzte mich auf die Couch und tat: nichts. Ich saß einfach nur da und starrte vor mich hin. Ich hatte keinen Gedanken, keine Emotionen, keine Lust, kein Interesse, keinen Antrieb, kein Zeitgefühl.

Einige Tage später startete ich einen neuen Versuch und registrierte mich bei der Teleclinic, einem Onlineportal, bei dem man schnell und unkompliziert einen Facharzt per Videokonferenz kontaktieren konnte. So musste ich wenigstens nicht aus dem Haus oder telefonieren. Die Registrierung brachte mich allerdings schnell an meine Grenzen und ich brauchte drei Anläufe, bis ich meine persönlichen Daten und die Fragen zu meiner Versicherung und meinem Anliegen in das System eingegeben hatte. Bei der Frage nach dem Facharzt überlegte ich kurz, entschied mich aber dann doch für den „Psychiater". Ich wurde auf die nächste Seite weitergeleitet, wo mich ein Fragebogen erwartete, den ich ausfüllen sollte. Verdammt. Hätte ich nicht einen Schnupfen haben können? Aber nein, es muss ja etwas Ausgefallenes sein. Zu allem Überfluss kannte ich die Fragen bereits aus meinem Ratgeber und ich hatte sie auch schon beantwortet und die Diagnose bestätigt, allerdings war eine erneute Abfrage notwendig, um ein Level weiterzukommen. Sah ich es nur nicht oder war da wirklich kein Feld, wo ich einfach „schwere Depression" anklicken konnte? Ich suchte vergebens, konnte aber auch nicht ausschließen, dass mein Gehirn nicht fähig war, diese Schaltfläche auszumachen. Hier wurde augenscheinlich nur der belohnt, der fleißig war, allen anderen blieb der Weg zum Facharzt verwehrt. Für jeden Depressiven ein Witz. Wie zu erwarten, fehlte nach den ersten drei Fragen die Kraft, die Motivation und der Antrieb. Ich starrte minutenlang auf den Monitor, doch meine Finger bewegten sich nicht. Ich fuhr den Computer herunter und schaltete ihn aus. Morgen. Morgen würde ich den Fragebogen ausfüllen.

Sich einzugestehen, dass man Hilfe brauchte und es nicht aus eigener Kraft schaffte, machte mir zu schaffen und der Gedanke, versagt zu haben, blieb. Auch das Gefühl, „auf der Stelle zu stehen" und die Chancen, die sich mir boten – nämlich Zeit mit mir zu verbringen und mich in Achtsamkeit und Selbstliebe zu üben – nicht ausreichend zu nutzen, zerrte an mir. Mein gestörter Seelenfrieden machte den Umgang mit mir alles andere als leicht und das hatte nicht nur unmittelbare Auswirkungen auf mich, sondern auch auf mein direktes Umfeld. Ich war gefangen in einer nicht gewollten und doch vorhandenen Zurückweisung allem und jedem gegenüber und konnte emotionale und körperliche Nähe nicht zulassen. Das bekam insbesondere Hannes zu spüren, denn während wir früher die nonverbale Sprache nahezu perfekt beherrschten und Nähe und Berührungen ein wesentlicher Teil unserer Beziehung ausmachten, konnte ich diese nicht mehr ertragen. Jede Art der Berührung ließ mich erstarren und ich ging auf Distanz. Ich schämte mich dafür. Wieder tat ich Hannes unrecht, hielt ihn von mir fern, ohne es zu wollen oder es beeinflussen zu können. Hinzu kam meine mangelnde Entscheidungsfreude, die fehlende Leichtigkeit und Unbeschwertheit, die immer wieder auftauchenden Zweifel an der Richtigkeit des eingeschlagenen Weges, die mangelnde Aufmerksamkeit für vieles und das fehlende Interesse an fast allem, erforderten viel Kraft, nicht nur von mir, sondern insbesondere von Hannes.

Ich war mir selbst fremd geworden und kannte mich in meinem eigenen Leben nicht mehr aus. Für mich gab es kein Gestern, kein Heute oder Morgen und selbst das Hier und Jetzt gehörte binnen weniger Minuten der Vergangenheit an und ich hatte keinen Zugriff mehr darauf. Mein Kopf und meine Gedanken waren wie in Watte gehüllt und drangen nicht bis zu mir durch. Ich war abgeschnitten von der Außenwelt und verloren. Ich versuchte, mit aller Kraft aus dieser dunklen Welt herauszukommen, doch sie hielt mich fest, hatte ihre Klauen tief in mein Herz geschlagen, nahm mir die Willens- und Lebenskraft. Ich war gefangen in der Untätigkeit. Die Abwärtsspirale zog mich immer tiefer und tiefer, alles um mich herum schien nicht mehr real zu sein, war eine Illusion. Ich begann, mich zurückzuziehen, weil ich weder mir selbst noch Hannes oder meinen Kindern mein Verhalten erklären konnte oder in Worte fassen konnte, was mit mir und in mir vorging. Ich kam mir überflüssig und nutzlos vor, hatte nichts mehr zu geben, war stattdessen eine Last, eine Bürde. Ich wollte niemandem wehtun, schon gar nicht meiner Familie. Ich wollte nicht die depressive Frau an Hannes' Seite sein, sondern die starke, selbstbewusste, fröhliche, liebenswerte, einfühlsame Frau sein, die ich mal gewesen war und die ihm das gab, was er verdiente: Liebe, Einfühlungsvermögen, Nähe, das Gefühl der Zugehörigkeit, Freude, Harmonie,

Unterstützung. Leider zwang mich mein Inneres zur Passivität, Freudlosigkeit und mitunter zu Undankbarkeit und Unzufriedenheit. Der innere Kampf war so unglaublich anstrengend. Ich wirke passiv und teilnahmslos, dabei versuche ich permanent, die Kontrolle über mich zurückzugewinnen und handlungsfähig zu werden, um mein Leben in die richtige Richtung zu lenken. Nur sah man das nicht. Ich leistete nichts, ich tat nichts und fühle mich dennoch kraftlos und erschöpft. Und dann schlich sich unbemerkt ein einziger Gedanke ein. Ein Gedanke, der aus dem Nichts auftauchte und mit all seiner Klarheit und Präsenz die Leere erfüllte, die Stille unterbrach und sich in mir ausbreitete. Ich sah die Lösung für all meine Sorgen, Ängste und Probleme, sah den Weg, der mich und meine Familie von dem Leid befreien würde. Was wäre, wenn ich mich der Stille für immer hingeben würde? Was wäre, wenn ich endlich meinen Frieden finden würde, indem ich dem Leben, das mich nicht wollte, mich nicht liebte, dem ich nicht würdig genug war, ein Ende setzte?

Kurzgeschichten

Spätsommertag

Zukunft gestaltet sich nur im **Jetzt**
Ohne das **GESTERN** kein **HEUTE**
Im **GESTERN** liegen die Erinnerungen.
Das **GESTERN** ist abgeschlossen und nicht mehr zu ändern.
Im **GESTERN** haben wir Erfahrungen gemacht.
Gute und schlechte.
Das **GESTERN** ist wie ein buntes Buch voller Geschichten.
Das **GESTERN** bringt uns zurück an Orte und lässt uns Gegeben-
heiten noch einmal vor unserem geistigen Auge erleben.
Das **GESTERN** hat einen Platz in unserem Herzen.
Das, was uns Menschen im **GESTERN** an Nähe, Wärme und
Gefühlen mitgegeben haben, trägt uns auch noch im **HEUTE**.

Gesichter, Stimmen,
Geschichten machen aus uns den Menschen im **HEUTE**,
der wir jetzt sind.

Ohne das **GESTERN** kein **JETZT**.
Heute ist jetzt.
Heute ist machen.
Heute ist säen, was wir morgen ernten möchten.
Heute, das sind unsere Gedanken zu Ideen und Planungen, um
Ziele festzulegen.
Das **HEUTE** lässt uns Erfahrungen machen.
Mit dem **HEUTE** kann man seine Zukunft gestalten.
Im **HEUTE** lernen wir neue Menschen kennen.
Im **HEUTE** verlieren wir lieb gewonnene Menschen wieder.

Nur im **HEUTE** tun sich neue Wege auf, die man gehen kann.
Ohne das **HEUTE** kein Morgen.
Das **MORGEN** ist ungewiss.
Das **MORGEN** lässt sich nicht planen.
Ein strahlendes **MORGEN** erträumen wir uns im **HEUTE**.
Für das **MORGEN** machen wir im **HEUTE** unsere Pläne.
Im **MORGEN** möchten wir unsere Ziele, die wir uns im **HEUTE**
gesetzt haben, verwirklichen.
Ohne einen Gedanken an das **MORGEN** keine Hoffnung!

Tanja Krebs
Auszug aus meinem Buch
„Spätsommertag" erschienen 2023 bei Bookmundo

Der rote Polstersessel von Oma Kunigunde

Oma Kunigunde ist tot. Diese Nachricht erreichte uns vor ein
paar Tagen.

Jetzt ist es keine gänzlich unerwartete Nachricht. Mit ihren 97 Jahren
ist es ja auch eher so, dass man schon aufgrund der nicht unerheblich
fortgeschrittenen Lebensjahre durchaus früher oder später mit diesem
Umstand hat rechnen müssen. Durchaus traurig ist es aber dennoch.
Weil man bei uns in der Straße das Gefühl hatte, dass Oma Kunigunde
schon immer da war und auch wohl für immer da sein wird. Einige
hielten sie sicher für unsterblich, die gute Seele von Oma Kunigunde
wird es für die Leute in der Straße, ob groß, ob klein, sicherlich immer
bleiben. Und ihr durchweg positiver Blick auf alles und jeden wird uns
in Zukunft sicherlich fehlen. Aber so ist wohl der Lauf der Dinge.

Jetzt ist er leer, der rote Polstersessel draußen vor dem Haus unter
dem alten knorrigen Apfelbaum, der sehr lange schon keine essbaren
Früchte mehr trägt. Nur kleine, eher wurmstichige Exemplare, die als

Fallobst gerade mal noch die gefiederten Gartengäste erfreuen. Gefühlt ist er mindestens so alt wie Oma Kunigunde selber. Ob dieser damals beim Bezug des Hauses von ihr und ihrem Mann Wilhelm selber gepflanzt wurde, lässt sich jetzt nicht mehr überprüfen. Wahrscheinlich war er, genau wie Oma Kunigunde, auch schon immer da.

Dort hat sie gerne gesessen, die Kunigunde. Immer. Wenn das Wetter halbwegs verträglich war, die Sonnenstrahlen ab mittags über das Dach des kleinen Häuschens schienen und den Vorgarten in ein warmes Licht tauchten.

Auch im Winter, eine kurze Weile. Mit der warmen Wolljacke und in eine flauschige Decke gehüllt, hat sie sich durchaus dieses Vergnügen nicht nehmen lassen. Es gehörte nämlich zum guten Ton in unserer Siedlung, dass man auf einen kurzen Plausch bei Oma Kunigunde vorbeischaute, sofern man es zeitlich einrichten konnte. Doch meistens ließ es sich eigentlich immer so einrichten. Er war nämlich in der Tat durchaus unterhaltsam, der Klönschnack mit Oma Kunigunde. Sie hatte ja auch so einiges zu erzählen aus ihrem reichen Erfahrungsschatz. Und sie wusste stets zu der ein oder anderen Lebenslage die richtigen Worte zu finden. Und wenn es nötig war, wurde man von ihr auch schon mal ordentlich auf den Pott gesetzt. Natürlich nur in bester Absicht und zum Wohle aller. Dabei war sie selbstverständlich ausgesprochen diskret. Weibergewäsch war bei ihr nicht zu holen. Sie war vielmehr ein warmherziger, offener und ausgesprochen toleranter Mensch mit viel Humor. Und sie konnte über das ganze Gesicht strahlen, die Oma Kunigunde. Grad so, als wäre gerade eine Sternschnuppe mitten auf ihrem Gesicht gelandet. Einem schönen Gesicht, in dem sich die Zeichen der Zeit auf eine Art und Weise widerspiegelten, dass man der Meinung war, es konnte sich dabei lediglich um einige Lachfältchen handeln. Denn das herzliche, ehrliche Lachen und ihr spitzbübischer Humor waren immer schon ihr Lebenselixier.

Oh, wir werden sie sehr vermissen, unsere Oma Kunigunde. Auch die Kinder werden sie sehr vermissen. Sie fühlten sich bei ihr nämlich auch sehr wohl. Und das nicht nur, weil es dort immer etwas Leckeres zu erhaschen gab. Ein Eis zum Beispiel oder ein Stück selbst gebackenen, duftenden Kuchen. Oder die Butterplätzchen mit Schokoladenüberzug in der Adventszeit. Eine spannende Geschichte gab es sowieso immer zu hören. Die vergnügten und strahlenden Kinderaugen ließen auch die Augen von Kunigunde strahlen. Und innendrin strahlte sie in diesen Momenten mit den leuchtenden Kinderaugen mit, aus vollem Herzen.

Jetzt bleibt er leer, der rote Polstersessel. Schön ist er ja nicht mehr. Die Jahre sind auch ihm in der Tat anzusehen. Jetzt, wo er so einsam und verlassen an seinem angestammten Platz unter dem alten knorrigen Apfelbaum im Vorgarten steht. Also so ohne Oma Kunigunde. Ob man ihn wohl im Gedenken an seinem Platz unter dem Apfelbaum belassen wird? Wer sollte es auch wagen, diesen Sessel, in dem unsere Kunigunde so lange ihre Nachmittage verbracht hat, einfach in den Schuppen zu stellen. Ganz sicher niemand.

Die Beerdigung ist morgen. Die Kapelle auf dem Ostfriedhof wird wohl proppevoll sein. Alle werden sie morgen von ihr Abschied nehmen wollen und die letzte Ehre erweisen. Das Wetter soll sich voraussichtlich morgen so wie heute halten. Sonnig, mit ein gelegentlichen kleinen Schäfchenwolken. Ganz wie es dem heiteren Naturell von Kunigunde entsprach. Eine Trauerfeier im trüben Regengrau hätte ihrer heiteren Persönlichkeit keinesfalls entsprochen. Eher hätte sie sich gefreut, dass trotz der durchaus verständlichen Trübsal über ihr Ableben sich dennoch der ein oder andere heitere Moment finden lässt.

Kann man einen roten Polstersessel in Erinnerung an Oma Kunigunde auf ihr Grab stellen? Das hätte der Kunigunde sicher gut gefallen. Und irgendwie gehört der rote Polstersessel ja auch untrennbar zu Oma Kunigunde. Wenn man ihn neu beziehen lassen würde, vom Polsterer Winkler, der seine Werkstatt nur drei Häuser weiter hat. Er wäre dazu sicher gerne bereit. Schließlich waren er und seine Frau über Jahrzehnte gute Nachbarn von Kunigunde und ihrem verstorbenen Mann Wilhelm. Er und seine Frau Insa haben die beiden immer sehr geschätzt. Sowas verbindet. Ein robuster und witterungsbeständigerer Stoff wird sich im umfangreichen Sortiment seiner Werkstatt durchaus rasch finden lassen.

Nach der Trauerfeier, so heißt es, wollen sich Familie, Freunde und die Menschen aus der Straße am Haus von Oma Kunigunde versammeln. Im Vorgarten, unter dem alten knorrigen Apfelbaum am roten Polstersessel. Es gibt Butterkuchen, nach dem Rezept von Oma Kunigunde. Den backt sicher Insa Winkler zu diesem Anlass. Die Leidenschaft zum Backen hat die beiden Frauen auch früher schon verbunden.

Ebenso wie die beiden Männer das Vertilgen der jeweiligen Köstlichkeiten ihrer Frauen verbunden hat. Obwohl man ja dazu sagen muss, dass Wilhelm für seine Kunigunde oder auch für Gäste immer gerne gekocht hat. Und wenn dann alles verputzt war, man es sich am großen Esstisch mit den Gästen so richtig gemütlich gemacht hatte, dann hat Wilhelm seine Lieblingsmusik angedreht. Jazzmusik vor allen Dingen. Oder schmissige Bigband-Stücke. Hauptsache schön schwungvoll. Dazu haben dann beide fröhlich und ausgelassen getanzt. Diese Passion haben Oma Kunigunde und ihr Wilhelm ihr Leben lang geteilt. Auch später, nach dem Tod ihres Ehemannes, hat Kunigunde gerne mal die Musik angestellt, wenn ihr danach der Sinn stand. Aber wenn schon, dann natürlich laut. So, dass auch die unmittelbare Umgebung etwas davon hatte. Es hat aber keiner daran Anstoß genommen. Im Gegenteil. Man hat darüber gelächelt und sich gefreut und ihr das Vergnügen selbstverständlich gelassen. Sicherlich schwelgte Oma Kunigunde in diesen Augenblicken in schönen Erinnerungen. Vorübergehende Passanten konnten beobachten, wie sie zu der Musik ein bisschen getanzt hat. Nicht so ausgelassen wie damals in jüngeren Jahren und ihrem doch fortgeschrittenen Alter angepasst. Aber immerhin. In diesen Momenten war sie ihrem Wilhelm bestimmt wieder ganz nah.

Vielleicht sollte man bei der Trauerfeier vor Oma Kunigundes Haus am alten Apfelbaum und dem geliebten roten Polstersessel eine dieser alten Platten spielen. In Erinnerung an sie und ihren Wilhelm. Und wem dann danach der Sinn stünde, könnte ja Oma Kunigunde zu Ehren ein kleines Tänzchen wagen.

Und die, die schaut von oben zu. Und sicherlich hat sie dabei ihr unverwechselbares Strahlen im Gesicht, für das wir sie alle so geschätzt und geliebt haben. Das wird ganz sicher genauso sein!

Du und Ich

In schwindelerregender Höhe
Unter uns die Welt
Klein, als wäre sie eine Miniaturstadt.
Helle, kleine Punkte, wie Glühwürmchen
sehen sie aus von hier oben.
Wo haben wir Halt.
Woran halten wir uns fest, nur wir zwei,
von unserem haltlosen Podest aus.
Unter uns der hell schillernde Abgrund,
der uns zu verschlingen scheint.
Genügt es, wenn wir uns aneinander festhalten?
Oder holt uns die Welt früher oder später wieder ein, überredet uns zur Rückkehr?
Müssen wir wieder hinabsteigen, in das Meer aus Licht?
Eng, grell, laut lärmend.
Oder bewahren wir uns die Höhe, den unendlichen freien Raum, der uns die Luft zum Atmen lässt, den unverstellten Blick von hier oben.
Stehen wir über den Dingen.
Wo finden wir uns, wo muss jeder für sich sein, für sich bleiben.
Gibt es ein wir oder nur diesen flüchtigen gemeinsamen Moment über den Dingen.
Werden wir fallen?
Oder schweben wir gemeinsam durch den unendlichen Raum?

Kursawe Silvia

Die Erde ist meine Mutter

Das kleine Mädchen war schon lange unterwegs. Genau dreiundsechzig Jahre dauerte ihre einsame Wanderung, bis sie den Anfang des Regenbogens fand. Sie war unendlich müde, als sie den Ort erreichte. Daisy stellte die zierlichen schwarzen Lackschuhe direkt mit der Spitze und ordentlich nebeneinander an die bunte Kante des Regenbogens. Sie war jetzt barfuß und freute sich über das weiche Gras unter ihren Sohlen. Es fühlte sich herrlich kühl und frei an. Unzählige Gänseblümchen reckten sich der Sonne zur Begrüßung entgegen. An den Grashalmen hingen noch Regentropfen, die wie Diamanten im Licht funkelten. Daisy holte tief Luft und setzte einen Fuß vorsichtig auf das grüne Band des Regenbogens. Samtig und fest fühlte es sich unter ihren Füßen an. Der Anstieg des ersten Drittels war auch nicht anstrengend, weil sie ohne Angst und mit federnden Schritten vorwärts ging. Die Luft war frisch, ohne Gerüche, und der sanfte Wind machte sie wach. Daisy blieb stehen und betrachtete aufmerksam die bunten Bänder des Regenbogens. Sie entschloss sich, ihren Weg auf Rot weiterzugehen. Rot steht für Liebe und Freundschaft. Aber auch für Gefahr. Alles hatte Daisy schon kennengelernt. Freundschaft hatte sie immer wieder davor bewahrt, alles aufzugeben. Ihr Leben, ihre Bedürfnisse, Sehnsüchte und Ziele. Da war die stattliche, zweihundertjährige alte Eiche, die am Grundstücksende wachte. Wann immer Daisy traurig und mit Angst vor dem Tag aufwachte, zog es sie dorthin. Sie stellte sich einfach unter die weit ausladenden Äste, schaute zur Krone hinauf und stellte ohne Worte ihre Frage. Was soll ich tun? Was wünschst du dir, fragte die Eiche zurück. Daisy konnte dem Baum ohne Scheu antworten, denn sie war ja allein und niemand würde sich über ihre Antworten lustig machen. Sie bemerkte schon lange die Vertrautheit im Zwiegespräch mit der

Eiche, die wohl schon über 200 Jahre an dieser Stelle stand. Das kleine Mädchen fühlte sich ernst genommen von ihrem mächtigen Freund und so ging es ihr nach jedem Besuch bei ihm besser und sie kehrte mutiger in ihren Tag zurück. Für kurze Zeit war sie ein kleiner Krieger. Warum war das so? Sie nahm sich vor, die Eiche das nächste Mal danach zu fragen. Daisy hörte der alten Eiche staunend zu. Es war die Kraft deiner Fantasie, die deine Seele öffnete und dich genau das in Bildern sehen ließ, was du für deine Entwicklung so dringend benötigtest. Nur du kannst diese Bilder deuten. Und genau das macht dich zu dem wichtigsten Menschen in deinem Leben. Dieses Wissen macht dich stark. Dieser Mut wird sich mit der Zeit manifestieren. Du wirst spüren, wie die drückende Last aus der Vergangenheit von deinen Schultern abfällt. Du kannst endlich frei atmen, bekommst einen klaren, unverstellten Blick auf die Gegenwart und eine selbstbewusste Körperhaltung. Das signalisiert deiner Umwelt unmissverständlich, dass in deinem Leben nur du das Sagen hast. Deine Seele wird tanzen, weil sie frei und unabhängig von jeder Bewertung um ihren Platz im Leben weiß. Eine unendliche Dankbarkeit sprengt die Fesseln deiner Angst und lässt dich erkennen, wie viel Mut und Vertrauen zu dir selbst schon in dir waren. Einsamkeit gibt es nicht, weil du ein Teil von allem bist und alles ist ein Teil von dir. Du bist geborgen in dieser schöpferischen Kraft. Daisy hörte gebannt die tiefe, sanfte Stimme des Regenbogens, die aus allen vier Himmelsrichtungen kam. Sie spürte die Worte in weichen Wellen unter ihren Füßen und eine wohlige Wärme erfüllte sie. Du bist hier, weil du verstehen willst, warum die Angst in dir dich nicht wachsen lässt, dich einsam macht und hoffnungslos. Es gibt eine Ahnung in dir von einem anderen, einem glücklichen Leben. Was zügelt dein Bedürfnis nach Lebensfreude und menschlicher Nähe? Mein bunter Bogen ist eine Brücke der Erkenntnis. Du willst deinen eigenen Weg finden, dafür hast du dich entschieden. Nur durch diese Entscheidung wurde ich für dich sichtbar. Auf deinem Weg wirst du tanzen, freudig voranschreiten, aber du wirst auch verharren, um Entscheidungen zu treffen. Niemand wird dich dabei stören. Daisy bekam

Herzklopfen vor Freude über diese Orientierungshilfe. Sie fühlte, sie ging diesen Weg nicht allein. Die Eiche war mit ihr und auch der Geist des Regenbogens. Sie gaben ihr das Gefühl einer Anführerin, die Geschwindigkeit, die Farbe und die Richtung des Weges bestimmte. Die kleine Kriegerin befand sich noch immer auf dem roten Band. Diese Signalfarbe steht auch für sei wachsam, achtsam, bereit zur Flucht. Daisy wollte diese Gefühle hinter sich lassen, weil sie Angst auslösten. Nimm die Angst nicht als Feind an, sondern als Ratgeber, wenn du in bedrohlichen Situationen bist und nicht weißt, wie du handeln sollst. Tu dann, was Geist und Körper entscheiden. Die vertraute Stimme der Eiche war tief und eindrücklich. Sie konnte schon oft Daisys Selbstzweifel verjagen. Nun sollte sie lernen, sich selbst mutig den Herausforderungen des Lebens zu stellen. Indem du entscheidest, dass nur du allein die Verantwortung für dein Leben innehast, stellt sich der Mut an deine Seite. Und der bringt seine Helfer mit: die Hoffnung, den Glauben, die Lebensfreude und die Liebe. Wieder spürte Daisy die Worte des Regenbogens wie sanfte Wellen unter ihren Füßen. Daisy, als du vor einiger Zeit diese bunte Brücke betreten hast, wähltest du das Grün meiner sieben Regenbogenfarben. Das Grün bezeichnet meine Mitte und es bedeutet Leben, Hoffnung und Neuanfang. Dein Start war kein Zufall, sondern eine Entscheidung. Die Verzweiflung und die Einsamkeit haben dich auf den Weg geschickt und der Mut, ihn zu gehen, hat dich hierher geführt. Dein Mut. Daisy hörte die Freude darüber in der Stimme des Windhauchs, der sie umspielte. Ein glückliches Gefühl durchströmte sie und das rote Band unter ihr leuchtete stark und kraftvoll. ICH BIN MUTIG! Daisy blickte sich stolz um. In diesem Moment würde sie sich von niemandem etwas anderes einreden lassen. Da war aber niemand. Sie musste sich nicht beweisen. Daisy fühlte sich stark und so wechselte sie aus eigener Entscheidung auf das orange Band des Regenbogens. Sie war neugierig, ob sie auf andere Menschen treffen würde, fast wünschte sie es. Sie wollte ihre neue Lebensfreude teilen. Voller Übermut sprang sie von orange auf gelb. Warm war es hier. Daisy blickte nach oben und der Himmel hinter den Wolken nickte ihr sehr freundlich zu. Heiter winkte sie mit beiden Armen zurück. Unter ihren Füßen bemerkte sie sanfte Schwingung und die Sanftheit eines bemoosten Waldweges. Erstaunt blickte sie nach unten und erkannte ihren Weg auf dem grünen Band. Hier begann sie ihren Weg über die Regenbogenbrücke. Warum ist sie wieder an dieser Stelle? War sie doch rückwärts gegangen oder im Kreis? Die tiefe Stimme der Eiche beruhigte sie. Wenn du dein Leben verstehen willst, darfst du nichts auslassen. Eile hat in deinem Leben nichts mehr zu suchen. Niemand hetzt dich und du kannst dir die Zeit nehmen, die du brauchst, um deine Schritte und Entscheidungen zu verstehen. Deshalb gehst du deine ersten Schritte auf meinem bunten Rücken noch einmal. Daisy nickte vor sich hin und ihre Heiterkeit wich einem Gefühl der Dankbarkeit für die sanfte Lehre des Regenbogens und der Vertrautheit mit ihrem großen Freund, der Eiche. So ging sie eine ganze Weile über das grüne Band und sie fragte sich, ob sie überhaupt von irgendjemandem vermisst wird auf der Erde. Stopp, Daisy! Sie blieb stehen und wunderte sich über die kurze Anweisung der Eiche. Deine Frage, ob dich jemand vermisst, ist ein getarnter Wunsch nach Nähe der Menschen, die du vermisst. Sie öffnet dein Herz für ihre Bedürfnisse. Nur so ist es dir nun möglich, durch das gelbe Sonnenfenster vor deinen Füßen auf die Erde zu sehen. Vorsichtig kniete sie sich vor den gelben Holzrahmen und schaute nach unten. Sie sah auf eine hübsche Kleinstadt mit vielen Fachwerkhäusern, umgeben von Flüssen und Wäldern. Die hügelige Landschaft wurde geprägt von goldgelben Kornfeldern. Daisy erkannte sofort ihren Geburtsort. Sie bemerkte eine eigenartige Beklemmung, als sie zwei Menschen in einem schönen Garten erblickte. Eine alte Frau mit weißen Haaren und eine jüngere mit langem braunem Zopf. Als hätte Daisy nach unten gerufen, wendete die jüngere Frau ihr Gesicht dem Himmel zu. Daisy sah die große Freude in diesem Gesicht, so, als wäre es ihr eigenes. Es war die Freude des Erkennens und des Wiedersehens. Daisy hatte Herzklopfen, als sie sich hocherfreut zuwinkten. Auch die alte Frau sah nach oben. Regungslos. Sie kann dich nicht sehen, sagte die Eiche zu Daisy. Ihr Herz hat einen blinden Fleck. Diese alte Frau hat in ganz jungen Jahren durch ihr Schicksal keine Liebe erfahren dürfen. Sie konnte dich nicht mit ihrem Herzen sehen und deine kindlichen Bedürfnisse nicht erkennen. Das Schicksal hat sie hart gemacht. Sie kann nichts dafür, denn sie hat sich das nicht ausgesucht. Ein fast zärtliches Gefühl für die alte Frau ergriff Daisy und ließ ihre eigenen Seelenwunden auf ein erträgliches Maß schrumpfen. Sie erkannte, dass sie aufgrund ihres jüngeren Alters die Chance hatte, ihrem Leben eine glückliche Wendung zu geben. Sie war mittendrin in ihrer Chance. Die Greisin hat diese Möglichkeiten nicht mehr. Aber sie wird ihren Frieden finden, weil sie ihr Schicksal akzeptiert. Ihr seid euch nichts schuldig, ihr seid frei! Die alte Frau stand jetzt allein im Garten. Sie bückte sich und pflückte ein Gänseblümchen aus der Wiese. Sie betrachtete es und mit einer bedächtigen Bewegung himmelwärts hielt sie das Blümchen in die Sonne, überließ es dem sanften Sommerwind. Daisy streckte erfreut ihre Hand durch das Sonnenfenster, um das Blümchen zu empfangen, und tatsächlich landete das hübsche Pflänzchen genau dort. Die Eiche hatte alles beobachtet. Glücklich schaute Daisy auf die kleine Sonne in ihrer Hand und wusste um das Geschenk der Erkenntnis: DIE ERDE IST MEINE MUTTER

Noch während Daisy rätselt, warum das Gänseblümchen in den Weiten des Himmels ausgerechnet in ihre kleine Hand fand, streicht ein sommerwarmer Windhauch um ihre Schultern. Es ist derselbe Wind, der ihr das Blümchen brachte. Daisy blickte in den Himmel und sah die schönsten Federwolken. Wie damals, als ihr Vater beerdigt wurde. Ein Windstoß fuhr durch ihre lockigen Haare und verschwand zwischen den weißen Wölkchen. Ungläubig fasste Daisy in ihre Locken und erkannte: DER WIND IST MEIN VATER. Danke, lieber Regenbogen, endlich habe ich die Antworten auf meine Fragen gefunden. Überglücklich verlässt sie mit mutigem Schwung ihren weisen Freund und findet sich auf der alten Steinbrücke nahe ihres Wohnortes am See wieder. Schnell schlüpft sie in ihre Schuhe, die immer noch so dastanden, bevor sie den Regenbogen betrat. Vertraute Stimmen rufen ihr zu: Mama, die Geschäfte schließen gleich.! Daisy sucht in ihrer Tasche nach dem Einkaufszettel und erblickt in ihrer Hand ein wunderschönes goldenes Eichenblatt. Freudig strahlend umschließt sie es und ruft ihren Kindern zu: bin bei euch.

Litty Andreas

Huhu, da bin ich wieder, euer Rauhaardackel „Einstein"! Hat mich jemand vermisst?

In den letzten drei Jahren ist bei mir mehr passiert, als ich mir je gewünscht habe. Ich habe etwas gebraucht, um alle Umstände zu bewältigen, aber alles der Reihe nach! Wer sich noch daran erinnert, ich lebe mit 2 Menschlingen zusammen, dem *Tänzer* sowie *M*. Beide sind mir sehr zugetan.

Zunächst war ich ja noch ein jungscher Spund. Bei meiner letzten Geschichte war ich erst 11 Monate alt! Jetzt bin ich bald 4 Jahre und ordentlich in die Länge gewachsen.

Morgens begleite ich meistens *M* auf seiner Menschenrunde am Stadtrand von Berlin. Bevor sich, welcher geschätzte Leser auch immer, denkt, es ist wohl eher umgekehrt, erkläre ich gleich: Wie ihr sicherlich noch wisst, ist es mir nicht geheuer, die Menschenleine mit einer Pfote zu halten und auf drei Pfoten zu laufen. So lasse ich mir diese immer von einem der beiden an meinem Brustgeschirr befestigen. Nur deshalb trage ich ein Brustgeschirr, an dem die Leine befestigt ist. Ich kann damit gut einen meiner beiden Menschenkinder führen. Entweder dürfen sie neben- oder auch hinterherlaufen! Sollte einer der beiden mal versuchen, vorneweg zu laufen, bleibe ich sofort stehen!

Dackel wurden früher auch „Dachs-Hund" genannt. Also wir waren dafür zuständig, in ein Dachsloch hineinzukriechen! Eines könnt ihr mir glauben, da ist kein Menschling als erstes hineingekrochen und ein Dachs-Hund folgte ihm! Nein – das Menschenkind hat vor dem Loch gewartet, bis wir den jeweiligen Dachs aus seiner Höhle hinausgejagt haben.

Dies ist der einzige mir noch bekannte Grund, warum ich immer vor M laufen muss!

Tante Ela zupft mich immer, wenn meine Fellhaare zu lang sind. Menschenkinder gehen, glaube ich, zum Friseur, um wieder fitter auszusehen. Bei mir zu Hause hat der *Tänzer* immer M die Haare geschnitten. Er war auch so gelenkig, dass er sich selbst die Haare mit einer Maschine schneiden konnte!

Dann rannten plötzlich alle mit so einer komischen Maske herum, die Mund und Nase verdeckt hat, ich konnte nicht mehr alles richtig verstehen, wenn wir zusammen spazieren waren. Nachmittags habe ich manchmal auch den *Tänzer* an der Menschenleine ausgeführt. Ständig hat er an etwas gesaugt, das wie ein Stängel aussah. Immer hatte er so etwas wie eine kleine Dose in einem innenliegenden Beutel seiner Hose dabei. In diese schien er den Stängel zu entleeren und später drückte er den Stängel darin aus, klappte den Dosendeckel zu und steckte die Dose, naja, es war vielleicht doch eher ein Döschen, in diesen innenliegenden Beutel. Wenn ich mit ihm Gassi ging, ließ ich ihn, so oft es die Umstände erlaubten, frei herumlaufen. Einmal war er mit anderen scheinbar in ein Gespräch vertieft und so nutzte ich die Gelegenheit und schlüpfte unter einem Zaun hindurch. Nun stand er ratlos auf der einen und ich auf der anderen Seite des Zaunes. Ich dachte nur, wie kommt er da wohl rüber, aber er hat es geschafft.

Eines Tages führte ich M aus und da dieser nicht immer richtig die Beine heben konnte, blieb er an einem Stein hängen und stürzte der Länge nach hin. Nun lagen da zwei Meter Mensch neben mir. Er rappelte sich wieder auf und wir liefen nach Hause. Jetzt führte ich wieder den *Tänzer* an der Menschenleine aus. Schließlich begannen diesem ab und zu die Beine wegzusacken und seitdem laufe ich nur noch mit M!

Der *Tänzer* wusste wohl nicht, woran es lag und wollte einen Arzt mit sehr, sehr langer Wartezeit aufsuchen. Zu diesem Zeitpunkt liefen noch alle so gerne mit diesen Masken herum. Wenn ich mich recht erinnere, wollte ihm *M* einen anderen Arzt besorgen, aber der *Tänzer* lehnte ab! Endlich war der Arzttermin heran und beide fuhren dorthin. Aus den Gesprächen meiner Menschenkinder habe ich nur herausgehört, dass nichts festgestellt wurde und so blieben die Symptome.

Dann, nach einiger Zeit, hatte der *Tänzer* eines Nachts ein taubes Bein und *M* rief einen Krankenwagen, weil es so nicht mehr weitergehen konnte. Wie die Pflegekräfte aus dem Krankenwagen da waren, ging es dem *Tänzer* plötzlich wieder besser und so nahmen sie diesen nicht mit. Kurze Zeit später gab es tagsüber wieder ein Problem mit den Beinen. M rief erneut einen Krankenwagen und diesmal nahmen sie den *Tänzer* mit!

Danach habe ich eine längere Zeit nur noch mit *M* zusammengelebt.

Nun führte ich tagein, tagaus *M* zu einem längeren Spaziergang aus. Nachmittags verabschiedete sich dieser immer mit den Worten: „Ich geh jetzt zum *Tänzer*." Warum der *Tänzer* bisher nicht wiedergekommen ist, weiß ich nicht. Ich durfte dann oft zu *Tante Ela* und mit den anderen zwei Dackeln spielen. U. a. war ja der eine mein Stiefbruder.

Einmal brachte mich *M* zu *Tante Ela*. Mit ihrem Auto fuhren wir auf ein großes Gelände. Ich wurde aus meiner Kiste befreit, auf die Straße gesetzt und da kamen mir auch schon meine beiden Menschenkinder entgegen. Jedoch, *M* schob den *Tänzer* in einer Art Stuhl, mit kleinen Rädern unten dran, zu mir heran. Ich freute mich, wie sich nur ein junger Dackel freuen kann, den *Tänzer* endlich wiederzusehen. Ich sprang gleich auf seinen Schoß, leckte ihm das Gesicht und war überglücklich.

Eine Eigenschaft von mir ist, dass ich meinen beiden Menschenkindern oder auch anderen Dackeln immer an einem Ohr schnüffle. Am Geruch merke ich, ob eine Ohrentzündung vorliegt!

Warum der *Tänzer* in diesem Stuhl mit den Rollen saß, habe ich bis heute nicht verstanden. Warum konnte er nicht wie früher einfach auf mich zugelaufen kommen?! Egal, ich war froh, dass ich ihn überhaupt sehen und auf seinem Schoß sitzen durfte! Mir fiel jedoch auf, dass er seinen einen Arm nicht richtig bewegen konnte und mit dem einen Bein war auch irgendetwas nicht in Ordnung.

Danach ging es wieder in *Tante Elas* Auto und zu ihr nach Hause. Dort holte mich *M* später ab. Einige Male konnte ich so den *Tänzer* sehen und freute mich immer riesig!

Nach einiger Zeit war es soweit, ich hatte gehofft, er kommt nach Hause! Leider doch nicht.

Wieder durfte ich nicht mit. Dann hatte ich Glück, *M* setzte mich in meine Box im Auto und wir fuhren eine lange Strecke. Dann endlich wurde ein Parkplatz gesucht. Aber Leute, weiß *M* etwa immer noch nicht, dass ich es nicht mag, mit dem Auto rückwärts zu fahren?! Ich muss dann meinen Frust abbauen und laut herumbellen. Ich weiß, *M* ist davon genervt, ist mir egal!

Wir spazierten noch eine kurze Strecke und standen vor einem Gebäude. M ging mit mir auf eine Tür zu, die sich selbstständig öffnete. Nun waren wir in einer mittelgroßen Halle mit niedrigen Tischen und Stühlen. Wir liefen dort lang und auf der anderen Seite stand die Tür zum Garten hin offen. Nun sah wohl M den Tänzer schon und wir gingen direkt auf ihn zu. Ich freute mich wie ein Schneekönig – so heißt es, glaube ich, bei euch Menschlingen! Der Tänzer saß wieder in diesem komischen Stuhl mit den Rädern daran. Wir freuten uns beide und ich stieg gleich an ihm hoch. Um M klarzumachen, dass ich auf den Schoß des Tänzers wollte, hüpfte ich auf meinen Hinterläufen hoch. Endlich hatte M es verstanden und setzte mich auf des Tänzers Schoß. Nach einer Weile sprang ich wieder hinunter. M schob den Tänzer durch den

Garten und ich stolzierte nebenher. Vor einem Teich standen zwei Bänke. Hier blieben wir stehen.

Halt, mir ist soeben der richtige Name wieder eingefallen – „Stuhlwagen"!

Nochmal: Vor einem Teich gab es ein Geländer und zwei Bänke. Hier blieben wir stehen. *M* bat den *Tänzer*, sich am Geländer aus dem Stuhlwagen hinaufzuziehen, so dass er annähernd stehen konnte. Dann setzte sich der *Tänzer* wieder in den Wagen und begann zu erzählen. Ich habe ihn zwar gehört, aber nicht alles verstanden, seine Stimme klang nicht gut! Es ging wohl darum, dass sich der *Tänzer* nicht mit seinem Zimmernachbarn verstand!

Schließlich ging es wieder zurück ins Haus, der *Tänzer* mit der Menschenleine in der Hand.

Erneut brach für mich eine lange Zeit an, in der ich den Tänzer nicht sehen durfte. Wenn ich mich recht erinnere, handelte es sich um etwas, das mit der Maskenverkleidung zu tun hatte. Trotz Maskerade hatte sich *M*, wie hieß es doch gleich ... irgendwas mit „Cona", nein, wartet einen Moment, mir fällt es gleich wieder ein, ich muss kurz die Augen schließen und meine Gedanken sortieren. Corona, ich hab's!

Also *M* hatte sich, trotz diverser Impfungen, mit Corona infiziert. Um andere nicht anzustecken, liefen wir jetzt immer zu anderen Zeiten die Menschenrunden, wenn möglichst wenig Leute unterwegs waren. *M* natürlich nur mit Maske!

Dann war *M* sehr aufgeregt, manchmal hat er direkt mit mir gesprochen, außerdem konnte ich sowieso schon immer seine Gedanken lesen. Jedenfalls wurde M ständig vom Aufenthaltsort des Tänzers angerufen und M betonte immer wieder, dass er nicht kommen kann, da er Corona hat. Scheinbar dauerte es einige Tage, bis auch beim Tänzer Corona festgestellt wurde und schließlich erhielt dieser ein Einbettzimmer. Hier ging es ihm besser, bis auf Corona und dass er nicht mit *M* telefonieren durfte.

Bestimmt zwei Wochen vergingen, bis *M* den *Tänzer* wiedersehen durfte. Zuhause erzählte mir *M*, dass der *Tänzer* eher wie ein Häufchen Elend aussah. Der Tänzer fristete sein Dasein weiterhin im Zweibettzimmer.

Eines Nachts lief das Fass über! Die Anschuldigungen vom Zimmernachbarn wurden fortgesetzt, der *Tänzer* verneinte weiterhin und sagte wieder und wieder, der Zimmergenosse solle endlich Ruhe geben. Nun nahm der Zimmerkollege eine Glasflasche und schlug diese dem *Tänzer* des Öfteren auf den Schädel. Der *Tänzer* schrie auf und begann zu wimmern. Dies hörte jemand im Haus, ein Krankenwagen wurde gerufen und der Tänzer in ein Krankenhaus gebracht.

Am nächsten Morgen erreichte die Nachricht *M*. Er wurde zwar bereits in der Nacht angerufen, aber sein Handy und er schlafen getrennt. Genussvoll hing das Handy an der Ladestation! Zunächst lief ich noch mit *M* die Menschenrunde und im Anschluss durfte ich zu „*Tante Ela*".

Das Weitere erfuhr ich nur aus *M's* Erzählungen bei „*Tante Ela*".

M fuhr zum Krankenhaus, musste sich dort zunächst noch auf diese Maskenkrankheit testen lassen und durfte dann endlich auf die Station, wo der *Tänzer* lag. Dieser hatte einen riesigen Verband um den Kopf, schlief noch und erwachte. *M* freute sich, dass sein Mann noch am Leben war!

M erfuhr von einem Arzt, dass das Jochbein gebrochen und ein Knochen im Gesicht schief steht. Wenn dies nicht gerichtet wird, kann das ganze Gesicht schief werden! Also ließ *M* zu, dass der betroffene Knochen wieder gerade gezogen wird. Da dies für die Ärzte nur ein kleiner Eingriff war, wurde der *Tänzer* schnellstmöglich zu seinem derzeitigen Aufenthaltsort zurückgebracht, jedoch glücklicherweise in ein anderes Zweibettzimmer.

M sprach zu mir: „Ich will den *Tänzer* nach Hause holen!!!"

Diverse Firmen wurden angerufen, um zu klären, welche Möglichkeiten es gab. Für Änderungen im Haus kamen Handwerker und es wurde schon beschlossen, wann der Umbau stattfinden sollte!

Wir, *M* und ich, sowie weitere Verwandte, besuchten den *Tänzer* jetzt abwechselnd. Meist lag dieser im Bett. Irgendwie war er mit den Laken immer so fest zusammengewickelt, dass er sich nicht bewegen und ihn *M* daraus zu befreien hatte. *M* zog dann seinem Partner erst den Schlafanzug aus und einen Trainingsanzug an, um mit ihm draußen oder in einem anderen Raum das Abendbrot einzunehmen.

Dies ging alles noch eine kurze Zeit gut. Ich glaube, es war ein Sonntag. Wir, der *Tänzer*, *M* und ich, verlebten noch einen schönen Tag.

Wieder musste *M* den *Tänzer* erst aus den Laken befreien. Dann hielt er beide Hände des *Tänzers* mit seiner rechten Hand fest, zog ihn hoch und schob mit der linken Hand gleichzeitig beide Beine in eine Sitzposition, sodass die Unterschenkel des *Tänzers* aus dem Bett heraushingen. Ich lag auf dem Fußboden am hinteren Bettende und konnte den gesamten Vorgang sehen, damit ich euch nicht etwas Falsches erzähle, und doch fielen mir irgendwann die Äuglein zu! Ich erwachte, da war der *Tänzer* bereits angekleidet und *M* ließ ihn langsam in den Stuhlwagen gleiten!

Die gesamte Prozedur lief nicht ohne Stöhnen des *Tänzers* ab, ich glaub', er hatte diverse Schmerzen! Ich wurde wieder vom Bettpfosten abgeleint. Die Menschenleine durfte jetzt der *Tänzer* halten. *M* bugzierte den Tänzer im Stuhlwagen aus dem Zimmer zum Aufzug und ich stolzierte nebenher. Dann waren wir endlich im Garten. Ich wollte noch einmal auf des Tänzers Schoß, jedoch wehrte dieser ab. Der Tänzer wurde durch den Garten zu einem Tisch geschoben. Hier hielt ich den *Tänzer* an der Menschenleine fest, während *M* das Abendbrot mit reichlich Nachtisch von der Station in den Garten holte. Wir, meine beiden Menschlinge und ich, empfanden es als einen sehr schönen Tag! Danach brachten wir den *Tänzer* wieder auf sein Zimmer. Dort wurde er von *M* ausgezogen und ins Bett gelegt. Ich glaube, *M* betrachtete alles als Übung, denn wenn er den *Tänzer* nach Hause holt, muss er zuhause auch alles alleine vollbringen. Gelernt hatte er bereits alle Abläufe im Krankenhaus!

Wir verabschiedeten uns wie immer und verabredeten uns für den übernächsten Tag, da *M* am Montag zur Chorprobe wollte. Am folgenden Wochenende sollte der lang ersehnte Chorauftritt stattfinden!

Montag früh erreichte uns urplötzlich die Nachricht, dass mein *Tänzer* in der Nacht verstorben war! Also hatte ich mich doch nicht geirrt, denn ich meine, seine Seele war nachts noch bei mir! Für den *Tänzer* war es das Beste, dass er endlich gehen durfte! Zur Lebenseinstellung des Tänzers gehörte es, stets ausgelassen zu sein und keine Angst vor dem Tod zu haben. Er wollte immer gut leben, so gut es eben ging, und wenn der Tod kommt, hat er gut gelebt und wird sehen, was kommt! Schon zu Lebzeiten hatte er sich für eine „Anonyme Bestattung" entschieden.

M konnte zunächst keinen klaren Gedanken mehr fassen. Er funktionierte nur noch!

Ich führte *M* wieder unsere gemeinsame Menschenrunde aus. Er leinte uns gerade los und plötzlich war mir alles egal! Ich wollte nur weg und rannte in die entgegengesetzte Richtung, zur Straße runter. *M* schrie einem anderen Hundehalter auf einem Fahrrad zu, er möge mich aufhalten. Dieser hat es dann auch, mit seinem eigenen Hund, geschafft. Seit diesem Tag laufen wir immer aneinander geleint.

Für uns, *M* und mich, hieß es nun, die Trauer zu bewältigen! *M* hatte sich bereits vor Jahren das Buch „Der Tod ist kein Zufall – Befreiung des verdrängten Lebens" von Meyer, Hermann (Sphinx-Verlag) besorgt. Eigentlich war es dafür gedacht, dass er die Trauerarbeit seiner früheren Klienten besser unterstützen wollte. Nun konnten wir alles an uns selbst ausprobieren! Alles Wichtige aus dem Buch ließ ich mir laut vorlesen, schließlich hat *M* ja irgendwann mal lesen gelernt! Für dieses Buch benötigten wir einige Zeit!

Aus Erzählungen habe ich gehört, dass der *Tänzer* und *M* – 23 Jahre zusammengelebt haben, davon 8 Jahre verpartnert und immerhin 2 Jahre mit mir!

Irgendwann fand die Trauerfeier mit Beisetzung für meinen Tänzer statt, da durfte ich leider nicht mit!

Inzwischen geht es uns, *M* und mir, wieder besser. Wir verreisen oft und laufen im Monat schätzungsweise 150 km. Ich achte immer darauf, dass er nicht zu lange von mir fernbleibt.

Wenn möglich, gehen wir 3 x am Tag spazieren. Ich freue mich auch, wenn ich wieder zu Tante *Ela* und den anderen Hunden darf. Manchmal setze ich mich dort auf meinen Beobachtungsposten und warte auf M. Ist er in Sichtweite, springe ich hinunter, laufe auf ihn zu und begrüße ihn freudig!

Wenn die Sonne scheint, liege ich auf meiner Bank und betreibe Fellpflege. Wenn es zu warm wird, springe ich hinunter und lege mich in den Schatten!

Der Alltag hat uns schlichtweg eingeholt!

Bis demnächst, wenn ich mich wieder bei euch melde,

euer Einstein!

BIOGRAFIE

Andreas Litty, 1957 in Berlin geboren, war als Geistheiler und Hypnotiseur im esoterischen Bereich tätig. Sein „Lebensbuch einer alten Seele" kann Lesern helfen, ihr eigenes Leben leichter zu verstehen. Es gibt immer einen Weg!

May *Michael*

Die unanständige Kurzgeschichte

Männer, das unterdrückte Geschlecht –

Vorwort

Es fängt schon bei der Geburt an. Man ist in einer extremen Druck-situation. Aus der himmlischen Ruhe der Gebärmutter (eingelullt vom Pochen des Herzens der Mutter) wird man in ein grelles Licht hinausgepresst.

Stärkster Druck presst einen durch eine Öffnung heraus, zwischen den Beckenknochen, Vagina und Muskelfasern muss der noch wei-che Schädelknochen hindurch. Diese Schmerzen kann sich keiner, nicht einmal die Mutter, vorstellen. Welcher Mann denkt in diesem Moment daran, dass ein ähnliches, dunkles, feuchtes Loch einem einmal das größte Vergnügen bereiten wird (außer Grillen, Bier trinken und natürlich der 1. FC Köln).

Dann, noch nicht einmal richtig bei Bewusstsein, liegt man zwi-schen zwei fetten, nassgeschwitzten Oberschenkeln, die auch noch Orangenhaut vorzuweisen haben.

Kapitel I: Die Geburt und die ersten Tage

Als ich unter starken Schmerzen und den unfassbar lauten Schreien meiner Mutter endlich das Licht der Welt erblickt hatte, bekam ich einen derart heftigen Schlag auf den Arsch, dass ich laut aufschreien musste. Die meinten, ich hätte keine Lust zu leben und würde nicht von selber atmen. Meine Mutter und eine, mir völlig unbekannte Frau, freuten sich dann auch noch über meine Schmerzensschreie. Danach passierte dann das, womit ich im ganzen Leben nie gerechnet hätte.

Sie kappten auf brutalste Weise die letzte Verbindung zu meiner Mutter – die Nabelschnur! Monatelang hatte die mich mit Nahrung, Sauerstoff, Mineralien ... versorgt.

Das durfte doch nicht sein? Die letzte Verbindung! Die letzte Verbindung! Wirklich? Wirklich? Die Nahrungsaufnahme! Die Nahrungsaufnahme! Ich war plötzlich allein, ganz allein? Nein. Nein. Nein.

Was war passiert. Die Nabelschnur, die Nabelschnur, abgeklemmt. Ja! Und durchgeschnitten. Und durchgeschnitten! Kein Nachschub mehr? Kein Nachschub mehr! Diese ... ich fand natürlich keine Worte.

Das durfte einfach nicht sein, nicht sein, nicht sein! Ich wollte doch weiterleben. Diese unbekannte Frau kappte die letzte Verbindung zu meiner eigenen Mutter. Zu meiner Mutter! Zu meiner Mutter? Wirklich! Wirklich?

Ich konnte es einfach nicht glauben, nicht glauben. Diese fremde Frau. Diese fremde Frau!

Das war das Allerletzte, das ich erwartet hatte. Die Nabelschnur! Die Nabelschnur! Die letzte Verbindung! Die letzte Verbindung! Das durfte nicht sein. Das durfte nicht sein.

Doch es durfte sein. Die letzte Verbindung war gekappt! Es war die Wirklichkeit. Diese blöde Hebamme hatte wirklich die letzte Verbindung gekappt.

Das war die Wirklichkeit! Das war die Wirklichkeit! Die Wirklichkeit? Ja!

Kein Nachschub mehr! Kein Nachschub mehr? Das durfte einfach nicht sein, nicht sein! Ich war völlig fassungslos! Fassungslos! Das durfte nicht sein! Doch es war wahr.

Ich wollte es nicht glauben. Nicht glauben! Ich war entsetzt! Entsetzt! Das war's! Das war's! Ich war allein!!!!!!!!!!!!? Doch wahr. Doch wahr. Die Verbindung war weg! War weg! Ich konnte es nicht fassen! Nicht fassen!

Meine Mutter war nicht allein! Ich war ja bei ihr, ich und die fremde Frau! Das wollte ich nicht glauben. Glauben. Die Hebamme. Die Hebamme. Die Hebamme. Sie hatte es geschafft, sie hatte uns getrennt. Uns getrennt.

Ich wurde zunächst abgetupft, dann abgetrocknet und in eine Decke gewickelt. Dann wurde ich auf die geschwollene Brust meiner Mutter gelegt. Ich wusste noch nicht, wofür die da war. Woher auch? Die Brust meiner Mutter! Warum tat diese fremde Frau das? Warum tat diese Fremde das? Ich war doch allein. Allein! Allein! Wirklich allein! Es war wahr.

Danach legt man mich in ein warmes Bett! Ein warmes Bett! Ohne Gitterstäbe, nicht wie im Knast! Das Bett war weich, die Matratze auch! Die Hebamme ging fort. Ging fort! Warum? Warum? Wir waren nun wirklich allein, oder zu zweit?

Das war die Wahrheit! Meine Mutter und ich. Und ich. Zu zweit. Zu zweit? Ja! Zu zweit! Die Nähe und die Wärme meiner Mutter taten mir gut. Taten mir gut! Dann kam eine Schwester in das Zimmer. Wir waren nun zu dritt. Zu dritt. Warum? Warum? Sie fühlte meine Temperatur. Alles war okay! Wir waren immer noch zu dritt. Alles war okay. Meiner Mutter ging es jetzt besser, sie hatte sich beruhigt. Nur eine starke Frau konnte das! Eine starke Frau! Das war sie! Auch ich war stark, zumindest für mein Gewicht. Ca. 4000 g. 4000 g.

Alles war okay! Okay! Viel später kam mein Vater mit meiner zweijährigen Schwester. War die auch eine Frau? Ja! Dann setzte plötzlich meine Verdauung ein. Ein Wunder? Eine braune Masse kam aus meinem Arschloch. Arschloch?

Dafür war die Windel gut! Gut! Warum freuten sich meine Eltern darüber, ich wusste es nicht. Sie wussten es. Wussten es!

Die Hebamme war zufrieden, sie bekam ihr Geld. Bekam ihr Geld! Mein Vater bezahlte sie. Sie. Mir war's egal. Egal! Es war nur Geld. Geld! Mir war's egal! Nur Geld! Nun musste ich an den geschwollenen Nippeln saugen! Heraus kam warme Muttermilch. Muttermilch! Warum? Warum? Darum! Darum! Ich war satt! Satt! Endlich hatte ich's geschafft. Geschafft! Ich war satt! Satt! Genug Milch. Muttermilch! Ich war satt! Satt!

Nun war ich müde. Schlaf? Schlaf! Genug? Genug! Es war genug! Genug! Dann war ich wieder wach. Mein Vater war weg! Weg! Zu zweit? Zu zweit! Ich war nicht mehr allein! Nie mehr allein! Mein Vater war weg, meine Schwester auch? Auch! Wir waren zu zweit. Zu zweit! Alles okay? Alles okay! Zu zweit? Ja! Ja! Zu zweit! Zu zweit! Die Hebamme war weg? Ja! Ja!

Alles okay? Alles okay! Ja! Ja! Die Brust war immer noch geschwollen! Ja! Ja! Ich war nie mehr allein. Allein? Alles okay? Ja! Ja! Alles okay? Okay! Nun war alles gut. Gut! Gut! Das Geld war weg? Die Hebamme war weg? Ja! Ja!

Die Schwester war weg? Nein! Sie war im Nebenzimmer. Ja! Ja! Alles war gut? Gut! Okay? Okay! Ja! Ja! Alles war gut! Gut! Mein Vater war weg? Gut? Gut? Nein? Gut?

Alles war gut? Gut! Jetzt war alles gut? Alles gut? Ja! Ja? Alles gut? Nein? Nein!

Was ich als Nächstes bekam war Milch. Die Nippel der Mutterbrust waren noch immer geschwollen? Geschwollen? Ja. Ja! Alles okay? Alles okay! Ich war wieder satt. Okay? Okay? Ja! Ja!

Nun wurde der Notaufnahmebehälter gewechselt! Gewechselt! Er war wieder voll? Voll! Alles okay? Okay! Er war ja voll! Voll! Ich bekam eine neue Windel. Alles war gut!

Ich schlief wieder ein. Der zweite Tag begann. Ich hatte wieder Hunger. Die Brust meiner Mutter war wieder voll. Ich stillte meinen Hunger an beiden Brustwarzen. Der Hunger und der Durst waren weg! Alles war gut. Ich schlief wieder ein. Mein Vater und meine Schwester kamen wieder. Ich wachte auf und hatte schon wieder Hunger. Meine Mutter konnte nicht mehr. Ich bekam mein erstes Fläschchen!

Alles war gut! Mein Vater war zufrieden. Die Schwester hatte die Milch erhitzt. Wir durften nun alle vier nach Hause!

Das Auto war neu. Ich lag in einer sicheren Schale, sie war mit dem Gurt befestigt! Alles war gut! Meine Schwester saß hinten. Dann kam ich das erste Mal in unser neues Haus. Es war teuer gewesen. Mein Vater hatte es bezahlt! Am nächsten Tag ging er wieder arbeiten. Meine Schwester musste in den Kindergarten. Wir waren wieder zu zweit, ich hatte wieder Hunger. Die Milchbar wurde geöffnet. Ich wurde satt! Alles war okay! Meine Mutter war sehr zufrieden. Später kam mein Vater wieder von der Arbeit zurück, er war mit uns sehr zufrieden.

In den nachfolgenden Wochen kamen ein Großteil meiner Verwandten vorbei. Am Sonntag zwei Tanten und ein Onkel, zwei davon waren miteinander verheiratet, sie hatten keine eigenen Kinder und freuten sich sehr, mich zu sehen. Der Mann war 53 Jahre alt, die Frau 51. Die andere Tante war erst 39 Jahre alt. Sie hatten alle drei manchmal sehr schmutzige Gedanken, auf die ich nicht näher eingehen möchte, sie hatten nichts mit meiner Schwester zu tun.

Meine Eltern und die Verwandtschaft saßen entspannt am Kaffeetisch, sie tranken Kaffee mit Milch und Zucker und stopften Windbeutel in sich hinein. Meine Mutter musste danach den Tisch abräumen und stellte das ganze Geschirr fachmännisch in die Spülmaschine. Meine Schwester spielte gleichzeitig mit Matchboxautos und einer Stoffpuppe, die schon etwas verranzt aussah. Gegen fünf Uhr verdünnisierte sich die gammelige Verwandtschaft wieder. Sie fuhren mit dem Linienbus, der fast leer war, nach Hause.

Montag: Die Nachbarn kommen nach und nach vorbei. Der arbeitslose Alkoholiker von gegenüber probierte, seine Fahne mit dem Duft von Lakritze zu übertünchen, seine Frau war beim Arzt. Der ewige Student aus der ersten Etage brachte ein süßes Stofftier und Blumen vorbei, er hatte sich in meine Mutter verknallt, mein Vater hatte keine Ahnung davon. Sie trafen sich heimlich, wenn er auf der Arbeit war. Meine Windel war schon wieder voll, der Student verließ hastig die Wohnung, den Gestank konnte er nicht ab.

Dann kam eine Mutter mit zwei dreijährigen eineiigen Zwillingen ins Wohnzimmer, auch sie brachte Spielzeug und Blumen mit, meine Mutter holte eine zweite Vase aus der Anrichte und stellte die Blumen ins Wasser. Zuletzt kam noch die Alte vom dritten Stock, sie schenkte meiner Mutter Pralinen, für mich hatte sie nichts dabei.

Um halb fünf begann meine Mutter zu kochen, es gab Erbsensuppe aus der Dose und Wiener Würstchen mit Senf und trockenem Brot. Mein Vater war wenig begeistert, er hätte sich Döner gewünscht. Meine Mutter könnte sich bei Gedanken an Döner durchaus übergeben. Ich trank an meiner Milchbar und war zufrieden. In der Nacht wurde ich noch zweimal gestillt, dann begann der nächste Tag.

Ich war nun schon fast eine Woche auf dieser heruntergekommenen Welt unterwegs und hatte schon eine Menge erlebt. Meine Mutter umsorgte mich liebevoll, meinem Vater war ich egal und meine Schwester spielte mit ihrem Teddy. Ich wurde täglich zweimal gebadet, meine Windeln wurden noch öfter gewechselt, gottseidank waren immer ausreichend Pampers im Haus. Die Blumen der Nachbarn standen noch immer auf dem Wohnzimmertisch. Meine Wickelkommode stand in meinem eigenen, hellblau gestrichenen Kinderzimmer.

Das andauernde Fotografieren hatte etwas nachgelassen, die ersten Bilder von mir mit meiner Mutter waren bereits gerahmt und standen auf dem Sideboard im Esszimmer. Daneben standen zwei Bilder von meiner großen Schwester mit bunten Rahmen, meiner war hellblau.

Am frühen Morgen gingen wir zum Kinderarzt, der mich gründlichst untersuchte, man könnte auch sagen befummelte. Meine Mutter war sehr zufrieden darüber, dass der Doktor an mir keine größeren Mängel fand, den verstauchten linken Fuß ignorierte er, mein grober Vater hatte mich zu fest angepackt. Mit meiner Schwester ging er viel liebevoller um, sie war ja auch sein Liebling. Noch beim Arzt durfte ich wieder an die prall gefüllte Milchbar, die Bluse meiner Mutter hatte schon wieder Milchflecken. Sonst passierte an diesem Tag nichts Erwähnenswertes mehr.

Müller-Birkendrey Peter

BITTERES EIS

Ded Moroz ist so richtig sauer. Wütend stapft er stadtauswärts. Er hat genug: „Es reicht! Überall macht dieser üble Kerl sich dicke!" Riesig, aufgeblasen in schmerzlichem Rosa schaukelt er, als übergroße, wulstige Gummifigur aufdringlich im Wind vor dem Eingang des *„Dom igrushki"*, dem ehrwürdigen Spielzeuggeschäft am *Leninskij Prospekt:* „Sogar in Sichtweite *des Kremls*, vor dem *Kino-Theater Udarnik* steht er! Das war schon vor dem vorigen Neujahrsfest so gewesen. Und dem davor." Heutzutage ist *Santa Claus* in Moskau einfach unübersehbar geworden. Mit der Marktwirtschaft ist er in diese Stadt gekommen. Seine Mission ist die gleiche wie überall auf der Welt: „Reuelose Steigerung des Konsums durch vermeintlich höhere Sinngebung". Und *Ded Moroz* erhält, wenn man der amerikanischen Presse glauben soll, noch eine spezielle Botschaft: „Watch out! Jetzt übernehme ich den Laden!" Väterchen Frost dagegen findet in seiner Heimat kaum noch Verteidiger. Selten findet er Beschützer, die das ihm zuliebe, aus ideellen Motiven tun. Der Moskauer Bürgermeister wie zu Zeiten auch der russische Präsident begrüßen das aus der Vorzeit überkommene Symbol der russischen Weihnacht traditionell vor jedem Jahreswechsel: *Yuri Luschkow*, der scheinheilige Sünder, als würde er wirklich Kinder mögen, Bienen ja, aber Kinder? Er empfängt ihn mit einer speziellen Zeremonie, einem organisierten Spektakel, zu dem eine aufgeregte Schulklasse eingeladen ist, auf der *Tverskaya Ulitsa*, direkt vor dem Reiterstandbild des Stadtgründers *Juri Dolgorukii*. Eine kleine Tribüne hat man extra zu diesem Zweck errichtet, genau seinem Amtssitz gegenüber, denn er liebt kurze Wege, hat wenig Zeit. Mit großer öffentlicher Geste umarmt der Beamte dann den Alten: kommt gut im Fernsehen. Inniger herzt er dessen anmutige junge Begleiterin *Snegurochka*. Sogar die Haselnussruten in dem mit Bast gebundenen Besen der krummnasigen Hexe *Baba Yaga*, die Väterchen Frost der Überlieferung nach begleiten muss, küsst er im Überschwang. Mit Hexen hat er eh' keine Probleme. Eindrucksvolle, verständige Worte findet er, passend für die kleinen Gäste, aber vor allem die Journalisten. Eingefunden haben sich neben den bei seinen Auftritten üblichen, wild fotografierenden Reportern auch ein paar einfache Menschen: zufällige Passanten, Eltern, Großeltern nebst staunendem Anhang sowie einige Touristen: *„Oh, my God!" „So cute!"* Auch ein eher unbekannter Schriftsteller ist anwesend. Sie alle mögen *Ded Moroz* – noch. Obwohl *Väterchen Frost* damit einige einflussreiche Fürsprecher zu finden scheint, hat er eher keine Zukunft. Es ist *Santa Claus,* der, in fast jedem Geschäft im Zentrum sowie vor den gediegenen Fassaden, blaugrünes Sicherheitsglas in silberglänzendem Stahl oder feingeädertem Marmor, der noblen neuen Einkaufstempel prangt. Der Alte sieht sich in seinem eigenen Lande, ein Paradoxon, zu den Ausländermärkten sowie in einige wenige altrussische, bislang sowjetische Spielzeuggeschäfte, die der neue Geist noch nicht erreicht hat, kurz: an die Peripherie verdrängt. Rund um die altertümlich herausgeputzten Händlerstände in *Ismailovo* macht man ganzjährig noch gutes Geld mit ihm, 70 amerikanische Dollar, so viel konnte ein vom Schicksal begünstigter Pensionär monatlich aus dem staatlichen Rentenfonds bekommen, kostet das preiswerteste seines aus duftendem Buchenholz geschnitzten, geschmackvoll bemalten Abbilds. Traurig! Aber unser *Ded Moroz* ist ein lebenslustiger, von Herzen fröhlicher Mann. Ein echtes Mannsbild ist er, im besten Lebensalter, hochgewachsen, stark wie eine Eiche. Sein voller, gepflegter, prachtvoller weißer Bart gibt ihm das Aussehen eines weisen Zauberers; und wenn er ihn im Wind wehen lässt, gleicht er der Zierde eines geschichtlichen Helden der heiligen Rus'. Er trägt einen herrschaftlichen blauen, mit goldenen Sternen, die neben filigranen Schneekristallen strahlen, geschmückten Pelzmantel. Ein Zobel umschlingt den hohen weichen Kragen. Die Handschuhe hat man ihm reich mit blauen und roten Blumen bestickt: blauschwarze Waldbeeren, tiefrote Hagebutten. Ach, er mochte diese rostbraunen Eichhörnchen auf grünen Tannenzweigen. Unverheiratete junge Frauen haben das gemacht, in den Walddörfern, als diese noch glücklich waren, die Jugend und die Siedlungen. Vor endlos langer Zeit war das geschehen. Und sie haben ihre Träume von dem Liebsten mit hineingewoben und ihre Freude am Leben und das Purpurleuchten der Vogelbeeren, trotz der raukalten Luft, die den Rauch der Öfen kerzengerade in den klaren Himmel aufsteigen lässt. Er kann sie sehen, die Mädchen und die Weiher, wenn er schweigend und in den letzten Jahren immer häufiger, die Hände auf sein Herz legend, durch sein Reich schreitet. Er ist ein mächtiger Zauberer, der die Schneestürme begleitet, ja er ist der Winter selbst. Er bringt den Frost: Alle Wege, alle Seen vereisen, die Tiere fliehen tief hinein in ihre Höhlen und unvorsichtige Vögel fallen erfroren von den Bäumen, wenn er im geheimnisvollen Schneetann sein mit blitzenden Diamanten verziertes Zepter schwingt. Und in den weit entfernten Städten erblinden die Fenster unter überfrorenem Tau und blendendem Nebel. Sein Schlitten wird von drei rassigen Pferden mit dampfenden Nüstern gezogen. Er rast unter dem lustigen Geläut ihrer Glöckchen durch unwegsame Täler, über den Raureif ihrer gewundenen Bergpfade bis zu den felsigen Höhen, ein brausender Sturm aus glitzerndem Goldstaub unter einer wirbligen Sonne. Eine Troika aus Stärke, Schönheit, Leidenschaft und kerniger Gesundheit ist er. Der mächtige Elchbulle senkt tief seine breiten Schaufeln vor ihm wie der gewandte Hirsch sein Geweih; so verneigen sie sich mit heißem Atem, wenn er vorbeikommt; die Bären schrecken kurz auf aus ihrem Schlaf; unbekümmert bleiben nur die rauflustigen Wildschweine, der Herbst voller Eicheln hatte sie übermütig hinterlassen. Er ist ein Aristokrat, ein Herrscher der erstarrten Forste, der endlosen schneeigen Ebenen wie der bergigen Höhen. Von der Baltischen See bis zu den polaren Weiten. Die gewaltigen Flüsse bitten ihn um Nachsicht: „Wir müssen fließen, Väterchen." Und er bedeckt nur ihre steilen Ufer, ein gerechter Fürst des Nordens voller Leidenschaft gepaart mit Strenge. Was kann *Santa Claus,* dieser bequemliche, der „Dicke Elf", so hat nicht er ihn genannt, sondern einer seiner eigenen amerikanischen Landsmänner, dagegen schon aufbringen? Der Alte mag ihn nicht, Gastfreundschaft hin oder her. Dieser fette Kerl rutscht durch den Schornstein, um seine Geschenke unter die Leute zu bringen? *Ded Moroz* würde das niemals tun. Und er hängt auch nicht an Seilen vom Dach wie ein Einbrecher. Unerwartete Gäste sind in Russland immer erwünscht, gern gesehen. Aber sie kommen erhobenen Hauptes durch die geöffnete Tür, treten ein ins warme Licht geheizter, nach Kerzenlicht duftender Stuben – wie gute Nachbarn eben. Sie küssen den Haushaltsvorstand zweimal auf die Wange, erst links, dann rechts, ihm Glück wünschend. Natürlich kost man der Hausherrin ebenfalls schwungvoll die Bäckchen, damit sie sich röten vor freudigem Stolz. „Bleibt gesund, ihr Lieben!" Und außerdem – der Kamin? In Russland gehört der dem Hausgeist *Domowej*. *Ded Moroz* nennt ihn liebevoll Alterchen. An sich ist er ein guter, ein lieber Kerl, eben ein Freund, nicht nur zu den Feiertagen. Der würde dem Dicken vielleicht Feuer unter dem Hintern machen. Ach, wie böse, regelrecht boshaft dabei lustig der doch sein kann. Und wo, bitte schön, gibt es denn in der Stadt Moskau noch einen Kamin? Wenn der dicke Klops seine Kunden unbedingt vermöge der Heizung beglücken will, dann muss er durch die endlosen gewundenen Rohre der Fernwärmeversorgung schwimmen. Man stelle sich den Schmerbauch in Badehose vor; ihn so zu nennen ist sicher nicht korrekt. Immerhin ist *Santa Claus* ein, wenn auch entfernter, Verwandter von *Ded Moroz*. Gewiss, vor Jahren hatten sie einen gemeinsamen Urahnen. Der kam wie so viele große Geheimnisse aus Deutschland. Ein kleiner Junge hatte ihn an der Hand seiner Mutter mit nach New York gebracht. Damals sah der noch genauso aus wie *Ded Moroz* heute: ganz ein „Vater Waldwinter". Die Holländer nannten ihn *Sinter Claas*. „Zu schwer für die Zunge von Yankees". Sie bürgerten ihn dennoch ein, indem sie ihn gleich in ihren blutigen Bürgerkrieg gegen den Süden schickten. Zum Dank machten die Kaufleute den Veteranen dann zu ihrem Angestellten, zogen sie ihm dieses kindische, dünne und zu kurze Mäntelchen in den „Firmenfarben eines Limonadenherstellers" an, das las man heutzutage in all den um Originalität bemühten Zeitschriften, von denen nicht eine einzige den Tod eines einzigen Baumes rechtfertigte, und sandten ihn in die weite Welt hinaus, eine standardisierte Gestalt, die von Afrika bis in die Karpaten und – nun eben in den endlosen Weiten der heiligen Rus – Jung und Alt auf deren Weise mit ihren Waren beglücken soll, ein Global Player des Konsumismus, der den Kommunismus abgelöst hatte, im Gefolge eine Lawine von bunt glitzerndem Plastik: Spielzeuge und Schmuck und sogar Tannenbäume aus Kunstfasern. Aber nicht deswegen *ist Ded Moroz* so schwermütig oder verdrossen, was man seinem trotzigen Schritt leicht ansehen kann. Götter, vor allem russische, kennen keinen Neid. Der führt zu nichts Gutem, das weiß man seit den Tragödien der byzantinischen Helden und hat es so viele tausend Mal leidvoll im eigenen Land erfahren. Nein, deshalb verlässt ein *Ded Moroz* nicht die große, wieder unter ihren goldenen Kuppeln leuchtende Stadt: Soll der Dicke doch sein Fast Food verteilen: „Happy Cheesemas" und „Merry Fishmas"? Ernsthaft? Guten Appetit! Er blieb bei Blinis mit Lachs. Nichtsdestotrotz bremste er seinen Zorn; es ist doch in Ordnung, wenn durch die Allgegenwart des Roten die Menschen eine Pause bekamen, nicht nur die Kleinen, etwas Märchenzeit im Stress ermüdender Jobs, beim Kampf ums Überleben in der City oder beim Geldverdienen. Und wenn an diesem Tag einige der Ärmsten eher und auf angenehmere Weise satt werden als üblicherweise, weil die Herzen der Reichen milder gestimmt sein müssen, weil zumindest das öffentliche Gewissen auf ihre Börse drückt –, ist das doch gut. Wenn der Nachwuchs weniger vernachlässigt wird, auch wenn das Geschenkekaufen bei denen, die es geschafft haben, auch anstrengend sein soll. Obdachlose dürfen sich in den stillen U-Bahnhöfen aufwärmen, sie erhalten Hilfe von hübschen Schwestern, deren Freundlichkeit sie auch in den danach kommenden Nächten, wenn sie wieder auf Matratzen aus Pappkartons frieren, noch wärmen wird. Und wenn einige Kinder in dieser Nacht oder über die paar Feiertage seltener geschlagen werden, obwohl hier war er sich nicht sicher, dann ist es gut. Und wenn ein Polizist wirklich ein Helfer ist und bei den

Üblen genauer hinsieht oder die kleineren Sünden übersieht, weil der Weißbärtige ihm über die Schulter schauen könnte, war das schön. Und wenn zuletzt nur ein wenig Zauber, ein paar Träume in ein kärgliches Dasein geraten, dann ist es gut. *Santa Claus* ist ein humanistischer Versuch. Wer ihn persönlich nicht mag, der kann sich ja an seinen Rentieren erfreuen oder den spitzohrigen, emsigen Elfs. Man kann sich sein in den Wolken fliegendes Rentiergespann vorstellen. *Rudy Rednose* ist ja wirklich ein lustiger Geselle, fast wie sein Brauner. Der ergötzt sich genauso gerne einmal an gegorenem Obst. Nein, nein! Es war etwas Neues, gänzlich Fremdes, das ihn heute mit diesem wirklich bohrenden Leiden erfüllte, seine Seele unentwegt bestürmte. Bisher war er einfach müde gewesen; nun war er niedergeschlagen, traurig: Ich bin ein Gott der Slawen und damit ein Gott der Wälder, aber die Stadt zerstört den Wald. Das macht ihn unendlich, ja grenzenlos trübselig: Mit den Bäumen, ihren Stämmen und Wipfeln, die den Hasen, den Bären oder den Schneeleoparden beherbergt hatten, verschwand auch der Gesang der Vögel und der Lebensraum von Menschen und ihren Märchen. Ein Elend, das ihn unbändig peinigte. Aber es war eine ältere Frau mit offenen Beinen, die ihn mitten in der Stadt, im dichten Schneetreiben erkannt hatte, die etwas in ihm ausgelöst hatte, das ihm ungeachtet der frostigen Wangen, heiße Tränen in die sonst so gütigen Augen trieb. Mit hoffnungsloser Mattigkeit, aber mit Verwunderung und all dem Zweifel eines fast abgelebten Daseins in der Stimme hatte sie ihn gefragt: „Ach Väterchen. Väterchen, wo bist du nur gewesen? Wo warst du nur in all den Jahren, in denen man uns gezwungen hat, im Kreis um einen Nadelbaum zu taumeln?" Diese Worte hatten ihm einen Stich versetzt. Und es war da ein Schmerz aufgekommen, wie ihn nur ein Verrat an der Kindheit hervorbringen kann, sobald man sich dessen gewahr wird. Unglückliche Kinder spüren das, wenn sie gepeinigt werden, aber nicht weinen können. Doch Götter waren niemals klein und auch nie jung. Schweigend hatte er um Fassung gerungen: Sie kann es ja nicht wissen, dachte er. Er wollte sie trösten, angefleht hätte er sie am liebsten. Er, der Wundergreis, diese einfache, in graues Zeug gekleidete unscheinbare Frau, deren spitzes mageres Näschen mit Mühe aus ihrem schäbigen Schal heraus sah: „Ich bin doch bei euch gewesen, bei allen war ich, glaub mir doch! Bitte!", sagte er in ihr Schluchzen hinein: „Ich war bei all jenen, die sich an mich erinnert haben, die mich noch kannten, eine Vorstellung von mir hatten. Ich war bei all denjenigen, wo es – gut oder schlecht – irgendeine liebevolle Seele gab, die Mutter, der Vater, die Großeltern oder wenigstens eine Tante, eine Kinderfrau oder ein Märchenerzähler, die ihnen von mir berichtet hatte. Nur bei denen konnte ich doch sein. Nur bei ihnen. Leider!" Er hatte der Alten seine Hand auf die fiebrige Stirn gelegt. „Glaub mir. Ich war bei dem kleinen Aljoscha und seinen Geschwistern in ihren schwersten Nächten, als man sie vertrieben hatte vom heimischen Herd". Und er sah sich selbst, wie er die kleine Nastja, deren Mutter an einem unheilvoll nebligen Abend auf dem Heimweg verschollen war, getröstet hatte. Und die krebskranke Anna in dieser armseligen Klinik mit den grün getünchten Wänden hatte er begleitet. So jung war sie gestorben, mit seinem Lied von der Geburt eines Tännchens in seinem Wald, auf den erfrierenden Lippen: *„V lesu rodilsja joloschka."* Ihren hilflosen Arzt, der mit Tränen in den Augen ihrem leisen, langsam versiegenden Summen zuhörte, konnte er nicht trösten. „Und ich bin doch auch bei dir gewesen, Marfa, erinnerst du dich nicht?" Und als sie ihn ungläubig anschaute, hatte er ihr all die Erinnerungen, Gedanken und Szenen vergangener friedvoller Weihnachtsfeste gezeigt, ihrer eigenen: die Tasse Milch in den Händen der lächelnden Großmutter und das duftende, etwas harte Honiggebäck, das man in den Tee eintauchen musste. Und das heimlich vom Vater geschnitzte Spielzeug. Und als Höhepunkt den liebevollen, verborgenen Kuss zwischen den Eltern, den sie an diesem gesegneten Abend zum ersten Mal beobachtet hatte. Das alles brachte er ihr ein paar unendlich lange Minuten zurück. Und Marfa lächelte. Wie jung sie aussieht. Wegen seiner Worte? Wegen der ihr wiedergegebenen, geschenkten Lebensspuren? Und die geschlossenen Lider dieses Mädchens erinnern ihn nun seinerseits: Es ist nicht nur ein feierliches Rätsel, sondern auch eine Seligkeit, ein tiefes Geheimnis, etwas wie eine Magie um mich und in meiner Zeit, das Weihnachtsfest: Aber das Wunder sind zuerst die Verzauberten, erst dann vielleicht der Verzauberer. Es ist in ihnen, seit sie beginnen, ihre Welt zu begreifen. Es sind die Kinder und die Kindheit in den Erwachsenen. Und es bleibt ihnen, ihrer fragenden Vagheit, ein Mysterium, fragil, aber stark zugleich, das sie über das ganze Leben tragen kann. Vielleicht aber, und wieder kamen die alten Zweifel, war die arme Frau womöglich so still, fast fröhlich geworden, weil er das unerträgliche Reißen in den Beinen für ein paar Tage von ihr genommen hatte. Ein altes Mittel, abgeschaut von einem Schamanen am Baikalsee. Und vielleicht machten die in ihrem Haar und auf der fiebrigen Stirn schmelzenden Flocken des sacht beginnenden Schneefalls sie froh.

Und er sandte ihr gleich noch einige alte Melodien dazu, verlorene Gerüche nach Weihrauch und Pilzen im sibirischen Tannenwald. Und sie hatte ihm etwas von „Verzeihen" sagen wollen. Aber er hatte sie gütig angesehen: „Nicht du musst dich entschuldigen, nicht du, kleine Russin, nicht du! Ganz bestimmt nicht du, und nicht dein Mann und nicht die Kinder und schon gar nicht eure Enkelchen. Ach nein, ihr wirklich nicht! Nein, nicht ihr!" Und seine Seele brannte in Liebe und Zorn: „Was haben sie euch geschunden?" Ganz sanft berührt er ihre Schulter: „Leb wohl, meine Liebe." Er musste weiter, aber seine Wärme würde für lange Zeit bei ihr bleiben, egal in welchen stinkenden Verschlag man sie verbannt hatte. Wenigstens ein Weilchen, dafür würde er sorgen. Und etwas erleichtert war er davongeschritten. Er hatte noch eine weite Strecke aus der Stadt heraus vor sich, und der Weg wurde jedes Jahr länger. Die Stadt fraß unaufhörlich den Wald, nicht nur im Fernen Osten, wo die ordinären Kriminellen mit den kriminellen Korrupten die Bäume stahlen und dabei sogar seinen alten Freund, den Vater Amur, zu ihrem Komplizen machten. Ach, mein unglückliches Chabarowsk, mein tapferes Novosibirsk am brausenden Ob, mein trauriges Krasnojarsk über dem Jenissei! Überall dort hatte er sie gesehen, die riesigen Lastkähne, die in unendlicher Reihe, fast Bug an Heck schwimmend, die meist illegal gefällten Riesenstämme zu den unersättlichen Märkten Asiens brachten. Und er dachte an die erschütternden schwarzen Gräberfelder verbrannten Waldes, die sie angerichtet hatten, dem Diebstahl weitere Verbrechen hinzufügend: keine Vögel, keine Eichhörnchen, nicht einmal mehr Füchse. Banditen, die wieder und wieder ein Bläschen im „nördlichen Lungenflügel" des Planeten mit Teer und Asche verklebten. Und, auch das wusste der Alte mittlerweile: Der Erlös kam nicht „seinen Dörfern" zugute, sondern versickerte im besten Fall in gierigen Moskauer Spielcasinos und räudigen Bars, wenn er nicht direkt auf Bankkonten in London landete. Manchmal hatte er ihnen, den mächtigen Stämmen, einen letzten Gruß vom slawischen Meer entboten. Daran musste er denken. Vor allem aber, das Gespräch mit Marfa ließ ihn nicht mehr los, würde ihn auch in aller Zukunft beschäftigen: Hatten denn nicht diejenigen Recht, die heute *Santa Claus* nachliefen? Wo war denn der großartige *Ded Moroz* in den vielen vergangenen Jahren geblieben? Das war doch nicht er gewesen, der um die geschmückte Tanne getanzt war. Das waren Mitarbeiter der Roten Gewerkschaften oder der Staatlichen Konzertagentur, die den Taktstock geschwenkt hatten. Nein, auch denen war er nicht böse. Denn sie, zumindest die meisten von ihnen, konnten es nicht besser wissen. Und nicht selten waren sie schon zufrieden, wenn sie mit ihrer organisierten Fröhlichkeit die Kinder angesteckt und damit deren und oft ihre eigene Angst vor dem Terror für ein paar Stunden überdeckt hatten. Aber er – er selbst war dort lange nicht gewesen. In den zehn nicht enden wollenden Jahren, in denen er verboten und ein „Feind des Volkes" genannt wurde, war er noch tiefer in den Forst gegangen, auf unwegsamen Wegen bis hin zu den einsamen Honigbauern, die die grummelnden Waldbienen betreuten. Und später hatte er sogar diese Dörfer gemieden, damit die einen von Leid und die anderen von Schuld verschont blieben. Und er wollte auch nicht rehabilitiert werden. Nicht von diesem georgischen Straßenräuber mit seinem komischen Bärtchen über seinem gefährlich kalkulierten Lächeln.

All die Jahrzehnte, seit man ihn vertrieben hatte, war er durch den höchsten Schnee gestapft, ein wenig enttäuscht von den Menschen, die ihn anscheinend vergessen hatten. Meist war er allein gewesen. Denn *Snegurochka* war nicht seine Enkelin, auch das hatte sich der Schnauzbärtige in seiner lebensfremden Erziehungspose, niemand hatte ihn dazu aufgefordert oder das Recht dazu gegeben, ersponnen. Nein, es war stets ein besonders fleißiges und von allen im Kirchhain verehrtes Mädchen, auserwählt in den singenden Dörfern, von den Ehrwürdigen zu seiner Begleiterin gesegnet. Sie hatten dicke geflochtene Zöpfe und funkelnde, erwartungsfrohe Augen. Und sie hatten ihm Früchte mitgebracht und Tee mit Hagebuttenmehl, das in der Nase kitzeln konnte. Am liebsten hatte er ihn aus frisch aufgegossenem sibirischem Gras mit Varenye, Marmelade von der Insel Kamtschatka, dazu genossen. Ihre jungen Herzen hatten ihn frisch gehalten, das wahre Geheimnis eines gesunden Alterns. Aber ihre Siedlungen waren nun unglücklich und gequält, und sie hungerten und ihre Lieder waren traurig, sie erstarben im Moskauer Pesthauch. Und so hatte er manchmal, nur für ein paar Tage, ein Waisenmädchen, von denen es immer mehr gab, aufgenommen. Aber was konnte er, ein durch das Land ziehender Greis, ihnen schon bieten? „Nein, ich bin das nicht gewesen", grollt er. „Das waren Schauspieler." Sicher, *Garkavi* war unvergesslich in der Rolle. Lustig. Sein Bild hatten sie im Kinojournal gezeigt. Ach, was hatte er damals lachen müssen: So ein angeklebter Bart aus Watte. Und dabei hatte der in die Luft gestarrt wie seinerzeit der halbverrückte Sünder *Iwan* im Kreml. Aber Mitleid macht das Fröhliche fremd und das Lächeln fahl. Und dessen *Snegurochka*, so entzückend, jung und gläubig war sie ihm auf dem Foto erschienen. Aber an was hatte sie geglaubt? „Meine Mädchen hatten die Weiden vor ihrem Teich, die durcheinanderschreienden Gänse und die Wärme des heimatlichen Herds im Kreise der Familie im Kopf gehabt und an so Vieles, Gutes und Schönes mehr geglaubt. Aber diese?" Er fand keine Antwort. Und er hatte sich, wie immer, wenn er traurig oder verzweifelt war, für einige Tage an die Ufer seines Lieblingssees gesetzt und den träumerischen Glocken der versunkenen Stadt gelauscht. Dort am Ufer, in der Nähe von *Kitesh*, würde er gerne für immer wohnen und, wenn es denn sein musste, auf ewig. Er wollte keinesfalls in *Veliki Ustyug* leben, dem Dörfchen, das ihm Juri Michailowitsch, der listenreiche Bürgermeister der Hauptstadt 1997, natürlich gänzlich uneigennützig, zum Wohnsitz angewiesen hatte. Nein! Und er will auch nicht am Nordpol leben oder in *Tomtor*, zumal dort der befreundete, gewandte *Ekhee Dyyl lebte oder in Yakutsk bei Ded Dyyla*, auch nicht in der Mongolei eine Jurte mit *Uvalin Uvguna teilen*, falls diese Herren dort überhaupt noch regierten; auch in ihren Reichen hatte man den Roten schon gesichtet. Er würde lieber den alten, leisen Klängen, die aus geweihter Tiefe, von den Quellen aus dem Herzen der Erde, aufstiegen, lauschen. Sie waren im Wellenschlag kaum hörbar, deshalb würde er ihnen liebevoll den Kopf zuneigen, bis er irgendwann, irgendwann mit ihrem letzten Schwingen vergangen sein würde, so wie der Wald. Aber würde es dann noch Kinder geben in Russland? Er atmete tief. Heute jedoch, heute würde er sich noch einmal darum kümmern, dass Marfa Ivanovna wenigstens an diesem düsteren Abend in den Armen ihrer Familie, das Neujahrsfest und den Heiligen Abend mit den Geschichten, Liedern und Genüssen der russischen Weihnacht im Kopf, selig einschlafen würde. Und wie heißt der verlorene Junge in der verschossenen, dünnen Stoffjacke und ohne Mütze? Wolodja! Und das andere kleine Mädchen, dessen Mutter und Vater gerade gestorben waren? Irinotchka! Und da waren doch noch Shenja und Daschenka und Olja und Katjushenka und – ja, auch noch Saschenka und die andere Olja. Und es gab sogar eine kleine Maria, ihre Beinchen waren verletzt. Es wurden immer mehr, um die er sich kümmern musste. Ihre kleinen Gesichter und ihr Schmerz und ihre Traurigkeit kamen aus der Dunkelheit zu ihm, aber auch ihre frühere Fröhlichkeit, ihre Unbekümmertheit voller vielfältiger Beweise unbändiger Lebensfreude. Und sie brauchten Frieden: „Doch, doch, ich werde …! Ich bleibe bei euch!" Es waren so viele Schicksale. Aber er war stark und ertrug das Gewicht dieser aufgebürdeten Last, die seinen Rücken krümmen wollte: „Nur diese blöden Tränen!" Eisige Perlen aus gefrorener Bitternis. „Wein doch nicht in diesem Frost, du alter ...", murmelte er. Und der Schnee glitzerte silbrig unter den Sternen über der Straße nach Podolsk und der nach Ryazan und Vladimir und all den anderen endlosen Menschenwegen im beißenden Nordwind, an denen sich dunkle Kreuze über frisch vergoldeten oder blauen Kuppeln in einen kalten Himmel reckten, der alles sah – und alles zuließ.

BIOGRAFIE

Peter Müller-Birkendrey hat mehr als 20 Jahre in Russland, der Ukraine und Belarus gelebt und gearbeitet. Diese Kurzgeschichte entstand im Winter 1998 in der russischen Stadt Perm.

Krimi, Kräuter und Küsse, Die Kräuterwirtin, Kapitel 2

Michaela, Schwester von Franz

Michaela – die Hochzeit

Die Hochzeit von Michaela und ihrem Unternehmer.

Er war gern gesehener Gast in der Weinstube. Bevor er Michaela geheiratet hat, hat sie viel in der Weinstube gearbeitet, ausgeschenkt, Essen gerichtet und auch für die Gäste mit der Gitarre gespielt und gesungen. Das liebten die Gäste sehr.

Die Hochzeit war ein großes Ereignis mit 140 geladenen Gästen. Sie hatte ein wunderschönes Dirndlkleid an und alle Gäste waren in Tracht gekommen. Ein wunderschönes Bild war allein schon der Anblick der Gäste. Vor der Abfahrt mit der Pferdekutsche wurden Brötchen und Getränke in der Weinstube serviert. Es erschien eine „Vorbraut", ein lustiger Brauch. Eine Frau oder meist ein Mann in einem alten Hochzeitskleid geht zum werdenden Ehemann und erzählt eine unwahre Geschichte. Sie hätte viele Kinder von ihm oder der Bräutigam hätte ihr die Ehe versprochen. Ein anwesender Musikant spielte ein Stück und der Bräutigam musste mit der „Vorbraut" einmal tanzen. Gegen eine Spende hatte der Bräutigam dann Ruhe von der „Vorbraut". Die Pferdekutsche wartete schon. Sie war herrlich mit Blumen geschmückt. Sie fuhr mit dem Brautpaar zur Kirche. Aber unterwegs haben einige Gäste aus der Weinstube abgesperrt, mit lustigen Plakaten und Musikanten. Der Elektriker vom Ort hat einen Tisch hingestellt und alte Elektrogeräte repariert. Das war sehr beeindruckend und unterhaltsam. Erst nach Bezahlung hat er seinen Tisch weggestellt. Der Friedl und seine Kumpanen haben auch mit einem Seil abgesperrt. Der Friedl hat mit seiner Harmonika gespielt und mit Schnaps und Wein wurden auch die Hochzeitsgäste von seinen Kumpanen versorgt. Die Gäste durften erst weiterfahren, wenn sie etwas in die Kasse der Personen, die absperrten, gegeben haben. Die Autos der Gäste waren auch sehr schön mit Blumen geschmückt. Es hat lange gedauert, bis das Brautpaar bei der Kirche angekommen ist. Die Pferde waren auch unruhig, da sie so oft stehen bleiben mussten. Die wunderschön geschmückte Kutsche war für viele Passanten eine Augenweide. Es wurde viel fotografiert. Zum Standesamt gingen nur die Brautleute und die Beistände, danach ging es weiter in die Kirche zum Pfarrer. Die Kirche war auch wunderschön mit Blumen geschmückt. Franz führte seine Schwester Michaela zum Altar. Es war eine wunderschöne, feierliche Hochzeit. Nach der Trauung gingen alle zum Gasthaus. Dort war alles wunderbar mit vielen Blumen und Tischkarten für die Gesellschaft gedeckt. Das Essen schmeckte herrlich. Die fünf Musikanten spielten viele steirische und lustige Lieder. Es wurde getanzt, gegessen und getrunken. Doch um 21 Uhr wurde die Braut „entführt". Engelbert tanzte mit der Braut Richtung Ausgang. Einige Gäste fuhren mit Michaela zum nächsten Gasthaus. Sie haben Sekt bestellt und hatten es sehr lustig. Der Bräutigam und der Beistand mussten dann die Braut „auslösen" und den Sekt bezahlen. Die Braut war dann bald wieder zurück bei der Hochzeitsgesellschaft.

Um Mitternacht war der „Kranzltanz". Jeder männliche Gast tanzt mit der Braut und gab einen Geldbetrag in ein Körberl. Das Geld gehört den Brautleuten. Die Braut setzt sich auf einen Stuhl in der Mitte des Tanzbodens. Der Bräutigam nimmt ihr das „Kranzerl", den Brautschleier und Blumenkranz, ab. Es wurde noch bis in die Morgenstunden getanzt. Es war eine sehr lustige Hochzeit, die allen Gästen noch lange in guter Erinnerung blieb.

Michaela – in Venedig

Michaela, die Schwester von Franz, war eine hübsche Person, trug immer die neueste Mode und hatte auch eine tolle Figur. Sie hatte sich in einen bekannten Unternehmer verliebt. Sie war selbst eine gute Managerin und hatte mit ihrem späteren Mann den Betrieb sehr gut weitergeführt. Anna und Franz haben sich gefreut, wenn Michaela in die Weinstube zu Besuch kam. Sie spielte Gitarre und sang oft auch schlüpfrige und lustige Wirtshauslieder. Ihr Lieblingslied war „Maus, Maus, zuckersüße Maus, komm mit mir nach Haus, jo donn ziag ma uns holt pudelnokat aus und spül ma Kotz und Maus". Die Gäste unterhielten sich dann bestens. Franz spielte mit der Harmonika dazu. Die Gäste tranken und schunkelten dazu. Es war immer eine tolle Stimmung. Es war schade, dass Michaela wenig Zeit hatte und nicht oft vorbeikam. Musik war immer beliebt in der Weinstube.

Anna, Franz und Michaela und ihr Gatte haben sogar gemeinsam eine Reise nach Venedig unternommen. Sie hatten in Venedig ein einfaches Zimmer, welches dem Gatten von Michaela fast zu einfach gehalten war. Er war eher luxuriöse Zimmer gewöhnt. Aber die paar Tage war er dann doch zufrieden. Das war eine sehr schöne Reise. Einmal hatten sie sich in Venedig verlaufen. Ab Mitternacht war in Venedig alles finster. Kein einziges Lokal war geöffnet. Nur in weiter Ferne leuchtete ein Licht, wahrscheinlich eines von einem Nachtclub. Nur ein Standl mit Getränken war auch noch geöffnet. Dort waren griechische Seeleute zu Gast. Sie haben Englisch gesprochen und Chianti getrunken. Es war spannend und lustig mit den Seeleuten. Sie haben sich bald alle gut verstanden, in einfachem Englisch und mit Händen und Füßen redeten sie. Im Park haben Anna und Michaela mit den Seeleuten Sirtaki getanzt bis 4 Uhr in der Früh. Das war eine sehr schöne Nacht, die bis in der Früh gedauert hat. Diese Begegnung war auch sicherlich lustiger als ein Abend in der rot beleuchteten Nachtbar gewesen wäre. Einige

Flaschen Chianti haben sie auch getrunken und gleich gemeinsam aus der Flasche. Zur Erinnerung an diese lustige Nacht hat Anna eine leere Flasche Chianti mit nach Haus genommen, zur Erinnerung an die griechischen Seeleute. Venedig ist eine wunderbare Stadt. Aber da sich alle verlaufen hatten, sind sie in Winkel und auf Plätzen von Venedig gelangt, die von Touristen nicht besucht wurden. Da konnten sie schon baufällige und heruntergekommene Bauten entdecken. Super gepflegt war damals fast nur der Markusplatz. Dieser Platz ist aber auch sehenswert. Es war eine tolle Reise mit vielen schönen Erinnerungen.

Michaelas Gatte – Geburtstag

Der Gatte von Michaela feierte seinen Geburtstag. Es war eine tolle Feier. Er war Unternehmer und kannte viele Personen und die Feier ließ er sich etwas kosten. Es wurde in einem nahegelegenen Gasthaus gefeiert. Es gab sehr gutes Essen. Und die anwesenden Gäste haben viel zum Programm beigetragen. Es spielte Franz mit seiner Harmonika auf. Es wurde getanzt und gesungen. Auch Anna hat mit Inge und einigen Bekannten einige Stanzl einstudiert, die sie gesungen haben. Es war ein sehr lustiges Fest. Ein toller Sänger, ein sehr fescher Mann, ist auch aufgetreten. Für Anna und Franz war es ein gelungenes Fest. Der Jubilar hat sehr viele Geschenke bekommen. Das Fest hat bis in die späten Morgenstunden gedauert. Auch Franz hat mit Anna getanzt und sie haben sich recht gut verstanden.

Stanzl – Stefans Geburtstag

Jo der Stefan der soll leb'n,
er soll leb'n in Glanz und Schimmer,
a' so an Stefan kriag ma nimmer.

Dort drobn am Bergal
do trink i a Bier,
und weil's ma so schmeckt,
wern draus a glei vier.

Die Frau'n san Engerln,
is a Flügerl abbrochn,
dann fliags immer weiter
auf an Besn und lochn.

Im Wirthaus wird g'soffn,
in der Kirch'n wird bet,
im Bett do wird g'schlof'n,
oda a net!

Mei Vata is Pilot und Pilot bin I.
Mei Vata fliagt Flieger, ober an grestn hob i!

Mei Schwiegermuata holt Antn,
mei Schwiegermuata holt Kiah,
Mei Schwiegermuata holt ois,
nur die Papp'n holt's nia.

14 Musikanten und 13 Gendarm,
san 27 Lumpen, wauns aung'soffn san.

Musikanten spülts auf
Musikanten sad's brav,
a Harmonika und Klarinett,
wos Schöneres gibt's net.

60 Jahre sind es wert, dass man dich besonders ehrt. Darum wollen
wir dir heute sagen: „Es ist schön, dass wir dich haben".

Alle gratulierten und schüttelten ihm die Hände.

Alles Gute zum Geburtstag, lieber Stefan!

Die Autorin beschreibt im Werk „Krimi, Kräuter, Küsse" das Leben einer Wirtin. Sie bringt dabei ihre Kenntnisse im Bereich Kräuterkunde ein und integriert heilsame Rezepte, sie beschreibt alte Bräuche und lässt auch die Liebe in ihrem Krimi nicht zu kurz kommen. Der angeführte Text ist ein Auszug aus dem Buch.

BIOGRAFIE

Ingeborg Passarnegg lebt heute als Pensionistin in der Steiermark. Nach dem Sammeln von Erfahrungen als Bäuerin, Wirtin, Bankangestellte sowie vielen Recherchen zum Thema Heilkräuter und deren Wirkung schreibt sie nicht nur in Social Media über Kräuter im Hausgebrauch, sie verfasste auch ein Kochbuch und einen Krimi.

Die verzweifelte Hoffnung.

Sei du.
Bewahre deinen Glauben,
und halte ihn ganz fest.
So schlimm wie alles ist,
so ist es doch dein Jetzt

Ist Ihnen auch bewusst geworden, dass in Zeiten großer Krisen naturgemäß die Angst und das Bedürfnis nach mehr Schutz und Orientierung wächst? Franz Kafka hat einmal geschrieben: „Ein Buch muss die Axt für das gefrorene Meer in uns sein."

Genau diesen Versuch, den Kältestrom der Welt aufzuhalten, versuchen wir in unserem Buch zu beschreiben.

In einer fiktiven Dokumentation über unsere verlorene Zukunft mit dem Titel „Wer wir waren" sind die Eingangsworte:

Wir waren die, die verschwanden.

Wir waren jene, die wussten, aber nichts verstanden, voller Informationen, aber ohne Erkenntnis. So gingen wir, nicht aufgehalten durch uns selbst.

Wir sind eine kleine Gruppe von Christen, von suchenden und fragenden Menschen, oft ratlos und voller Zweifel an unserem Glauben. Wir wollen jedoch dieser Hoffnungslosigkeit keinen Raum geben.

Wir sind protestantisch und katholisch geprägt, weder Theologen noch Philosophen, und haben schon oft überlegt, den Kirchen den Rücken zu kehren. Wir glauben jedoch fest daran, dass die göttliche Kraft sich in jedem Menschen artikulieren will und kann. Konfessionen und Religionen spielen dabei für uns keine Rolle.

In unserem Buch suchen wir nach Antworten auf die zunehmenden Verunsicherungen der Menschen. Hier ein paar kurze Sätze aus unserem Buch, das wir Ihnen hiermit ans Herz legen möchten:

Viele kaufen nur noch Bio ein, beschaffen sich ein E-Auto, wählen verzweifelt grüne Parteien und unterstützen Menschen mit dieser Haltung.

Doch liebäugeln sie nicht mit großartigen Veränderungen am Wohlstandskuchen!

Sie spenden und demonstrieren ja schon genug. Jetzt sind die anderen erst einmal gefordert, so ihre Wahrnehmung. Nur wenige sind bereit, sich ehrlich selbst zu reflektieren und am tatsächlichen Kern der Herausforderung, am wirklichen Problem zu arbeiten.

Dabei steigert sich die Spaltung unserer Gesellschaft unablässig.

Hier gibt es die einen, die sich ihr Engagement leisten können, ohne dass sie ihr Konsumverhalten grundsätzlich ändern müssten, und dort die anderen hingegen, die tatsächlich guten Willens, jedoch materiell dazu nicht in der Lage sind.

Es gibt eine gewisse satte Bioelite, deren reduziertes Gerechtigkeitsempfinden kaum Spielraum für kollektive, politische Veränderungen zulässt. Sie möchten im Jetzt verbleiben, es konservieren:

„Verweile doch, du bist so schön ...“

„Die gedachte Welt ist am Ziel“, so Ernst Bloch

Doch die Meeresspiegel steigen stetig, der CO_2-Anteil ebenso, trotz aller Anstrengungen und technischem Fortschritt.

Das Mauna-Loa-Observatorium auf Hawaii bestätigt den Zusammenhang zwischen Wirtschaftswachstum und dem Anstieg der CO_2-Anteile.

Schrumpft die Wirtschaft, verlangsamt sich der Klimawandel, wächst sie, beschleunigt er sich.

Das gilt vor allem dort, wo überbordender Konsum vorherrscht bzw. das dafür vorhandene Kapital vorhanden ist, welches eigentlich weltweit gerecht umverteilt werden müsste.

Nur noch ein Gott kann uns retten, sagte Heidegger in einem Spiegel-Interview, und wir ergänzen: nur ein neues, kraftvolles und dynamisches Gottesbild kann uns helfen, aus dem Zwangskorsett von

Gewalt und Hass zu entkommen. Ein Bild jenseits der Religionen und sonstigen Festlegungen, gegründet auf die tiefe Humanität Jesu.

Als pragmatische Pazifisten treten wir für mehr internationale Kooperation und gegenseitige Hilfe zur Bewältigung der Klimakrise ein. Wir vergessen auch nicht die 25.000 Menschen (Stand 2023), die im Mittelmeer durch unterlassene Hilfeleistungen ertrunken sind, und fühlen uns auch hier mitschuldig.

Wir sind vehement für weniger Rüstungsausgaben, denn Rüstung tötet auch ohne Krieg.

Zusätzlich sind Kriege mit allen damit verbundenen Umweltschäden, neben den humanitären Katastrophen einerseits und der Kampf gegen den Klimawandel andererseits, nicht miteinander in Einklang zu bringen.

Wir benötigen jeden Euro für die ökologische Transformation, um den kommenden Generationen eine gute Lebenswelt zu erhalten.

Dazu braucht es eine weltweite Vernetzung der Öko- und Friedensbewegungen, um das kriegerische Patriarchat zu beenden.

Der Reichtum der Welt akkumuliert sich schrecklich einseitig und ungerecht und lässt die Menschen in Not und Elend in der ganzen Welt im Stich. Das muss und kann geändert werden. Ansonsten werden wir eine friedvolle Zukunft verspielen und sind keinesfalls auf einem guten Weg.

Rechte Parteien bekommen Aufwind und bedienen sich nur zu gerne der Spannungen, die in der Gesellschaft entstehen, wenn die Kluft zwischen Arm und Reich immer größer wird. Dies alles lässt sich allerdings nicht ohne einen friedlichen Kampf verändern, und hierfür müssen sich alle Menschen aufgerufen fühlen, egal welcher Religion.

Schließlich haben wir eine gemeinsame Verantwortung, die uns kein Gott, kein Führer, kein Patron abnimmt.

Die Krone der Verantwortung tragen wir gemeinsam, keiner kann diese allein tragen.

Auch der Vorwurf der Naivität, der von den Medien zu gerne kolportiert wird, darf uns nicht beirren, selbst wenn er immer lauter und aggressiver zu hören ist.

Ja, wir sind im guten Sinne naive Träumer, doch was heißt in diesem Kontext schon naiv?

Ist es nicht eher naiv, einen immer länger dauernden Abnutzungskrieg mit immer mehr Toten und Verletzten zu fördern, der am Ende keinen Gewinner haben wird, nur Verlierer?

Der zusätzlich eine absolute klimatische Katastrophe bedeutet und am Ende seiner Eskalationsspirale eine atomare Auseinandersetzung heraufbeschwört?

Ist es nicht eher unrealistisch zu glauben, bei solch einer auf Gewalt basierenden Strategie den weltweiten Herausforderungen begegnen zu können?

Wir meinen ja und halten ein Umdenken für unerlässlich, um eine drohende globale Katastrophe zu verhindern, was aus unserer Sicht nur durch Verhandlungen beziehungsweise Deeskalation zu erreichen ist.

In diesem Sinne fordern wir alle Leser auf, sich gegenseitig zu unterstützen und zu vernetzen.

Denn der Krieg ist darin schlimm, dass er mehr böse Leute macht, als er deren wegnimmt.
Zum ewigen Frieden, Kant.

Wir halten am biblischen Traum fest: Schwerter zu Pflugscharen.

BIOGRAFIE

Joachim Günther und Martin Refle sind Christen und pragmatische Pazifisten, waren lange Zeit als Betriebsräte im VW-Konzern tätig und sind unter der Internetseite: Nikonetz.org erreichbar.

Manfred Regall und die Musik seiner Vorbilder J.S. Bach, L. van Beethoven, F. Schubert, A. Bruckner, G. Kreisler

GOLDBERGVARIATIONEN – ÜBER JOHANN SEBASTIAN BACHS BERÜHMTES MUSIKWERK

Clavierübung, bestehend in einer Arie mit verschiedenen Veränderungen fürs Clavicymbel mit 2 Manualen. Nürnberg, bey Balthasar Schmid. Dieß bewundernswürdige Werk besteht aus 30 Veränderungen, worunter Canones in allen Intervallen und Bewegungen vom Einklang bis zur None mit dem faßlichsten und fließendsten Gesange vorkommen. Auch ist eine reguläre 4-stimmige Fuge, und außer vielen andern höchst glänzenden Variationen für 2 Claviere, zuletzt noch ein sogenanntes Quodlibet darin enthalten, welches schon allein seinen Meister unsterblich machen könnte, ob es gleich hier bey weitem noch nicht die erste Partie ist.

Dieses Modell, nach welchem alle Variationen gemacht werden sollten, obgleich aus begreiflichen Ursachen noch keine einzige darnach gemacht worden ist, haben wir der Veranlassung des ehemaligen Russischen Gesandten am Chursächs. Hofe, des Grafen Kaiserling zu danken, welcher sich oft in Leipzig aufhielt, und den schon genannten Goldberg mit dahin brachte, um ihn von Bach in der Musik unterrichten zu lassen. Der Graf kränkelte viel und hatte dann schlaflose Nächte. Goldberg, der bey ihm im Hause wohnte, mußte in solchen Zeiten in einem Nebenzimmer die Nacht zubringen, um ihm während der Schlaflosigkeit etwas vorzuspielen. Einst äußerte der Graf gegen Bach, daß er gern einige Clavierstücke für seinen Goldberg haben möchte, die so sanften und etwas muntern Charakters wären, daß er dadurch in seinen Wunsch am besten durch Variationen erfüllen zu können, die er bisher, der stets gleichen Grundharmonie wegen, für eine undankbare Arbeit gehalten hatte. Aber so wie um diese Zeit alle seine Werke schon Kunstmuster waren, so wurden auch diese Variationen unter seiner Hand dazu. Auch hat er nur ein einziges Muster dieser Art geliefert. Der Graf nannte sie hernach nur seine Variationen. Er konnte sich nicht satt daran hören, und lange Zeit hindurch hieß es nun, wenn schlaflose Nächte kamen: Lieber Goldberg, spiele mir doch eine von meinen Variationen. Bach ist vielleicht nie für eine seiner Arbeiten so belohnt worden, wie für diese. Der Graf machte ihm ein Geschenk mit einem goldenen Becher, welcher mit 100 Louisd'or angefüllt war. Allein ihr Kunstwerth ist dennoch, wenn das Geschenk auch tausend Mahl größer gewesen wäre, damit noch nicht bezahlt. Noch muß bemerkt werden, daß in der gestochenen Ausgabe dieser Variationen einige bedeutende Fehler befindlich sind, die der Verf. in seinem Exemplar sorgfältig verbessert hat.

[J. N. Forkel: Über Johann Sebastian Bachs Leben, Kunst und Kunstwerke: 9. Deutsche Komponisten von Bach bis Wagner, S. 128–130

(vgl. Bach-Forkel, S. 51–52)
http://www.digitale-bibliothek.de/band113.htm]

J. S. Bachs Musik möchte ich mit einem vielleicht naiven und witzigen Naturbild, die darin als freudiges, dahinfließendes, plätscherndes „(Bäch)lein" an Musikklängen aus einer idealen und ideellen Weltkunstzeitepoche sich zeigt oder erklärt, beschreiben. Wunderschöne Musik sind diese Goldberg-Variationen, die aus einer anderen Zeit (Barockzeit), und wahrscheinlich aus einer anderen individuellen Welt stammen, aber uns heute trotzdem sehr vertraut sind, und die wir, Markus A. und ich, sich gestern bei ihm in der Lederergasse in St. Pölten anhörten. Diese Musikkomposition hat etwas Verträumtes, aber auch Klares und viel Besonderes an sich, und machte uns beide zumindest für einige Momente im innersten Winkel unserer beiden Herzen sehr glücklich! 01.12.2016 15:21. 08.11.2019 17:44

GUTE MUSIK SCHENKT MIR
IMMER WIEDER VIEL FREUDE

Heute machte ich mir ein musikalisches Geschenk, weil ich mir eine meiner Meinung nach eines der ästhetischsten und schönsten Musikkompositionen von Claude Debussy, als PDF-Datei mit der Musiknotenpartitur auf meinem Computer heruntergeladen habe, wo ich es mit einer Konzertübertragung im Radio zu „Konzert am Vormittag" zum Studieren verwenden konnte. Danach druckte ich dieses Werk auf Papier aus. Jenes Werk wurde am 22.12.1894 uraufgeführt. 122 Jahre und 2 Monate später kamen diese Informationen auch zu mir. Lieber Gott, vielen Dank dafür und ich danke den Menschen, die dies ermöglichten! Das Werk heißt „Prélude à l'après-midi d'un faune."

Es machte mir schließlich ein besonderes Vergnügen, das ich dies ohne Computer, Internet und Radio so nicht gehabt hätte! Ich erinnere mich noch an unsere Schulzeit 1980–1984, wo wir auf Tonbänder und Schallplatten diese Musik unser Herr Musiklehrer Franz Thürauer uns, seinen Schülern, anhören ließ, und unter anderem auch dieses Werk hören konnten. Ich liebte damals besonders dieses Werk, weil es mir aus einer eindrucksvollen, exotischen, fremden Welt das erste Mal zu mir kam. Es hat mir diese Musik ein besonderes Gefühl an die wohltuenden Sommerferien erinnert, was diese Musik beim Zuhören „einige spezielle Sommerimpressionen" in mir immer wieder hervorruft.

Auch „Peer Gynt" nach Henrik Ibsen, die Oper von Werner Egk, ist ein gutes Beispiel guter Opernmusik aus dem 1. Drittel des 20. Jahrhunderts. Ich überzeugte mich heute am 25.02.2017 bei einer Live-Radioübertragung in Ö1, wo Bo Skovhus (Peer Gynt) sang und mit dem ORF-Radio-Symphonieorchester (Leo Hussain) gesendet wurde. Dieses Werk wurde im Jahr 1938 uraufgeführt, ein Jahr danach heirateten meine Großeltern mütterlicherseits (25.02.1939). Ein Zeichen Gottes???!!!

Ein besonderer Tag, an dem ich Mozarts 33. Sinfonie im Radio hören konnte, ist heute. ORF-Ö1 übertrug vor ca. einer Stunde dieses Konzert vom 29.01.2013 in Salzburg mit dem Dirigenten und Fagottisten Milan Turkovic. Kurz vorher lud ich mir eine Noten-datei mit einer Partitur auf mein Mobiltelefon, und nachher spei-cherte ich diese PDF-Datei auf meinen Desktop-Personalcomputer. Ich konnte daher zur Musik im Radio auf meinem Computer die Musiknoten verfolgen, was mir ein unvergleichliches, besonderes Hörvergnügen und Musikstudium ermöglichte.

Das Autograph der Sinfonie Köchelverzeichnis (KV) 319 ist datiert vom 9. Juli 1779 und in Salzburg entstanden. Mozart hatte gemäß dem Salzburger Geschmack ursprünglich nur drei

Sätze vorgesehen und komponierte später (die Angaben schwan-ken zwischen 1782 und 1785) ein Menuett für Aufführungen in Wien nach.[1]

Im Jahr 1785 gab Mozart das Werk zusammen mit der auf vier Sätze gekürzten Sinfonie (ursprünglich Serenade) KV 385 beim Wiener Verlagshaus Artaria in Druck; damit ist KV 319 eine der wenigen Sinfonien, die zu Mozarts Lebzeiten veröffentlicht wurden. Dies hielt Mozart aber nicht davon ab, das Werk ein Jahr später zusammen mit den Sinfonien KV 338, KV 385 und KV 425 dem Fürsten Fürstenberg in Donaueschingen anzubieten (Brief vom 8. August 1786): *„Da S(eine): D(urchlaucht): ein Orchestre besitzen, so könnten Hochdieselben eigenst nur für ihren Hof allein von mir gesetzte Stücke besizen, welches nach meiner geringen Einsicht sehr angenehm seyn würde.“* [1]

Die Sinfonie entfaltet trotz der Beschränkung auf ein „kleines" Orchester eine Fülle von Klangfarben und hat insgesamt einen *„fast schon kammermusikalischen"* [2], *„spielerischen"* [1] Charakter bzw. *„etwas Federleichtes"* [3] – insbesondere im Vergleich zur Sinfonie C-Dur KV 338. Möglicherweise wollte Mozart mit der kleinen Besetzung das Werk auch für Adlige attraktiv machen, die sich große Orchester nicht leisten konnten.

[2] Eine Gemeinsamkeit der Sätze 1, 2 und 4 ist, dass in ihren Mittelteilen neue Motive auftreten, die mehrstimmig verarbeitet werden.

2 Zur Musik

Besetzung: zwei Oboen, zwei Fagotte, zwei Hörner, zwei Violinen, zwei Violen, Cello, Kontrabass. Wahrscheinlich wurde zudem – sofern im Orchester vorhanden – ein Cembalo zur Verstärkung der Bassstimme eingesetzt. [4] Als Besonderheit von KV 319 sind die geteilten Violen hervorzuheben.

Aufführungszeit: ca. 23 Minuten

Bei den hier benutzten Begriffen der Sonatensatzform ist zu berücksichtigen, dass dieses Schema in der ersten Hälfte des 19. Jahrhunderts entworfen wurde (siehe dort) und von daher nur mit Einschränkungen auf die Sinfonie KV 319 übertragen werden kann. –

Die hier vorgenommene Beschreibung und Gliederung der Sätze ist als Vorschlag zu verstehen. Je nach Standpunkt sind auch andere Abgrenzungen und Deutungen möglich.

Geschichten vom Schneestern

Jolly schaut aus dem Fenster. Gestern schneite es kräftig. Und sie hatte einen Schneemann gebaut.

Er sieht traurig aus. Dicke Tränen kullern aus den kleinen schwarzen Augen.

Am Dach des Hauses tauen die Eiszapfen und purzeln in die Regentonne. Jolly lief nach draußen und trocknet mit dem Taschentuch die Tränen des Schneemannes. Armer Schneemann, bedauert sie dabei den kugeligen Mann. Es wird immer wärmer. Auch der Wetterbericht hatte für die nächsten Tage keinen Schneefall vorhergesagt. Plötzlich sagt der Schneemann: „Ich bin der letzte meiner Art!" Jolly lief ein frostiger Schauer den Rücken hinunter. Sie nimmt den schon geschrumpften Mann mit ins Haus und steckt ihn in die große Schublade des Gefrierschrankes der Eltern. Etwas später schallt ein Schrei durch die Küche direkt in Jollys Ohr. Gefolgt von dem Ruf ihrer Mutter „Irene": „Jolly! Nimm sofort den Schneemann hier raus!" Der hatte es sich gerade gemütlich gemacht und in eine leichte Decke aus Eis gekuschelt.

„Mama, das geht nicht!" stammelt Jolly. „Der Schneemann gehört nach draußen!" sagt die Mutter energisch. „Wir müssen zum Einkaufen in die Stadt. Am Wochenende bekommen wir Besuch."

Großvater August saß am Küchenherd und rauchte sein Pfeifchen. „Irene, lass doch dem Mädchen den Spaß. Sie ist traurig, weil es die nächste Zeit nicht schneien wird. Mein Vorschlag ist: „Überrasche deine Gäste mit einem vegetarischen Gericht. Das ist gesünder und der Schneemann kann im Frostfach bleiben." Etwas genervt willigt die Mutter Irene schließlich ein.

Und vorsichtig fragt er: „Ich habe so eine Idee, was hältst du davon, wenn ich mit Jolly ein paar Tage verreise?" „Wo willst du mit dem Mädchen hinfahren, August?" fragt sie etwas besorgt.

„Wir suchen den Schneestern!" erklärt der Großvater. „Mehr wird nicht verraten!" Jolly, die immer noch am Kühlschrank steht, ist begeistert.

„Du bist und bleibst ein Kindskopf, August!" tadelt die Mutter. Dann verschwindet sie mit den Einkaufskörben. Die Eltern rauschen mit dem Auto zum Einkauf in die Stadt.

Großvater August erzählt der aufgeregten Enkelin: „Meine Großmutter Agathe hat mir, als ich noch ein Kind war, „Geschichten vom Schneestern" erzählt. Ich kann mich gut daran erinnern. Wir müssen im Wald den Weg finden und einen kleinen Berg hinauf. Dort soll eine große Lichtung sein. Ein putziger Schneehase ist ihr oft begegnet.

Ein Stern tanzt über die Wipfel der Bäume. Die Äste schwingen sanft. Die Zapfen der Bäume wiegen den Takt. Sie tragen die Melodie bis in die tiefsten Täler. Nur dieser Stern hat goldige Zacken. Er ähnelt dann einer Sonnenblume, deren Blüten wie kleine Sonnen aussehen.

In der Mitte ist sein Bauch mit Hunderten von Schneeflocken gefüllt, die nur darauf warten, gut gekühlt in die Täler zu purzeln. Sie fallen wie kleine, weiße Sterne auf die Erde. Überall schneit es! So ist der Schneestern! Jolly staunt: „Wie schön das ist, ob wir den Schneestern finden, Großvater August?"

Schnell ist der Rucksack mit warmer Kleidung und etwas Schuhwerk gepackt.

Die beiden wandern durch ein großes Waldgebiet und übernachten in einer Herberge.

Der Schnee ist auch hier weggeschmolzen. Jolly steckt Schal und Mütze in den Rucksack und sagt besorgt: „Wir haben erst Mitte Januar!" Plötzlich entdeckt das Mädchen die Spuren eines Hasen auf dem noch leicht vom Schnee bedeckten Weg. „Schau, zwei lange Pfotenabdrücke vorn und zwei kurze Abdrücke hinten. Seine Spuren liegen weit auseinander."

Leise sagt August: „Wir müssen der Spur folgen. Das muss der Schneehase sein, der es immer besonders eilig hat. Genauso hat es meine Großmutter erzählt."

Voller Hoffnung wandern sie den Berg hinauf. Als sie oben bei der Lichtung ankommen, ist kein Schneestern zu sehen. Die Bäume rauschen traurig und die Zapfen sind still. Nur das Häschen sitzt schon hier und sagt: „Ihr sucht wohl den Schneestern, schnuff, schnuff? Den gibt es hier schon lange nicht mehr. Über die Jahre sind viele Familien mit Kindern hier raufgekommen. Der Schneestern hat die Wünsche der Kinder erfüllt, und es schneite! Vor allem, wenn es zur Weihnachtszeit schneien sollte. Er ist vor langer Zeit schon mal verschwunden. Als es hier bei der Lichtung ruhiger wurde, kam er zurück.

Später hatten die Kinder leuchtende Dinge dabei und wollten damit Fotos vom Schneestern machen.

Er ist ganz entwischt und keiner weiß wohin! Ihr selbst müsst ihn finden. Auch ich würde mich über Schnee im Winter freuen. Ich bin eigentlich ein Schneehase. Mein Fell ist im Winter dunkler geworden." schnuff, schnuff. Dann rannte es in den Wald.

Jolly und Großvater August setzen sich auf eine Bank nahe bei der Lichtung, um zu beraten, wohin sie weiterwandern und den Schneestern finden. Jolly fragt: „Wollen wir in ein Flugzeug steigen und in die nördlichen Länder bis nach Alaska fliegen?

Dort finden wir vielleicht den Schneestern!" „Das ist nicht notwendig", meint August. „Er versteckt sich hier im Wald. Agathe hat mir mal diese Geschichte vom Schneestern erzählt: „Als sie ein kleines Mädchen war, wurde die Fotografie erfunden. Mit der Reprokamera von Floh und Hahne aus dem Jahre 1896 waren Schwarz-Weiß-Aufnahmen möglich. Es war etwas Besonderes, wenn er mit den goldenen Zacken zwischen den Bäumen lugte und die weißen Sterne aus seinem Bauch purzelten. An sonnigen, knackig kalten Wintertagen, wenn der Schnee unter den Stiefeln knirscht, ein Schauspiel, das zahlreiche Menschen anlockte. Manchmal flog er in den Himmel, piekste die Wolken.

Das hatte sich herumgesprochen. Bald wollte man Aufnahmen vom Schneestern machen. Reporter von der „Deutschen Allgemeinen Zeitung" trugen die Kamera hier rauf.

Als man die Kamera auf ihn richtete, um die Aufnahmen zu machen, ballten sich die Flocken in seinem Bauch zu einer Kugel und wurden mit einer Eisschicht überzogen. Wenig später war Schneestern ganz verschwunden. In dem Winter hat es nicht geschneit, nur der Schnee, der schon gefallen war, blieb einige Zeit liegen. Ich habe mir die Geschichten meiner Großmutter Agathe vom Schneestern gut eingeprägt. Sie wurde sehr krank, sodass sie mir nie die Lichtung zeigen konnte. Nun bin ich sehr stolz, mit dir den Schneestern zu suchen." Jolly staunt, dass es damals schon Kameras gab. Kennt sie doch nur das Handy und die modernen Fotoapparate, die man im Handgepäck verstauen kann.

„Im 4. Jh. vor Christus tüftelte Aristoteles am optischen Prinzip der „Camera Obscura", erklärt August weiter. Jolly sieht den Philosophen vor sich, wie er in einer wissenschaftlichen Bibliothek der Antike auf Papyrus mit der Schreibfeder aus Schilfrohr Ideen schreibt.

Sie wird aus den Gedanken gerissen, als sie ein Geräusch wie von einer Kettensäge hört. Ein hoher, langgezogener, schriller Ton, der in den Ohren schmerzt. „Keine Angst, Jolly", sagt ihr Großvater, „das sind Bergfinken. Die kommen in unsere Wälder nur als Wintergast. Sie leben in Sibirien und Skandinavien. Meine Großmutter erzählte aus einer Geschichte, dass sich Schneestern nicht von den Bergfinken überreden ließ, mit ihnen in die nördlichen Länder zu fliegen. Obwohl die Finken versprachen, ihn zum Polarstern zu bringen, und von den Zaubereien der Polarlichter so laut zwitscherten, dass ihr Gesang klang wie das Rauschen eines Wasserfalls. Das konnte sogar Agathe mit ihrem Vater bei dieser Wanderung verstehen."

„Wir laufen hier im Wald weiter", schlägt August vor. Die ersten Schneeglöckchen zeigen schon zaghaft die Blüten. Es sind Vorboten des Vorfrühlings. Wir müssen uns beeilen und den Schneestern finden. Die zarten, weißen Blüten trotzen Schnee und Eis. Es macht dem Glöckchen nichts aus, wenn es kälter wird. Die anderen Frühblüher werden erfrieren, wenn die schützende Schneedecke fehlt.

Jolly und der Großvater haben trotz der Eile einen Blick für die Flora und Fauna an ihren Wegen. Ein Specht klopft an einem Baumstamm. August zeigt ihr typische Pflanzen des Waldes. Jolly bewundert die Winterheide und das Hornveilchen. Diese Pflanzen halten im Winter Temperaturen bis -30 Grad Celsius aus. „Großvater, wo sind die Pilze im Winterwald?", fragt Jolly. „Die gibt es", sagt August, „man muss nur mit etwas mehr Achtsamkeit nach ihnen suchen. Der König der Winterpilze ist der Austernseitling, der an alten Laubbäumen wächst." „Den gibt's eingeschweißt im Supermarkt", ruft Jolly empört, fast etwas zu laut. Dann knurrt ihr Magen, hörbar.

„Komm, wir gehen was essen, bevor du noch die Raubtiere des Waldes aus dem Bau lockst", sagt August belustigt. Der Geruch von Bratwurst steigt ihnen in die Nase.

Sie kehren in dem schönen Waldlokal ein und essen sich satt.

August ruft Jollys Mutter an, um ihr zu sagen, dass er mit dem Mädchen ein paar Tage länger unterwegs sein wird.

Dass die Mutter verärgert ist, kann Jolly hören. „Der Schneemann müsse nun endlich aus dem Gefrierfach! Ich brauch den Platz! Und Jolly hat das Handy vergessen!" Der Großvater kann sie dann doch beruhigen. „Kommt bald zurück", sagt sie noch. „Machen wir, Irene, in zwei, drei Tagen."

Er stellt sein Handy aus, drückt auf die Taste „Ausschalten" und verstaut es weit unten im Rucksack.

„Das mit dem Handy habe ich absichtlich gemacht", sagt Jolly. „Find ich großartig von dir", lobt sie August. Sie beobachten viele Leute hier im Waldlokal, die ständig die Fototaste ihres Handys drücken, um seltene Pflanzen und Aufnahmen der schönen Aussicht von der Lichtung zu machen. Jolly sagt: „Können die Menschen nicht mal damit aufhören und wertvolle Erinnerungen im Gedächtnis behalten und darüber mit etwas Fantasie erzählen?" „Der Meinung bin ich auch. Hier finden wir Schneestern bestimmt nicht", stimmt der Großvater ihr zu.

Die beiden wollen dann aufbrechen, um weiter nach dem Schneestern zu suchen.

Zwei Stunden sind sie gewandert und haben das Waldlokal weit hinter sich gelassen. Jolly findet einen Waldweg. Er war mit Gestrüpp, Pflanzen und dicken Wurzeln von alten Buchen bedeckt. „Hier sind fast keine Menschen unterwegs", sagt sie leise. „Ob wir hier Schneestern finden?", flüstert Jolly.

Der Specht klopft oben am Baum. Ob das ein Zeichen ist? Weiter kämpfen sie sich durch das unübersichtliche Gelände. Zweige der Bäume schieben sie vorsichtig auseinander.

Sie hören von oben an den Bäumen einen unangenehmen, langgezogenen, hohen Laut von Vögeln. Jolly erkennt sofort die Bergfinken. Und es schimmert etwas Goldenes zwischen den Ästen.

Acht Bergfinken haben die Zacken von Schneestern mit ihren Schnäbeln gepackt. Sie sind auf dem Rückflug gen Norden und wollen Schneestern dahin mitnehmen. Die Flocken in seinem Bauch werden zu Eiskugeln. Er versucht, die Bergfinken zu treffen. Wie ein Katapult schießt der Schneestern kalte Kugeln auf die Schnäbel der Bergfinken. Immer mehr Bergfinken gesellen sich dazu.

Plötzlich hören die beiden ein lautes Klopfen. Es ist ein großes Rudel von Wildhasen, die ohne Unterlass mit den Hinterläufen auf den Boden trommeln. Der Schneehase mittendrin. Ein zweites und drittes Rudel kommt dazu, die energisch mitklopfen. Jolly und Großvater August heben die Arme nach oben und klatschen mehrmals in die Hände. Der Specht oben am Baum klopft und trommelt mit dem Schnabel.

Die Bergfinken versuchen noch eine Weile, mit dem Schneestern in ihrer Mitte wegzufliegen.

Dann wird es ihnen zu viel. Sie lassen die Zacken von Schneestern los. Er sinkt erschöpft auf die Äste der Bäume. Die Invasion von Bergfinken fliegt in die nördlichen Länder.

Die Wildhasen klopfen noch eine Weile auf den Boden, bis die Bergfinken ganz verschwunden sind.

Dann entfernen sich die Hasen. Großvater August sagt zu Jolly: „Bestimmt kommt der Schneestern zurück. Wir lassen ihm etwas Zeit." Sie wandern durch den Wald zurück. Jolly hat einen Einfall: „Großvater, was hältst du davon, wenn wir nahe der Lichtung einen handyfreien Wanderweg einrichten lassen? Wo auch ruhiges Waldbaden möglich sein kann."

„Das ist eine gute Idee! Ich werde mit der Forstbehörde Kontakt aufnehmen. Es ist ein sehr schöner, leicht begehbarer Wanderweg", sagt August. Als die beiden am nächsten Tag zu Hause ankommen, wird es kälter. Und es fängt an zu schneien.

Jolly holt den Schneemann aus dem Kühlschrank und stellt ihn in den mit Schnee bedeckten Garten.

In der Nacht war so viel Schnee gefallen, dass Jolly einen zweiten Schneemann bauen konnte, eine Schneemannfrau. Glücklich stehen sie den ganzen Winter im Garten.

Ende

Roxi

Die Katastrophenfrau

Raus aus der Diktatur

Die Irrwege beginnen bereits in der Kindheit. Geboren als Sandwich-Kind, von eigener Mutter zum „schwarzen Schaf der Familie" degradiert. Keine Umarmung, kein gutes Wort. Kuscheln? Ein Fremdwort. Egal, was du tust, alles falsch. Egal, wie sehr du dich anstrengst, wie fleißig du bist. Gelobt werden die Geschwister. Du wirst geprügelt. Misshandelt. Die alleinerziehende Person scheinst du zu überfordern. Gehöre ich überhaupt in diese Familie? Schwarze Schafe stören das Bild. Bist begabt, hast viele Talente. Anerkennung? Nie! Dein Weg nimmt eine gefährliche Richtung an.

    Schaue zurück: Im falschen Land geboren. Sozialismus. Ungerechtigkeiten. Leben in Angst. Eigene Meinung nie sagen dürfen. Ausschließlich russische Bücher lesen, nur deren Kriegsfilme sehen dürfen. Nix Anderes. Englisch lernen? Verboten. Trotz deutsch-österreichischer Wurzeln wird meiner Familie die Ausreise in die BRD verweigert. „Frau Doktor, Sie wollen doch aus ihren Kindern keine Nazis machen?" fragt Mutters Klinikchef! Nachdem mein Onkel Janis in den 60ern auch noch als Pilot mit einem russischen Militärhubschrauber in den Westen flüchtet, möchte meine Familie umso schneller weg aus dem okkupierten Land. Auf Drängen der Mutter, ich soll in den Westen heiraten, damit wir alle endlich rauskommen, flüchte ich allein und heimlich in den 80ern über Jugoslawien nach Deutschland. Kann mir das Leben in der Tschechoslowakei unter der Diktatur mit zahlreichen Schikanen als junger Mensch nicht mehr vorstellen. Möchte aber auch keinen Wessi-Typen mit fettem Bauch und dickem Bankkonto ehelichen, nur um der Mutter Hexe Baba Jaga einen Gefallen tun. Und Vater interessiert sich nicht mehr für seine drei Kids, die nach der Scheidung seiner Exfrau zugesprochen wurden. Niemandem kann ich mich anvertrauen. Hexe würde mich alleine nie gehen lassen. Nicht, weil sie mich so mag (haha!) Sondern aus Sorge, was dann mit ihren zwei Lieblingen passiert und, vielleicht sogar, weil sie auch um ihre Klinik-Stelle fürchtet? Ihre Widersprüche kann ich nicht mehr ertragen.

Lebe ohnehin schon ein Jahr in Prag, um endlich an zuverlässige Kontakte zu kommen, die mir eventuell zur Flucht verhelfen. Meine Naivität kennt keine Grenzen. Ich arbeite sogar nicht mehr in meinem kreativen Beruf, sondern als Dispatcher, im 3-Schicht-Betrieb. Weit weg von der *Macecha* und meinen Geschwistern, die ich kaum kenne. Sie schlucken alles Negative, was Mutter über mich sagt, obwohl sie mit mir die Kindheit verbracht- und gesehen haben, wie ungerecht und brutal diese Person mit mir umgeht, ihren Hass auf den Exmann permanent auf mich überträgt. Sie sind gegen mich: Die DREI – und ich alleine. Wer ist hier der d'Artagnan?

Eine Mietwohnung? 7 Jahre Wartezeit! Wie auch auf einen Telefonanschluss. Und in Prag? Vergiss es! Ich miete mich bei einer alten Dame im Altbau-Dachgeschoss ein. Für 300,- Kronen monatlich kann ich ein Minizimmer von ca. 8 qm haben, ohne Warmwasser und Heizung. Eisblumen im kleinen Fenster. Zwiebelprinzip zum Schlaf: Jogginganzug, zwei Decken, Schlafsack zu. Drei Paar Socken, Schal, Mütze, Handschuhe. Im Winter nachts deshalb lieber im Untergrund der (von Russen gebauten!) U-Bahn-Metro, wo ich in der Pause zwischen 02:00 und 04:00 bei verbotener, westlicher Musik, die aus den Lautsprechern dröhnt, Skateboard fahre. Wild und trotzig, meine langen Haare im Sog der permanenten Luftströmung wehend, in 90 m Tiefe. Von Station zur Station melden Kollegen, wann der kontrollgeile Chef einfährt. Als er mich mal ohne Krawatte und Mütze, die zur Uniform gehören, erwischt, zieht mir der Blödmann gleich 100,- Kronen vom Lohn ab! Nachts fahren doch keine Gäste; es wird nur geputzt da unten, tief unter der Erde!

Die Flucht

Kaufe mir eine Ski-Reise nach Jugoslawien. Spare nämlich mein Geld nur für Sport und Urlaub. Keine Aussteuer für Hochzeit wie meine Freundinnen. Das würde mir noch fehlen! Das Kind, was ich plötzlich in mir trage, obwohl mein Freund Pepa geschworen hat, unfruchtbar zu sein, ein Hindernis. Baba Jaga tobt. Sorgt für eine Interruption. Ist doch Ärztin. Hat Kontakte ... Sie ahnt aber nix. Weiter geht's! Die wenigen Habseligkeiten verkaufe ich, bevor es losgehen soll. Nur die Skier & das Equipment behalte ich.

In Kranjska Gora, Julische Alpen, trenne ich mich von der Reisegruppe unter dem Vorwand, eine Freundin in Zagreb zu besuchen. Fahre aber nach Laibach zum Einwohnermeldeamt, um ein Bleiberecht zu bekommen. Werde dort unerträgliche vier Stunden verhört! Komme mir vor, als wäre ich ein verdächtiger Spion bei der russischen Miliz. Zu der Zeit habe ich keine Kenntnis davon, dass Präsident Tito gerade in Ljubljanas Krankenhaus liegt. Jede Person, die etwas Ungewöhnliches anfragt, wird verdächtigt. Politik interessiert mich nicht. Ich hasse sie sogar. Die Jugos scheinen nicht zu verstehen, dass ich keine bösen Absichten habe, sondern nur friedlich in ihrem Land leben und arbeiten will. Die Sprache beherrsche ich gut, die Menschen merken mir nicht an, dass Kroatisch nicht meine Muttersprache ist. Auch spreche ich weitere fünf Sprachen. Hilft hier aber nix. Kann es sogar schaden? Als ich endlich entlassen werde, eile ich zum Ösi-Konsulat, um dort ein Transit-Visum zu bekommen. Die Rückreise nach Prag, die ich vorgebe zu machen, geht durch Österreich schneller, als wieder durch Ungarn zurückmüssen, wie es bei der Anreise nach Jugoslawien Pflicht war. Auf der Karte: Einfach schnurstracks geradeaus nach oben, anstatt den irrwitzigen, stupiden Umweg via Maribor, Szombathely, Györ, Rajka, Bratislava, Brno ... Da das Ösi-Land zu dieser Zeit neutral ist, dürfen Tschechen nach 1968 nur über Slowakei und Ungarn nach Jugoslawien einreisen. Viele flüchten durch Jugoslawien weiter in den Westen. Ich wäre an der Adria glücklich. Wenn ich aber dort nicht bleiben darf, werde ich's auch tun! Habe sogar Nähe Wien einen Teil meiner Familie! Mein weiterer Onkel Ladi, ein Motorradrennfahrer, lebt dort mit Frau und Kindern. Bei ihm war ich zu Besuch als zehnjähriges Kind, als es noch erlaubt war und politisch ok. Erinnerungen an eine Riesen-Carrera-Bahn, Auto-Aufzüge, die uns zur TV-Shows in mega-große Hallen hochgefahren haben, Automatik-Knöpfe im Schwimmbad, bunte Isettas, Schaukelbank im Garten, Onkels Kegelbahn, Eis und Cola jederzeit, Lord – ein lieber Schäferhund, und die Kinder ...

Das Glück lacht mich an: Die Ösis geben mir das Transit-Visum für 80,- Schilling. Yeah! Der schönste Stempel in meinem Passport!

Vor meiner Ski-Reise durfte ich offiziell nur wenige Kronen in Dinar umtauschen. Lächerlicher Almosen! Dafür kannst dir gerade ein paar Getränke kaufen. Deshalb tauschte ich in Prag auf der Straße zusätzlich „schwarze" US-Dollars, wie es zu der Zeit üblich war. Leider wurde das Geld an der slowakisch-ungarischen Grenze gefunden! Das kam so:

Wir müssen alle aus dem Reisebus raus. In der Zollhalle stehen etwa 20 Soldaten, ganz junge Kerlchen, ernsthaft bis böse schauend, mit Gewehren in den Händen, einsatzbereit. Wir werden in zwei Gruppen getrennt: Männlein, Weiblein. Es geht zur Personalkontrolle. Ich fürchte, wir müssen uns bis auf die Unterwäsche ausziehen, so wie es mir aus Polen bekannt ist. Wohin also das Schwarzgeld verstecken? Rettende Idee: Ich versuche es auf der Toilette! Schon marschiere ich dorthin. In der Hand ein Apfel, den ich doch waschen muss. Im Toilettenvorraum: zwei große Spiegel an der Wand. Ich rolle die Dollarscheine ganz schmal zusammen. Schiebe sie, soweit ich's kann, hinter den Spiegel. Dann geh ich in Erwartung der unwürdigen Kontrolle raus. Was sehe ich? Die Soldaten fast alle weg! Zwei, drei laufen nur noch in der Halle hin und her. Die Reisenden so gut wie alle wieder im Bus; ein kleiner Rest durfte einfach ohne Persokontrolle gehen. Ob ich auch dazu gehört hätte? Ouweia! Und jetzt? Ich muss auch hin, sonst würde es doch komisch wirken ... möchte aber ohne Dollars nicht weiterfahren. Setze mich unauffällig auf meinen Platz. Wegen eines Reisegasts dauert die Abfertigung noch. Der Mann führt seinen Perso-Ausweis mit, was verboten ist. Nur ein Pass ist erlaubt. Gut für mich: *Dann geh' ich eben noch einmal zur Toilette, diesmal mit einer leeren Wasserflasche, die ich sichtbar in der Hand halte. Halle leer. Auf der Toilette versuche ich, hinter dem Spiegel mein Geld wieder hervorzuholen. Trotz meiner langen Finger will es mir nicht gelingen. Eine Polin leiht mir ihren Kamm. Mit dem geht es dann endlich! Dauert länger, als beabsichtigt. Werde ich auffallen? Mit der vollen Wasserflasche und dem Geld in meinen hohen Lederstiefeln bewege ich mich fröhlich durch die Halle zum Bus zurück. Plötzlich spricht mich eine aus dem Nichts aufgetauchte Zollbeamtin an. Ich soll ihr folgen. Da weiß ich, ich bin geliefert! Als Erstes soll ich die Hände zeigen. Leer. Dann aber gleich die Stiefel auszuziehen! Noch wage ich den Versuch, das Geld in der Hand zu verstecken. Keine Chance. Die Beamtin sieht alles. So werde ich in ein Büro geführt, muss beichten, wieso ich Dollars bei mir habe? Da sehe ich meine Ausreise gefährdet. Erkläre, dass ich ein paar Geschenke kaufen möchte und die armseligen 400 Dinar nicht mal für Getränke reichen würden. Wieso man mich dann doch noch ausreisen lässt, verstehe ich bis heute nicht. Das Geld wird allerdings beschlagnahmt. In einem Moment denke ich an den Prager Blödmann-Chef, der die Reisegenehmigung unterschreiben musste: Das hast du jetzt davon, du Gauner, die Rache ist süß ...*

Vom Konsulat direkt zum Bahnhof. Steige in Ljubljana mutig in einen Zug Richtung München ein. Mein Plan: in Salzburg auszusteigen und Onkel Ladi aufzusuchen. Er ahnt nix, wird mir aber sicher helfen? Im Zug fällt mir auf: Kaum Reisende da. Schaue mir einige Waggons an, die ganz leer sind. Das hätte ich nicht erwartet. Aber es ist März. Keine Urlaubszeit. Spontan kommt mir die waghalsige Idee: vor der deutschen Grenze nicht auszusteigen. Was, wenn Österreich mit Tschechien ein Abkommen hat und mich zurück*schickt*? Nicht auszudenken. **Verstecke mich unter dem Sitz.** Drücke mich auf dem Boden ganz fest an die Rückwand, klebe unterhalb der Vierer-Sitzreihe, schwer hoffend, dass keine Grenzkontrolle mit Hunden dabei sein wird. Und wenn, springe ich aus dem fahrenden Zug!

Ich kenne nämlich ganz andere Kontrollen: von Tschechien nach Polen, drei Stunden Stopp an der Grenze! Die Beamten leuchten mit

Taschenlampen hinter jeden Sitz. Wehe, du hast ein Hundert Kronen mehr dabei. Nicht nur, dass das Geld beschlagnahmt wird, du darfst dann auch noch fünf Jahre lang nicht ausreisen, bekommst Probleme am Arbeitsplatz. Und was tun die Zollbeamten, wenn sie dich in den hübschen Kord-Schuhen erwischen? Die gibt es nur in Polen, in allen Farben. In meinem Land nicht erhältlich. Jeder sieht, dass sie neu und frisch gekauft wurden. Dann darfst du eben **in Plastiktüten** nach Hause gehen! Bei meiner letzten Reise nach Katowice wollte ich mir eigentlich nur ein paar Dosen Tee kaufen. Darin sind die Polen gut; ihre Herbata verkaufen sie als Selbstständige in großer Vielfalt. Bei uns alles staatlich, wie in der DDR. Egal. Jedenfalls ist es mir gelungen, 100,- Dollar schwarz zu tauschen. Viel Geld für mich. Vielleicht bin ich mutig und kaufe mir die Kord-Schuhe doch? In blau, hehe ... Ich habe zwei Brötchen mit. Als Proviant für die Zugreise. Meine Idee: Ich mache aus dem Dollarschein ein ganz dünnes Röllchen. Schiebe es mit Hilfe eines flachen Messers in den Brötchenteig rein. Die meisten Leute verstecken ihre Geldscheine unter die Salami in ihren Broten. Das kennt mittlerweile jeder. Aber wenn ich den Brötchenteig ein wenig weich drücke, fällt nix auf. OK. Bei der Zollkontrolle kommt aber ein tapsiger Typ mir in die Quere. Als er sich beide Brötchen genauer anschaut und tatsächlich unter den Schinken guckt, fällt eines der Brötchen zu Boden! Absicht? Klar. Er grunzt schadenfroh und blöd. Sagt: „Na macht nix, hast ja noch ein zweites zum Essen ..." Ich tue natürlich so, als wäre es kein Problem, als er das Brötchen vom Boden hebt und im Mülleimer entsorgt. Innerlich koche ich und bete, es soll nicht DAS Brötchen sein! Als ich später die Kontrolle hinter mir habe und in der polnischen Stadt aussteige, kann ich aufatmen: Mein Geldbrötchen mit dem schwer verdienten Schein ist intakt!

Es gelingt mir, während die Zollkontrolle durch den Zug läuft, ruhig zu bleiben. Atemlos. **Mein Herz im Hals.** Höre die Beamtenrufe: „Zollkontrolle! Passkontrolle!" Die gläsernen Abteiltüren habe ich absichtlich nicht zugezogen, damit keiner auf den Gedanken kommt, sie zu öffnen und extra in das leere Abteil zu schauen.

Nach gefühlter Ewigkeit krabble ich aus dem Versteck heraus. Im anderen Abteil sitzen kroatische Gastarbeiter, die mir die befreiende

Nachricht mitteilen: Zollbeamte ausgestiegen! Uff! Ausatmen! Sie bieten an, *mir eine Fahrkarte nach München zu bezahlen.* Sehen meine Angst, als der Schaffner danach fragt. Ich habe nicht beabsichtigt, weiter über die Grenze zu fahren. Mein Ticket galt nur bis Salzburg. Der leere Zug verführt mich aber dazu, mich schnell anders zu entscheiden und weiter nach Deutschland zu reisen. Die Sprache beherrsche ich nicht. Schlimm! Meine Angst ist, man könnte mich als Schwarzfahrerin der Polizei übergeben. Das darf nicht passieren! Wäre ja stupide, durch so ein Versehen die ganze Flucht zu gefährden. Zum Glück will der Schaffner keinen Pass sehen. **Dann bin ich in München!!!** *Hätte ich geahnt, dass es „SO leicht" sein kann, per Bahn zu flüchten, hätte ich's wohl schon vor einigen Jahren getan.* Ja, das **denke ich in diesem Moment.** In München habe ich weiterhin Glück, als die Gastarbeiter mir ein Bett in ihrem Container überlassen. Bin so erschöpft, dass ich keine Kraft habe, mich vor diesen fremden Männern zu fürchten; *wurde ich doch in meinem Land mehrfach von Kerlen überfallen. Auch in Jugoslawien, wo ich vor ein paar Jahren ganz legal im Urlaub war und per Anhalter – ich naives Schaf – getrampt bin!* Mache trotz Erschöpfung kein Auge zu. Am nächsten Tag fahren mich sogar zwei Mann zum Bahnhof, damit ich weiter nach Stuttgart kann, wo mein Onkel, Pilot Janis, leben soll. Eine Adresse von ihm hab' ich nicht, außer Postbox. Ich habe vor, falls ich ihn nicht ausfindig machen kann, ihm eine Postkarte zu senden mit der Info, jeden Abend vor dem Kino am Hbf zu warten. Ob ich bis zu seinem Erscheinen unter einer Brücke schlafen muss? Eine grauenhafte Vorstellung. Am Stuttgarter Hauptbahnhof sehe ich viele uniformierte Polizisten und verstecke mich alle paar Minuten hinter einem Kiosk. Mir ist zu der Zeit nicht bekannt, dass ich ganze 10 Tage Zeit hätte, politisches Asyl zu beantragen. Dann höre ich an der Wurstbude Kroatisch. Meine Rettung! So bitte ich die Verkäuferin um Hilfe, aus der Telefonzelle für mich nach meinem Onkel am Airport zu fragen. Er müsste doch weiterhin bei einer Hubschrauberfirma arbeiten. Der Anruf bringt aber nix, Onkel unbekannt. Ich muss selbst hinfahren und dort nach ihm suchen. Bevor mir die Kroatin den Weg zur Bushaltestelle zeigt, versichert sie mir: „Solltest du deinen Onkel nicht finden, komm zurück ins Untergeschoss des Bahnhofs. Hier in dem Restaurant arbeitet mein Cousin, dort kannst du übernachten." Ich bin sprachlos und gerührt. Freude! Eine ganz fremde Person, liebenswert und hilfsbereit. Genauso wie es die sechs Gastarbeiter waren. Es gibt doch noch coole Menschen! Vor dem Bahnhof sehe ich ein riesiges Kaufhaus. Ach! Da möchte ich kurz reinschauen; der Bus fährt erst in 20 Minuten. Im Foyer leuchten viele helle Lichter. Aus Prag kenne ich zwar das große „Kotva"-Kaufhaus, dort war es aber bei weitem nie so hell. Gläserne Vitrinen, voller mir unbekannter Waren. Ich staune über futuristisch aussehende Radios, Kameras und Aufzeichnungsgeräte, die ich noch unter dem Namen Magnetophon kenne. Wie toll. Ich vernehme einen angenehm-süßlichen Geruch: Erdbeeren, Himbeeren …? Wirklich? Gibt's doch jetzt gar nicht. Wir haben März! Ich gehe dem Geruch nach, kein Obstladen zu sehen. Mitten in der EG-Halle steht ein riesiges Podest, darauf mehrere runde Tische, die eine Pyramide bilden. Mit vielen Obstkuchen und Torten aus Plastik. Wie kann es sein, dass sie so toll nach Früchten riechen? Ich berühre eines der Erdbeerkuchen an der gläsernen Glasur und erstarre: Mein Finger bohrt sich in den Teig, ist gleich rot und ich kann beim Ablecken echte Erdbeere schmecken! Es sind keine Plastikteile! Sondern frische Obsttorten, alle mit einem durchsichtigen Belag überzogen! Ich liebe durchsichtige Dinge. Wo gibt's denn so was? Ich habe bereits einige witzige Dinge dekoriert, das hier aber ist der Hammer! Plötzlich ruft jemand laut in meine Richtung. Ich begreife, der Ruf gilt mir? Verstehe kein Wort, gehe aber sofort in Deckung, in der Annahme, die ältere Dame im weißen Kittel wird mich sofort der Polizei übergeben! So kenne ich das aus meinem Land. Dort erlebt man oft, dass du von den Beamten auf der Straße oder im Laden angehalten und kontrolliert wirst, befragt, was du da so mitten am Tag treibst. Wieso nicht am Arbeitsplatz bist usw. Ich verlasse fluchtartig die Kaufhalle und sprinte zur Bushaltestelle …

Am Airport frage ich am Lufthansa-Desk nach Onkel Janis. Mit Händen und Füßen versuche ich zu erklären: Helikopter – Helikopter;

seinen Namen auf dem Zettel. Die schicke Dame telefoniert; erfolglos. Nach einer Weile und meinem traurigen Gesicht winkt sie mich auf eine gegenüberstehende Sitzbank. Dort nicke ich ein; nach drei wilden Tagen ohne Schlaf und Essen. Irgendwann höre ich meinen Nachnamen aus dem Lautsprecher. Den musste ich vorher am Schalter aufschreiben. Ich wache auf und schleppe mich entkräftet zu der LH-Schönheit. Sie fragt erneut nach beiden Namen: dem meinen und dem des Onkels. Plötzlich dreht sich ein Mann nebendran um – und: ES IST ONKEL JANIS! Ich sacke in seinen Armen zusammen.

Danke-Bitte-Wiedersehen

Ab da fängt mein Leben im *„Wessi-Traumland"* an. Nach einer Woche beim Onkel und seiner bis dahin mir unbekannten Ehefrau plus Kind möchte ich nichts mehr, als sofort zu arbeiten. Nicht dem Onkel auf der Tasche liegen. Bin doch vielseitig und flexibel. Schaffe alles, denke ich. Im graphischen Bereich, Dekoration, Sportwesen, mit slawischen Sprachen? Nein – ohne Deutsch keine Chance. Was? Wieso? Jetzt bereue ich, vor einem Jahr das ganze Griechisch-Tschechische Wörterbuch von „A bis Z" abgeschrieben zu haben, nachdem ich wegen einem Griechen seine Sprache schnell erlernte. Das Wörterbuch im Land gab es nicht zu kaufen; ein Arbeitskollege hat es mir kurz geliehen. Hätte ich lieber Deutsch gelernt! Was nützt mir hier Tschechisch, Polnisch, Russisch, Slowakisch oder Kroatisch? Klar, dass ich mit *„danke-bitte-wiedersehen"*- nicht weit komme. Ich würde mich aber nicht schämen, am Fließband zu arbeiten, bis ich die Sprache beherrsche. Geht nicht! Durch Zufall kennt Onkel eine deutsch-tschechische Familie im Taunus, mit drei Kleinkindern. OK, als Au-pair-Mädchen geh ich hin. Eine kleine Frankfurter Vorstadt müsste mich erst im Hotel unterbringen, bis ich das Asyl bekomme. Kann 6 Monate dauern! Die (reiche) Familie aber regelt es, dass ich dort sofort anfangen kann. Eine Italienerin ist gerade nach nur zwei Tagen von dort geflüchtet. Wow! Happy! Und: Noch eine Überraschung wartet auf mich. Onkels Schwager wird mir vorgestellt: Ein Kaufmann, zwei Jahre älter als ich, der sogar in der Nähe der neuen Family wohnt. Und verdammt gut aussieht. Angeblich wollte er mich bereits in Prag besuchen, nachdem Onkel ihm meine Fotos zeigte. Gerd verliebte sich in das hübsche fremde Mädchen. Sein Pass aber abgelaufen. Wie unpraktisch und doof? Hätte ich mir etwa die ganze Strapaze ersparen können? Aber nein, ich wollte doch keinen Wessi heiraten. Denn nur durch Heirat hätte ich legal ausreisen dürfen.

Das Chaos beginnt

Die Zeit im Taunus war hart: 14 Stunden täglich große Villa putzen, Gartenarbeit verrichten, kochen, einkaufen, Kids betreuen. Minipause zu Mittag. Lohn: 300 DM im Monat. Moderne Sklaverei? Andere Au-pairs haben ein bis max. zwei Kids, geregelte Arbeitszeit von 6 Stunden und 800 DM, aber: Sie kommen aus den „guten Ländern" Italien, Schweden, England und den USA. Über legale Agenturen; nicht mit mir – dem Flüchtling – vergleichbar. Ich klage nicht. Freue mich, arbeiten zu dürfen und dabei wenigstens bei der Putzarbeit aus dem Radio Deutsch zu lernen, wenn mir die Sprachschule verweigert wird. Wundere mich nur, warum ich nicht alles in meinem Mini-Wörterbuch finde. Höre doch ständig „Eduscho-Eduscho". Finde das Duschen, aber nicht „eduschen"? bis ich verstehe, dass Eduscho eine Kaffeesorte und Reklame ist ... Da erfinde ich eine Menge neuer Wörter, über die sich meine neuen Freunde krummlachen. Ein ehemaliges US-Au-pair besucht die Family. Wir freunden uns an. Marla war nur ein Jahr da. Störte sich an der hochnäsigen Dame des Hauses, die ihre Kids stark vernachlässigte, bis die Kleinen nicht mehr wussten, wer ihre Mama ist. Auch ich störe mich an der überheblichen Art der Mami, die eigentlich meine Landsmännin ist.

Gerd entführt mich in sein Reich: eine Altbauwohnung voller Sperrmüllmöbel, Taubenscheiße auf dem Balkon im hässlichen Hinterhof, Kohleofen! Wo bin ich? Egal. Erst mal **frei**, das ist wichtig. Erste Anstellung als Werbegestalterin bei einem bekannten Laden, mit lauter Kolleginnen, die auf mein Talent im Bereich Kalligraphie neidisch sind und das auch mit ihren Ellenbogen zeigen. So was kenne ich nicht. Freue mich immer über Fähigkeiten der anderen, auch wenn ich sie nicht habe. Im Heimatland hatten wir kameradschaftliche Beziehungen. Ging es einem im Betrieb schlecht, bekam er Zuwendung von Kollegen, mit Kaffee und Zuspruch. Hier? Alles anders. Als würden sich die Kollegen noch diebisch freuen, wenn jemand „schwächelt", wie die Schwaben sagen. Gewöhnungsbedürftig. Frage mich, wo ich da gelandet bin? Veraltete Gasleitungen in hellhörigen Wohnungen. Grüne, orangene und braune Tapeten an den Wänden. Kohleöfen! Wir schreiben 1980. Ghettos. Und viele Machos! Konservative Meinungen. Auffallend oft bei Männern. Du wirst das Gefühl nicht los, dass sie dich als Freiwild betrachten: unverheiratet, kinderlos. Und schon über 20! Aber okay, ich wollte das so. Wirklich? Gepusht von boshafter Mutter übernehme ich ihren Wunsch. Sie will doch immer im Westen großes Geld verdienen. 10 Sorten Brot haben. Und ein Farbfernsehen. Mir reicht die Freiheit. Jetzt hab' ich eine neue Identität. Schauen wir mal …?

Hanba, Mutter!!! Schäm' dich!

Onkel Janis ärgert sich über meine Mutter vielleicht noch mehr als ich. Er kennt sie gut als herrische ältere Besserwisser-Schwester. Nach meiner Flucht schreibt sie ihm: „Zerstückle sie und werfe sie aus dem Hubschrauber raus!" Sein Rat an mich: Wenn sie ihn fragt, würde er ihr sagen, deine Tochter ist in Frankreich. Da Mutter zunächst eine Zeit lang aus wichtigen Gründen nicht erfährt, wo ich wirklich bin, schreibt sie ihrem Bruder erneut: „Stefan soll sie betäuben und an der Grenze abliefern; ich hole sie mir!" Mit dem Orthopäden Stefan lebte sie einige Jahre zusammen, bevor er in Österreich blieb und später eine Praxis in Deutschland führte. Kann ich überhaupt ausdrücken, wie ich mich für diese Baba Jaga, meine eigene Mutter, schäme? Und wie soll ich verstehen, dass sie mich jahrelang hetzt, einen Wessi zu heiraten, und dann, nachdem mir die Flucht gelingt, so abartig tobt? Zwei Jahre nach mir flüchtet sie selbst, da die Regierung eine Ausnahme genehmigt: Eltern geflüchteter Kinder sollen diese wieder zurückholen. Nein, mich holt sie nicht zurück, denn das lasse ich nicht zu. Als sie aus dem Zug steigt, ruft sie: „Roxana, du Affe, wie gut, dass du geflüchtet bist; jetzt bleibe ich auch hier!" Sie ist doch gaga! In der gleichen Zeit reist auch meine Schwester in die Schweiz (in Tschechien weiß die Linke nicht, was die Rechte tut), bleibt bei der Familie, die sie als Kind zur Kur aufnahm. *Auch das aber wird ein nächstes Kapitel sein …*

Ich will Spaß!

Ich wechsle zum Filmtheater, dekoriere alle Kinos der Landeshauptstadt. Male mit großer Freude riesige, bunte Schauspieler-Köpfe auf Gebäude-Banner: Mel Gibson, Terrence Hill, Bud Spencer … Witzige Abwechslung zu den ehemaligen Haus-Leinwänden in Tschechien, mit Hammer, Sichel, Stern, und Texten wie: *„Mit der UDSSR auf ewige Zeiten und nie anders!"* Rot auf weiß, *schnell vergessen!* Mein Glück ist meine sportliche Stärke. Bald darf ich mit dem blauen Pass sogar zum Skifahren nach Frankreich, Italien, ins Ösi-Land und die Schweiz! Unglaublich. Es fühlt sich herrlich an. Mein Hobby: Als Komparse in diversen Krimis zu spielen (Matula & Co). Spaß haben! Das Leben ist schööön! Endlich!

In einem Kontaktclub lerne ich Menschen aus allen Ländern kennen; die US-Soldaten gründen den Club und wählen mich (!) zur Präsidentin, obwohl ich das Englisch noch nicht gut beherrsche. Sie sind fasziniert von meiner Geschichte, lieben auch mein Organisationstalent, meine Begeisterungsfähigkeit und Lust, allen

Interessierten waghalsige Sportarten wie Wasserski oder Barefoot beizubringen. Wir unternehmen viele Aktionen, sind eine internationale, bunte Gemeinschaft. Gibt es euch heute noch? Bruce, der Hawaii-Man, mit dem wir Tauchen lernten, Lee oder Jim aus Arkansas, die sich in meine ausgefallenen Ideen verliebten, meldet euch ... Ich war der Roboter beim Karneval, als ich aus Kartons und Lüftungsrohren mein Kostüm anfertigte. Eine Glühbirne am Kopf, Weihnachtslichterkette am Rücken, natürlich mit der Möglichkeit, mich in die Steckdose stecken und zu leuchten, bei Ami-Evergreens tanzend, alten Duschkopf in der Hand haltend und gierige Männer damit bedrohend, um zu signalisieren, ich bin ein Kerl, weg von den Damen, die ich mir zum Tanz kralle! Mein Ziel ist doch: Niemand soll mich erkennen und nicht mal ahnen, dass sich im Roboter eine weibliche Person versteckt. Habe mich doch vorher entschuldigt, hab' ja am Airport viel zu tun. Hahaa! Saumäßig heiß darunter! Das Trinken nur mit einem permanent im Mund gesteckten durchsichtigen Schlauch möglich, der unten aus dem Bauch hervorlugte. Sehen kannst nicht, was du trinkst, da du dich in der Kartonage nicht bücken kannst, den Kopf senken unmöglich. Die Meute hat Spaß, mir zu helfen, den Schlauch immer wieder in irgendein Glas zu stecken, ob Limo oder Bier ... Was für eine Überraschung, als der Roboter den 1. Preis gewinnt. Dann folgt die Entkleidung; alle platzen vor Neugier, wer denn da drunter steckt? Sie wollen mir zunächst den Kopf-Karton abreißen. Neee-! Ich zeige auf die Beine: Zuerst bitte die Alufolie abwickeln ... dann den großen Bodykarton ausziehen. Unter drunter: schwarze Netzstrümpfe mit Strapsen, ein Tanga, rosa Boa um den Hals! Die Menge tobt, prüde Amerikanerinnen halten mir ein Frisbee am Popo dran; so was Freches aber? Der Kopf-Karton geht zuletzt weg. Meine langen Haare nach oben gesteckt, beste Tarnung. Endlich befreit! Halb belämmert taumele ich, um mir den Preis abzuholen: Ein Ritteressen getreu nachempfunden dem 17. Jahrhundert in einer alten Burg am Rhein! Oh wie fein? Bin aber kein Fleischfresser. Bevorzuge den zweiten Preis und tausche: Ein ganzer Tag zu zweit im Thermalbad. Wie gerne würde ich noch irgendjemanden aus dem Club heute treffen!

Im Gefängnis

Gerd ist die Kopie von Tom Selleck. Oder Mark Spitz? Sexy Stimme hat er auch noch. Magnum! Und er kommt zu mir, ohne dass ich nach einem geeigneten Partner suchen muss. Ach! Mit ihm erlebe ich Unglaubliches: Beim Versuch, meiner Schwester über die Grenze nach Deutschland zu helfen, werden wir von zwei Soldaten im Wald in Sichtweite des Grenzübergangs Italien-Jugoslawien angehalten: „STOJ!" Die Kalaschnikow zielt auf uns! Spontan würde ich weglaufen. Gerd bleibt aber stehen, wie paralysiert. Uns ist nicht bekannt, dass die Jugo-Grenzsoldaten nicht auf italienisches Gebiet schießen dürfen. Handschellen klicken! Es folgt ein zweistündiger Marsch in brütender Hitze zur nächsten Kaserne. Beim Verhör versuche ich, mich mit einem auf dem Tisch liegenden Gewehr zu erschießen. Die Vorstellung, zurück in das Heimatland zu müssen, schreckt mich sehr. Es gelingt nicht; Waffe schnell entfernt. Wir landen im Knast mit einer Mülltonne statt Klo, Riesenkakerlaken an feuchten Mauern. Dürfen uns auf eine Holzpritsche hinlegen, eine eklig stinkende, durchgepinkelte (?) Decke zum Zudecken. **Die schlimmste Nacht meines Lebens!** Keine Möglichkeit, eine Botschaft zu kontaktieren. Einiges schiefgelaufen. Schwester verzweifelt, kommt alleine nicht aus dem Grenzgebiet – 10 km von uns entfernt – raus. Wir auf der italienisch-jugo-Grenze, kommen nicht hin. Versuchen es später nach einer Woche noch einmal. Diesmal per Zug statt Pkw. Der IC entgleist nachts in der Schweiz. Sitze da mit einem italienischen Lehrer, der sich bereit erklärte, zu helfen. Unser Glück: Der Schlafwagen war in Frankfurt schon ausgebucht. Wir hüpften noch in den letzten Waggon. Irgendwo unterwegs wurde dieser Wagen gleich hinter die Lok eingehängt. Beim Zusammenprall mit einem Cargo-Zug kippte die hintere Hälfte der Waggons um! **6 Tote, 60 Verletzte!** *Nein, Mutter, ich bin noch nicht tot!* Habe wohl treue Schutzengel. Was dann folgt, ist *ein Krimi, über den ich ein separates Kapitel schreibe.* Geduld. Wir heiraten! Nach der Hochzeit outet sich Gerd als bisexuell ... Nee, ne?! Er würde gerne neben mir noch mit einem Mann leben!!

Shocking! Auch wenn ich ihn nicht verurteile, sage ich zu ihm: „Sorry, Gerd, ich hab' *das Gerät* nicht, kann dir deine Wünsche nicht erfüllen" und beantrage die Scheidung! Hätte ich nur etwas früher seinen sportlich veranlagten Bruder kennengelernt, wäre mir diese Überraschung erspart geblieben? Eigene Kinder? Unvorstellbar. Zuerst müsste der geeignete Mann her. Außerdem fühle ich mich nicht so, als könnte mein Körper es schaffen, schwanger zu werden. Auch der Orthopäde rät ab: „Ihre Wirbelsäule würde es gar nicht verkraften, durch den Rennsport geschädigt, mit 35 sieht sie aus wie 80?" Aha? Nicht nur einer meiner Lebensgefährten wäre gerne Vater meiner Kinder. Ich bevorzuge es, Männer mit *Fertigkindern* um mich zu haben. Die haben mich auch alle gern. Der erste Mann, der sich ein Kind von mir wünschte, wurde sanft abgewiesen; da war ich noch fest im Wettkampfsport eingebunden, hartes Training inklusive. Ich frage ihn: „Was, wenn ich ein Kaninchen statt ein Kind zur Welt bringen würde?" Seine Antwort wie aus der Pistole geschossen: „Ich würde ihn liebhaben"... Süß.

Die Belohnung

In Frankfurt bekomme ich eine interessante Stelle. Bin dort die Queen. Ein Großunternehmen am Flughafen. Dort kann ich mich noch viel mehr als im Filmtheater austoben. Bekomme freie Hand vom Boss, alle vorhandenen Läden zu verschönern: Sport, Mode, Elektro, Spielzeug, Buch, Souvenirs, Papierwaren, exklusive Dessous und Kosmetik in Boutiquen der umliegenden Hotels. Eine bunte Welt mit viel Spaß an kreativer Arbeit. Immer wieder kann ich mein Hobby zum Beruf machen. Bin happy, wenn sich eine Traube von Crew und Reisenden vor den Schaufenstern bildet und sich über die witzige Deko schlapplacht. Das ist DIE Belohnung.

Der Zufall will es, dass ich nach einigen Jahren aufgrund der slawischen Sprachkenntnisse ein Angebot bekomme, für eine Flugrettung weltweite Repatriierungsflüge zu koordinieren. Menschenleben zu retten. Alle Sprachen kommen zum Einsatz. Nach weiteren Jahren folgen einige Airlines, die Flugoperation, Security. Spannende Stellen.

„Meine" Flugzeuge schicke ich in die Luft. Tag und Nacht. In die Sonne und die Dunkelheit. Ob mit Passagieren oder Cargo. Mit gesunden „Paxen" oder schwerkranken Kindern. Weltweit. *Sie alle hinterlassen Spuren.* Ich wohl auch bei ihnen? Ambulanz-flugzeuge, Hubschrauber, luxuriöse Learjets mit bunten Leder-sitzen und schicken Stewardessen, Executive-Ausstattung mit separatem Waschraum. Wunderschöne Maschinchen. Ich liebe sie. Top-Technik. Wir fliegen Konferenzteilnehmer, Messe-Besucher, Orchester oder Sportvereine. Ebenso VIPs aus Wirtschaft und Sport, mit ausgerolltem roten Teppich. Bankdirektoren, die für die gleiche Destination gleichzeitig zwei Maschinen buchen, für den Fall der Fälle. Nix riskieren, wie viele Jahre später die polnischen Politiker; die alle draufgegangen sind, als eine Maschine abstürz-te. Einige Passagiere bleiben mir durch ihre Marotten noch lange im Gedächtnis. Aber auch viele Patienten, vor allem Kinder: Ein vierjähriges Mädchen, dunkelhäutig, im weißen Kleidchen, vom verzweifelten Vater durch das Terminal getragen, Hilfe suchend. Die kleine Prinzessin droht zu ersticken. In der Airport-Klinik wird das Kind intubiert und „abgesaugt". Ich muss dabei sein, um zu protokollieren. Halte mich bei einem Sani fest, um nicht umzu-kippen, da noch nicht gefrühstückt. Ein 26-jähriger Matrose auf dem Stretcher der Linienmaschine aus den USA kommend, wo er auf dem „Hapag-Lloyd"-Schiff tätig war und sich im Schwimmbad die Wellen falsch berechnete; beim Sprung ins Wasser die Hals-wirbel gebrochen. Bleibt querschnittgelähmt. Kann zur Verständi-gung nur die Augen schließen und öffnen. Laut Escort-Arzt etliche Operationen hinter sich, sein Vater zählte dort die OP-Handschu-he und bittet um Zigaretten. Bin Nichtraucher, besorge ihm aber eine Schachtel – nach dem langen Flug ist er einfach fix und fertig. Immer wieder Inkubator-Babys, die beatmet werden müssen, Am-bu-Beutel und Windel größer als das Würmchen mit Herzfehler. Der Baby-Kopf klein wie ein Lichtschalter ... Ein junger Mann, der beim Unfall im Ausland beinah verbrannt wäre. Im Winter viele

Taucher, die erst wochenlang in der Dekompressionskammer auf den Malediven bleiben müssen, bis sie transportfähig sind. Kriegs- und Erdbebenopfer, Kinder mit abgetrennten Gliedmaßen in einer Militärmaschine, die wir bei der Armee chartern ...

Das Cargo fliegen wir nachts, u. a. für FedEx. Auch Dangerous Goods. Da werden die 18 Sitze in der Nacht ruckzuck ausgebaut, Loading rein. Morgens nach der Rückkehr schwuppdiwupp, Sitze wieder rein. Paxe zufrieden, wir auch. Interessantes Spiel. Den Vier-schichtbetrieb in der Flight-OPS finde ich zuerst aufregend. Die erste Woche von 18 bis 06 Uhr. Schaffe ich ganz gut. Die 2. Woche: 08 bis 17. Oft mit Überstunden, auch mal bis 21–22. Dritte Woche 09 bis 21 und die 4. Woche? Von 04 bis 12:00. „Mörderische Schicht" nennen es meine (ausschließlich männlichen) Kollegen. Dabei haben sie alle ein Frauchen zu Haus. Diese Wesen halten ihnen permanent den Rücken frei. Deren Kids müssen tagsüber still sein; Papa schläft! Die Männer werden bekocht und betüddelt. Fein. Ich lebe alleine. Niemand, der für mich sorgt oder einkauft. Wenn ich um 04:00 am Airport sein soll, muss ich um 02:00 auf-stehen. Die Rollos noch herunter, mein Gehirn desorientiert. Es fragt: Hey? Ist es zwei Uhr morgens oder schon nachmittags? Mache das Radio an. Schaue nach draußen: Schwarze Nacht! Heilland-sack! Schnell raus, zur S-Bahn. 45 Minuten hin. Im Flight-OPS-Office gibt's zum Frühstück Reste-Essen vom Catering: Lachs oder warme Suppe, Nürnberger Weißwürstchen, Dessert usw. Nicht schlecht, aber für meinen Magen wenig geeignet. Der ganze Organismus kommt durcheinander. Magen-Darm-Trakt streikt. Stress pur! Was ich zum späteren Zeitpunkt noch böse zu spüren bekommen werde, als sich eine schwere Autoimmunkrankheit meldet. Wohin geht also der nächste Flieger? Nach MUC? BRU? HAM oder HAJ? CGN? BGY? Genug Fuel? Keine Reclearance? Und welche Registration? Delta-Alpha-Foxtrott ...? OK. Regle ich. Wenn mir der komische Kollege nicht einen Strich durch die Rechnung macht und von jetzt auf gleich das Routing ändert. Oder den Vogel anders betanken lässt. Macht er wiederholt. Extra gerne nur bei mir. Um mich zu ärgern? Egal. Ignorieren hilft. Er mag wohl keine Frauen? Die zweite Maschine? BGY? Bewaffneter Transport? Ok. Da kommen nachher zur Landung die bewaffneten Zollbeamten zum Flieger. Die „Zollizisten", wie ich sie heimlich nenne, um die „Goldtruhe", wie wir sagen, zu checken. Viel teuren Schmuck für die Stadthändler. Wetter-Check fertig? Schon wieder ein Slot weg? Macht nix. Spannend. Schön dabeibleiben. Mit der „160 PS-VR-Firmenrakete" vom Büro aufs Vorfeld düsen. Heiße Spur hinterlassen. Wie den Kondensstreifen am Himmel! Meine Piloten melden sich per Funk: „Halo Firma!" Ich antworte: „Hallo Männer!" Sehe sie schon in der Morgendämmerung kommen. Sie blinken mich an, wie die Aliens von ihren UFOs. Nett sind sie. Freundlich, jung, älter, guter Mix. International. Ich komme klar. Gut, dass ich sieben Sprachen beherrsche. Nicht alle perfekt, aber zur Verständigung reicht's. Eine der größten Airlines honoriert jede Sprache extra im Monatsgehalt. Klasse! Da lerne ich gerne weitere Sprachen dazu. Ein Copilot nickt regelmäßig bei seinen Flügen ein. Der verantwortliche PIC beschwert sich über seinen Kollegen. Auch das regeln wir. Nach 12 die S-Bahn kriegen? Ja, schaff ich. Wenn ich einen Sprint einlege! In Uniform, Rock und Jackett. Sieht sicher lustig aus. Drei Minuten hab ich noch. Hurra! Wenn ich auf vier Rädern zum Dienst unterwegs bin, muss ich nach der Schicht regelmäßig am Autobahnparkplatz anhalten. 20 Minuten schlafen. Sonst droht eine *Zickzack-Fahrt*. Es geht auf die Substanz! Bevor die Kollegen mit einer Turboprop-Maschine abheben, stehe ich am Vorfeld auf der V-Position direkt vor dem Vogel. Sobald der Techniker die *Groundpower* anmacht, fangen die Flugzeugrotoren sich zu drehen, schnurren erst angenehm vor sich hin, werden immer lauter, schneller. Ich passe auf, dass nix schiefläuft. Was tun, wenn eine Person entlang am Flugzeug laufen sollte? Der PIC kann sie nicht sehen. Kein Rückspiegel. Da muss ich reagieren, stehe ja direkt vor der Bug-Nase. Muss dem Piloten das wichtigste Zeichen geben: *Cut!* Mit der flachen Hand fahre ich mir quer unterhalb des Halses, als würde ich mich selbst lynchen wollen. In dem Moment muss die Crew die Motoren sofort abschalten. Bei Wind und Wetter steh ich da. Am Tag und in der Nacht. Finde es (noch) spaßig.

Nach einiger Zeit geht es mir gesundheitlich so schlecht, dass ich permanent Schwächeanfälle erleide, brechen muss, immer wieder kollabiere. Kein Arzt weiß einen Rat. Muss aufhören mit dieser stressigen Tätigkeit. Ganze 2 Jahre dauert es, bis man die Diagnose kennt. Dann kann ich damit leben und weiter bei diversen Airlines arbeiten. Ziehe nach Süddeutschland um. Private Gründe. Es erwarten mich täglich 17-Std-Dienste! Mit einer Mini-Kaffeepause dazwischen. Um 06:00 auf dem Vorfeld, um 23:00 heimfahren. Sechs Tage/Woche. Personalmangel, kleine Company. Auch Lustiges passiert: Eine Stewardess tritt ihren Frühdienst nicht an, weil ihre Katze weggelaufen sei! Entsprechendes Delay und damit verbundene Kosten interessieren sie nicht. Ein Pilot schläft im Wohnmobil am Airport-Parkplatz mit eingeschaltetem Licht; aus Angst vor Dunkelheit. Immerhin ist er deshalb pünktlich. Die Pilotensprache: „Was hast heute unter dir?" fragt ein PIC den anderen. Klingt zweideutig. Gemeint aber ist eine Maschine, also das Flugzeug. Haha ... Täglich beruhigt mich der Chef aus der Zentrale, ganz bald einen Kollegen zu finden, der mich entlastet. Bis dahin bin ich wohl „*Ein Mädchen für alles!*" Außer der eigentlichen Flugoperation-Tätigkeit darf ich Piloten & Stewardessen einstellen, Catering-Partner suchen, Uniformen bestellen, Hotelübernachtungen für die Crew buchen, Preise verhandeln und vieles mehr. *Mein Lohn? 1.500,- netto!!!* Nur samstags frei. Sogar meine Partnerschaft mit einem Oberstudienrat geht flöten. Der versteht nicht, wie ich all das akzeptieren kann. Möchte mich aber weiterhin an seiner Seite haben, wissend, dass es in der ländlichen Gegend kaum passende Jobangebote gibt. Nie in der freien Wirtschaft gearbeitet. Schade? Nein. Hat sich ohnehin als Brutalo-Typ entpuppt, unterste Schublade. Vielleicht kommt er im nächsten Buch vor.

Als wir eine Film-Crew befördern, kommt am fremden Airport heraus, dass deren Equipment zu viel Gewicht hat und nicht mitkommt. Am nächsten Morgen läuft aber eine wichtige Aufnahme in einer nahen Klinik bei uns! Der TV-Sender droht mit rechtlichen Schritten. Was tun? Schnell suche ich ein Taxi-Unternehmen, das deren Stuff noch in der Nacht zu uns bringt. Wird teuer, klappt aber. Bei Nebel organisiere ich Mietwagen vom Alternate-Airport, wenn die Paxe nicht bei uns landen können. „Meine" Piloten, Co-Piloten und Stewardessen manage ich nach Bedarf der Airlines und anderer Unternehmen. Die Flugpläne muss ich oft auch nachts ändern, falls jemand erkrankt oder die Maintenance Probleme meldet. Meinen Piepser trage ich ständig am Körper. Egal ob im Bad oder beim Einkaufen. Freizeit? So gut wie nie. Zwei oder vier Uhr morgens? Schlafen! Wann denn? Wenn's piepst, heißt es: Alarm! Sofort die Zentrale anrufen, neue Flugpläne erstellen. Fühle mich wie ein Wrack. Dann: Mehrere Pannen an kleineren Maschinen, inkl. Feuer! Das ergibt Stress – besonders bei den Paxen! Das LBA erteilt keine Genehmigung für eine vierte Maschine. Und als mir aufgrund der notorischen Übermüdung ein Fehler unterläuft, weigere ich mich, weiterzumachen: Habe mich am PC im Datum vertan, den Flieger falsch betanken lassen. Einige Reisende hätten in Berlin bleiben müssen, anstatt mitzufliegen, da es sich um ein kleineres Gerät handelt, das nur vollgetankt werden darf, wenn man keine volle Pax-Zahl hat. Klar kann man einen Zusatzstart beantragen und das Kerosin in der Luft ablassen. Kostet aber. Unser junger Pilot lässt sich was einfallen. Alles geht gut. Firma versichert. Ich beantrage Urlaub, den ich nur unter der Bedingung bekomme, innerhalb von zwei Wochen *DREI firmeneigene Leute* in meinen Job einzuarbeiten: Einen Copiloten, eine Stewardess und einen Lehrling, der schon mal mit Militärmaschinen bei der Armee zu tun hatte. Den bezahlt das Land, ist eine billige Arbeitskraft. Drei Leute machen während meines Urlaubs die Arbeit. Nach meiner Rückkehr wird mir gekündigt! Habe sie wohl *bestens* eingearbeitet! So sieht's aus. Zumindest muss mir die Airline eine Abfindung zahlen und geht sogar ein paar Monate danach pleite! Mir egal.

Gehirnwindungen & Erfindungen

Genial einfach – und trotzdem gibt es sie nicht ... Zu fast jedem Thema fällt mir etwas Originelles, Exotisches bzw. Außergewöhnliches ein. Schon als Kind habe ich besondere Ideen und finde coole Lösungen. Viele davon begrüßen mich im Traum. Da sehe ich gläserne Flugzeuge, detaillierte Anleitungen zur Bedienung einer neuartigen Unterwasserkamera, modische Accessoires und ausgefallene Hauseinrichtung oder Kinderspielzeug, das es noch nirgendwo gibt. Das Schöne daran: Es ist amüsant und recht unterhaltsam. Nie im Leben Langweile. Ich fertige Skizzen an, notiere einige Träume, zeichne viele Ideen auf. Seitdem ich „die Hölle der Löwen" im TV sehe, frage ich mich, ob es die Möglichkeit gibt, Interessenten und Hersteller zu finden, die nicht nur dem Profit hinterherjagen? Die mit ihren Millionen aus einer Idee auf dem Papier etwas wirklich Großes schaffen würden? Man könnte so vielen Menschen dieser Welt Gutes tun. Beispielsweise den Armen in Erdbebengebieten eine sichere Behausung bauen, statt sie in Betonbunkern zu unterbringen. Ich weiß schon lange, wie! Wie aber die genialen Ideen an die richtigen Leute bringen? Du bist nicht im Sozialismus, also Vorsicht ... Mittlerweile ist es dir nicht egal, ob andere mit deinen Ideen Geld verdienen. In einer TV-Show habe ich bereits Erfolg gefeiert. Auch wenn das innovative Gerät, das Kindern, Alten und Kranken im Alltag gut helfen kann, noch nicht produziert wird. Ich glaube daran, dass es eines Tages *Bing* macht! Ein Sponsor begeistert sich dafür und Zack! Dann wird es so normal sein, wie ein Faxgerät, Reißverschluss oder eine Taschenlampe. Wäre doch schade, wenn die Erfindungen in einer Schublade landen. Ja, Herr Rechtsanwalt, nicht jeder kann gleich ein Patent anmelden. Erlebe im Traum aber auch einen Atomkrieg, mit allem Drum und Dran. Zittere noch lange im Bett, unfähig zu erkennen, ob ich in Sicherheit bin oder noch mittendrin. Bin ich ein Alien? Hm ...vielleicht. Eine Fähigkeit aus der Kindheit ist mir abhandengekommen: Ich konnte per Fingertasten erkennen, was ich vorher auf einen Spickzettel notiert habe, der in meiner Hosentasche ist. Und hatte oft Vorahnungen. Die funktionieren heute noch.

Naiv

Privat geht es den Bach herunter. Bin ich zu naiv? Ja! Naiv, gutgläubig, zutraulich, der westlichen, harten Welt nicht gewachsen. Liebe suchend, die zu Hause nie bekommen. Ein Geschäftsmann, der mich abgöttisch liebt und wirklich der erste Mensch, mir die Geborgenheit bietend, muss sich zu Missbrauch seiner 16-jährigen Adoptivtochter bekennen. Sie vertraut sich mir weinend an. Trenne mich sofort. Er droht, mich und danach auch sich selbst umzubringen. Ich weiß, dass er eine Pistole im Wäscheschrank hat. Die kaufte er sich in New York noch vor meiner Zeit. Ich flüchte, wieder mal. Zu einem großen See. Keine gute Wahl. Weitere Arbeitsstellen in der Werbebranche und im Flugbetrieb, mies bezahlt. Aber ich bin weit weg von dem pädophilen Mann, der *so gut zu mir war (?)*. Zum zweiten Mal verliere ich mein Zuhause, meine Freunde, meine Arbeitsstelle. Versuche mich anzupassen in einem Land, wo ich lange Zeit nur die Ausländerin bin. Trotz meiner geselligen Art und vieler Aktivitäten fällt es schwer, im Schwabenländle echte Freunde zu finden. Ich gründe eine Wandergruppe. In die Annonce der Stadtzeitung schreibe ich: *„Nur für Reingeschmeckte!"* Es melden sich 20 interessierte Menschen aus der Ex-DDR und sonst woher. Wie gut. Nur eine Schwäbin lassen wir gnädig mit rein.

Wie das Leben so spielt, taucht ein neuer Mann auf. Magnus – frisch geschieden, nach 27 Ehejahren und Untreue seiner Exfrau. Beamter. Drei Berufe erlernt, so wie ich. Zuerst Schreiner, Modellbauer und Ingenieur, dann Berufsschullehrer. Hat vieles gemeinsam mit mir; besonders was die Sportarten angeht. Allerdings baut er eine feste Mauer um sich herum, als Schutz vor einer weiteren Enttäuschung. Die gemeinsamen Urlaube sind fabelhaft. Du denkst, er verhält sich wie der beste Ehemann. Nur kommt ihr zurück, will er eine Woche allein sein. Bloß nicht *zu oft* zusammen. Und schon gar nicht eine gemeinsame Wohnung beziehen. Da hat die Ex-Tussi Spuren hinterlassen, tiefe Krater sogar! Drei Jahre „benutzt" er mich als Ersatzpsychologin. Redet ständig von der Family, den verlorenen Kindern. Du spürst, dass er dich liebt. Du bist geduldig, immer für ihn da; leidest aber insgesamt sechs Jahre lang, wenn es immer wieder heißt: *„Ich kann mich NOCH nicht entscheiden."* Es kommt der 80. Geburtstag seiner Mutter, die jahrelang nett zu dir ist, humorvoll und höflich. Du wirst aber nicht eingeladen, denn *„Ihr seid nicht verheiratet"*, sagt sie. Er fährt allein hin. Das trifft dich, und plötzlich ist alles klar. *Er wird sich nie entscheiden!* Den unendlichen Weg mit ihm möchtest du dir aber nicht antun. Du trennst dich. Wünschst dir doch einen echten Partner, der immer zu dir steht, so wie du es umgekehrt auch selbst bietest. Schmerz, lass nach. Dieser Mensch erkrankt schwer und stirbt relativ bald nach der Trennung. Und stell dir vor: Er vermacht dir ein Erbe, das sein ausgekochter Bruder noch eine Woche vor Magnus' Tod beim Notar zur Löschung bringt. Eigenhändig schiebt er den Todkranken im Rollstuhl dorthin, obwohl er sich nie um ihn gekümmert hat. 40 Kilo wiegt mein Ex noch. Sogar seine (aus dem Sudetenland stammende) Mutter sagt: Das ist nicht mehr mein Sohn ... Zu seiner Beerdigung bist du unerwünscht. Noch Fragen? Nach 10 Jahren möchte ich wieder zurück, zu alten Freunden, die noch da sind. Der pädo-Ex soll ins Ausland gezogen sein. Außerdem will ich tapfer sein, keine Angst mehr haben. Da kreuzt per Zufall ein weiterer Kandidat meinen Weg. Ein *Pinkloid*. Eigentlich kann ich gut alleine leben. Habe es in der Vergangenheit bewiesen, drei Jahre lang. Wäre es nicht besser? Vor allem für meine künstlerische Karriere, die ich durch die Anpassung an den so ersehnten, „Normalo-Partner" immer wieder vernachlässige? Warum brauche ich die Geborgenheit?

Happy End

Und plötzlich bekomme ich sie. Von einem Mann, der vieles mit mir gemeinsam hat. Alles für mich tut, alles teilt. *Die Liebe meines Lebens.* Trotz diverser gesundheitlicher Beschwerden stehen wir gegenseitig ganz fest zueinander. So soll es sein. Und noch mehr: Seine tolle Familie ist zu *meiner neuen Familie* geworden. Jetzt weiß ich, wo ich hingehöre. Und lache mich kaputt, wenn ich mit meiner Hessenfreundin in einer Gaststätte im Ossi-Land sitze und die Kerle tuscheln: *„Das sind die Wessi-Tussis!"*

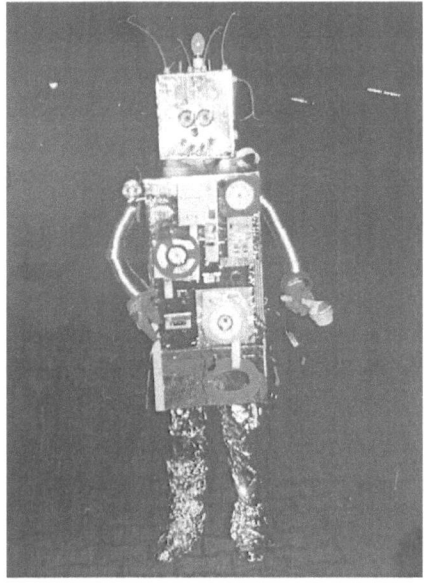

Schlaffke Jürgen

... Endlichkeitsgedanken

Das Zitat eines französischen Arztes: *„Es geht nicht darum, dem Leben mehr Jahre zu geben, es geht darum, den Jahren mehr Leben zu geben"* war für mich ein zusätzliches Argument bei Fragen zu meinem Optimismus, den ich jeher in mir trage. Stets war ich, nein, bin ich noch bemüht, diesen Optimismus auch nach außen, mit meinem Handeln zu zeigen.

Erst kürzlich las ich in einer Zeitschrift, beim Warten auf meinen Aufruf zur kardiologischen Untersuchung, von der britischen Palliativmedizinerin Cicely Saunders, geb. 1918, die als Begründerin der modernen Hospizbewegung gilt.

Das Besondere, was mich an das Zitat erinnerte, war das Ihrige, nur um Nuancen veränderte Zitat: „Es geht nicht darum, dem Leben mehr Tage zu geben. Es geht darum, den Tagen mehr Leben zu geben".

Diese Zitaterinnerungen brachten mich auf die Idee, meine Gedanken in dieser Geschichte offenzulegen, versuchen, mich selbst zu ergründen. Hier bin ich aber skeptisch, da es mir noch nie gelungen ist und ich es wohl auch nicht zugelassen habe, vielleicht auch deshalb, an keine „Schattenseiten" meines eigenen Lebens erinnert zu werden.

Kurz zu mir im aktuellen Telegramm: Im 81. Jahr, noch im selbstständigen Arbeitsleben, leitende Baubranche, treibe Sport, fahre aktiv Rennrad mit neuem Hüft- und Kniegelenk, zwar keinen 40er-Stundenkilometerschnitt mehr, gebe aber für manchen Jüngeren Fragezeichen auf, im Sinne: „Warum macht der denn das ...".

Dazu kommt, dass es mir beim Autofahren oft in den Sinn kommt, wenn ich hinter einem vermeintlich Trödelnden fahren muss: „...typisch alter Fahrer mit Hut ...", denke ich; so wie neulich, als ich mit meiner Frau zum Open-Air-Konzert „Nabucco" Richtung

Berlin fuhr. Nur stieß ich hier mein Unbehagen zur Fahrkunst des vor mir fahrenden Wagens als kleinen Fluch aus und als sich mit gewohnter Manie meine rechte Hand in Richtung Lenkradhupe bewegte, machte mich meine Frau aufmerksam: „Bist selbst nicht mehr der Jüngste!"

Vor wenigen Tagen lud ich mit meiner Frau, Familie, Freunde und gute Bekannte, auch zwei Nachbarehepaare, zu einem kleinen Sommerfest ein. Wir suchten hier ein idyllisches Plätzchen mit Blick auf den Petzinsee mit der Einmündung in den Glindower See aus, eine 1819 errichtete Schmiede, später umformiert zu einem kleinen Restaurant im Stil der 20er-Jahre. Es war ein erstes Wochenende, wo man im Freien schon gut feiern konnte und bekannte Laute von Mücken wahrnahm.

Ein sehr angenehmes Zusammensein, das viel zu selten in der heutigen, hektischen Zeit praktiziert wird, schade. Mit teilweiser Wehmut kommen Gedanken zu dem „Früher ging es doch auch …".

Äußerer Anlass war eigentlich eine um vier Monate verschobene Geburtstagsfeier, ich wurde im Februar dieses Jahres 80. Weitere Anlässe boten sich mit dem 75. Geburtstag meiner Frau und letztlich der fünfte Hochzeitstag unserer Ehe. Ja, Sie haben richtig gelesen, wir hatten vor 5 Jahren geheiratet, ich damals 75, meine Frau 70, eine wunderschöne Fügung.

Für die Februarfeier war fast alles vorbereitet, historisches Ambiente, Hotelzimmer und manches Notwendige mehr. Nur mit einem, den inzwischen auch älter gewordenen Freunden und der Ängstlichkeit, bezogen auf mögliche Wetterunbilden in der Winterzeit, haben wir nicht gerechnet. Mehrere, uns sehr wichtige Personen, sagten genau aus diesen Gründen ab. Sie wollten nicht mehr so weit mit dem Auto, geschweige noch mit dem Zug, aus dem Schwarzwald und von der Mosel in die Potsdamer-Brandenburgische Region fahren, dies trauten sie sich nicht mehr zu. Es baute sich zunächst vor mir eine Wand auf, die mich glauben machte „die wollen nicht …, fühlen sich zu alt". Mit dem eventuell „nicht mehr können …" wollte ich mich nur schwer abfinden, denn ich ging stets davon aus, was ich mir selbst zumute, kann ich doch von den anderen auch erwarten, noch dazu, wenn „die Anderen" teilweise noch jünger an Jahren waren, bzw. sind.

Diesen, meinen Trugschluss muss ich schmerzlich zur Kenntnis nehmen, denn alle Menschen sind anders, deren Lebensgeschichte, Gesundheitszustand etc., ein Vergleich, je älter man wird, ist hier nicht angebracht und es ist an der Reihe, einfach zu akzeptieren mit allem Respekt und Achtung.

Bis heute stehe ich noch im Arbeitsleben, leite mit einem Team den Bau eines anspruchsvollen Laborgebäudes der nächsten Wissenschaftsgeneration „Science 3.0", der forschenden BioTech, von der EU maßgeblich gefördert, für eine Universität. Fahre oft mit dem Rad die ca. 40 km, stets für mich ein innerlicher Erfolg, wenn ich es geschafft habe. Dieses sportliche Radfahren macht mich frei, ich fühle keine Probleme, kann loslassen, fühle mich einfach glücklich.

Als ich vor 30 Jahren einmal neben wirtschaftlichen auch private Probleme zu überwinden hatte, gab mir diese sportliche Aktivität die Möglichkeit, Lebensschwerpunkte neu zu ordnen, neu zu sortieren und neu zu gestalten. Eine weitere Komponente des Radfahrens liegt in der Selbstüberwindung, denn man muss die Strecke auch zurückfahren, unabhängig, ob es inzwischen regnet oder gar Gegenwind aufgezogen ist.

Obwohl ich täglich das Stundenpensum auf der Baustelle weit reduziert habe und das Homeoffice für mich eine gute Alternative ist, steht die Frage nach dem Warum. Warum mutest du dir das zu? Diese Frage wurde mir des Öfteren gestellt, kann sie aber bis heute nicht vollumgänglich beantworten, nur dass ich mich wohlfühle, allerdings ist dies wohl eine zu kurz kommende Antwort.

Ich muss mich aber der Tatsache beugen, dass ich das durchschnittliche statistische Lebensalter überschritten habe. Ich bin mit wenigen weiteren Bewohnern meiner dörflichen Umgebung somit im hohen Alter und damit komme ich der Endlichkeit sehr nahe.

Allein diesem Begriff „Endlichkeit" kommt eine stetig höhere, ernsthaftigere Bedeutung zu, wenn man im letzten Abschnitt selbst lebt und zusehends Menschen gleichen oder gar jüngeren Alters von uns gehen.

Auch in meinem Umfeld bin ich fast der „Letzte", profan ausgedrückt.

Ich fühle mich sehr wohl, gesund, fit, bin gesellschaftlich aufgeschlossen, aber auch fest entschlossen, einfach alt zu werden, mind. meiner Mutter nachzueifern, die im 102. Jahr verstarb, davon fast hundert Jahre geistig fit. Nur gut, dass man dem Schicksal nicht entrinnen kann, aber es auch nicht vorhersagen kann.

Fazit: *so weitermachen, vielleicht sogar noch ein* bisschen *besser!*

In meinem ganzen Leben hatte ich von frühester Jugend Ziele, die ich anstrebte und alles dafür tat, dies auch im Rahmen der Möglichkeiten zu erreichen. Dieses unbändige Wollen, was mich antrieb, hat auch geholfen, mich durch Widrigkeiten, Tiefschläge, Verluste nicht unterkriegen zu lassen, neue Ziele zu definieren und diese wieder anzustreben. Nicht alles gelang, aber vieles wurde erreicht, was mich letztendlich auch stolz macht, letztlich strahlt dies auch auf mein Umfeld aus.

Vielen Menschen ist dieses Lebenserlebnis nicht vergönnt und hier versuche ich, auf jene Menschen aufmerksam zu machen, denen es oft schlechter geht, bezogen auf die Gesundheit, körperlichen Einschränkungen oder auch finanziell einengende Spielräume.

Zu meiner optimistischen Grundeinstellung gehört eben vereinfacht gesagt: „. immer das Beste für einen selbst aus jeder Situation versuchen zu machen". Es ist sicher einfach dahergesagt, aber es ist der Kern dieser Aussage. Der Schicksalsschlag meiner Schwester mit einem Schlaganfall und der verbundenen erheblichen körperlichen Einschränkung wird nicht besser damit, dem Leben nachzutrauern. Dadurch wird die eingetretene Situation nicht verändert, sie wird eher physisch schlechter, „warum gerade ich"?

Im Gegenteil, die schönen Lebenserinnerungen helfen, sie bringen teilweise Zufriedenheit zu dem Erlebten. Mit der Annahme, dem Akzeptieren des eigenen Schicksals geht es darum, das Bestmögliche zu erreichen, oft durch neue Organisationsformen des familiären Lebens und im Freundeskreis.

Einer heiteren, aufgeschlossenen Person wird gerne geholfen, wird gerne besucht, eine Verbitterung hält ab.

***

Trotz aller wissenschaftlicher Erfolge und menschlicher Errungenschaften bleibt es dabei, dass die Lebenszeit endlich ist, ohne zu wissen wer, wann.

Also stelle auch ich mich dieser Tatsache, nur mit der Einstellung, wie ich die verbleibende Zeit gestalte; also realistische Ziele setzen, die man möglichst ohne fremde Hilfe auch erreichen kann. Eine für mich entscheidende Rolle ist das Nicht-Alleinsein. In meiner noch „jungen Ehe" geht es darum, was wollen wir wann gemeinsam tun. Als erste Priorität steht, alles so weitermachen wie bisher: jeder sein Hobby pflegen, seinen Interessen weiter nachgehen und damit die jeweilige Eigenständigkeit gestalten.

Viele Paare sind gar nicht vorbereitet, gemeinsam miteinander täglich 24 Stunden gemeinsam zu verleben. Ohne persönliche Eigenständigkeit, ohne Kontakte zu gleichgesinnten Freunden entgeht vielen Menschen die Anbindung an das öffentliche Leben.

So müssen sich ältere Menschen neuen, speziellen Anforderungen stellen. Dies beobachtete ich immer besonders bei Menschen, die es nicht erwarten konnten, ins Rentenalter zu kommen und sofort ihr bisheriges Berufsleben an den berüchtigten Nagel zu hängen, möglichst noch mit den Rentenbezugsabschlägen einige Jahre früher, modern ausgedrückt „Rente mit 63".

Wer diese Entscheidung nicht lange vorbereitet, fällt kurz über lang in ein frustrierendes Loch.

Das bekannte und gelernte Umfeld, so kritisch es auch vielleicht war, ist plötzlich nicht mehr da und eine Alternative, nun alles mit dem Partner gemeinsam zu tun, sprengt nun auch die Ketten beim Partner, der sich nun plötzlich auch massiv eingeschränkt sieht, gar unter Druck gerät, eine Chance für eine aufkeimende Depression, Angststörung und offene Einbuße der Lebensqualität. Die Partnerschaft gerät in Gefahr.

Wer nicht offen mit diesen Gedanken umgeht, hat es schwer, sich neu zu gestalten. Die medizinische Statistik fasst bei Menschen ab 80 sarkastisch Fakten nüchtern zusammen: *„Muskelmasse ist um 50 % reduziert, nicht mehr vorhanden und die geistigen Fähigkeiten lassen rapide nach".*

Diese Wahrheit zur Kenntnis nehmen zu müssen, frustriert, auch mich, der doch über 20 Jahre länger arbeitete und ich mich doch noch fit fühle, zumindest an manchen Tagen. Wenn ich aber alle 2 bis 3 Wochen den Rasen mähe und die Hecke schneide, bemerke ich, dass doch viele gewohnte Handgriffe schwerer fallen, wie zum Beispiel das Heckenschneiden, die elektr. Heckenschere über Kopf haltend, denn der Heckenzaun soll doch auch zum Nachbarn gegenüber sauber aussehen. Ich schneide doch Hecken seit 40 und mehr Jahren, warum fällt es mir jetzt schwerer …?

* * *

Ich bin seit meiner frühesten Jugend ein Fetischist für klassische Konzerte, ging und gehe regelmäßig ins Theater. Heute mache ich mir Gedanken darüber, dass man ja lange sich beim Einlass anstellen muss und die vielen Leute., das Gedränge in den Pausen und nach dem Fallen des Vorhanges …, es fällt mir jetzt auf, es war aber schon immer so, heute mache ich mir darüber Gedanken. Beim letzten Open-Air-Konzert in der Berliner Waldbühne habe ich mich über mich selbst geärgert, weil ich nicht so schnell die Treppen laufen konnte wie die vielen Menschen hinter mir, habe mich innerlich wie ein Bremsklotz gefühlt.

Während einer Beerdigung eines weitläufigen Bekannten ging es mir durch den Kopf, dass es auch mir passieren kann, der Verlust meiner Frau und der Angst vor dem Alleinsein, der beginnenden Einsamkeit, da nützt einem auch kein vermeintlicher, gewohnter Lebensperfektionismus.

* * *

Nach diesem realistischen Gedankenausflug kommt es nur auf die Einstellung jedes Einzelnen an, dem Leben, so kurz es auch noch sein kann, Inhalt zu geben.

Ob die verbleibende Zeit kurz oder doch hoffentlich lang ist, ist dabei nicht wichtig, weil kein Mensch dies voraussagen kann, also leben wir!

Lebensziele zu stellen, ein Programm für die innersten Wünsche für sich selbst und den Lebenspartner zu entwickeln und bemüht sein, diese Wünsche im Rahmen der jeweiligen Möglichkeiten umzusetzen.

Ich fahre morgen wieder Rad, plane die nächste Urlaubsreise, übrigens nach Sizilien mit dem Auto; ach ja, wir hatten uns ja vorgenommen, jeden Mittwoch eine Kurzreise in die Umgebung zu unternehmen und stellten so nebenbei fest, dass man leider zu wenig das eigene Umfeld kennt. Wie auch, denn die Reiseziele befassten sich mit den Highlights im Ausland, so fern, wie nur irgendwie möglich.

***

Geben wir alle dem Leben mehr Inhalt, denn Lebensfreude ist gelebter Optimismus!

BIOGRAFIE

Jürgen Schlaffke wurde vor 80 Jahren geboren und hat sich im Laufe seines Lebens als Dipl.-Ing. einen Namen gemacht. Seine erste Veröffentlichung datiert aus dem Jahr 2008.

Schumann *Ricarda*

Mein Hund, mein spiritueller Begleiter

Können wir von unseren Hunden lernen? Sind unsere Hunde der Schlüssel zu unserem wahren Selbst?

Ist mein Hund ein spiritueller Lehrer? Die Mensch-Hund-Beziehung ist faszinierend und so vielfältig wie die unserer Charaktere.

Jeder Hundebesitzer spürt die Liebe und eine intensive Verbindung zu seinem Hund.

In diesem Buch geht die Autorin tief in die Seele der Hunde. Sie beschreibt Auffälligkeiten, gibt Tipps, um sie zu lösen.

Plaudert munter über Anekdoten aus dem Tierheim und lässt Erfahrungen aus vielen Jahren mit eigenen Hunden einfließen.

Wie sieht mich mein Hund? Um es kurz zu machen, er sieht uns mit dem Herzen. Für ihn ist Körpersprache und Energie Kommunikation. Ist unser Herz erfüllt mit Liebe und dem Wunsch, unseren Hund zu berühren, und unser Kopf (Ego) sagt „Bleib". Dann wird er nicht bleiben, sondern zu uns kommen. Das ist der Grund vieler Missverständnisse zwischen Mensch und Hund. Hier ist gleichzeitig der Schlüssel zu unserem Selbst, zu unserem Herzen.

Folgen wir unseren Gefühlen offen, ehrlich und immer im Einklang mit uns selbst, dann lösen sich viele Dinge von allein.

Sag ja, wenn du ja meinst, freu dich, lache, hüpfe, wenn du glücklich bist, zeige, wenn du wütend oder enttäuscht bist. Wir haben uns über Generationen in Verhaltensmuster pressen lassen, sodass wir unsere innere Stimme irgendwann gar nicht mehr gehört haben. Aber unsere Hunde können sie hören, sehr deutlich sogar, sie blenden selbst erstellte Fassaden und Masken einfach aus. Sie selbst leben in jedem Augenblick im Einklang mit sich selbst. Das macht sie so anziehend und zu zuverlässigen Begleitern.

Ja, und auch zu unseren Lehrern. Wissen Hunde tatsächlich besser, wie das Leben geht? Da wäre das Urteilen, wir sind den ganzen Tag damit beschäftigt, andere Menschen zu beurteilen. So kann man doch nicht, das sieht ja albern aus, das geht ja gar nicht, u.s.w. …

Schauen wir uns unsere Hunde an. Da gibt es nur zwei Möglichkeiten: sympathisch oder nicht. Egal welche Lebensziele, Lebensgewohnheiten oder Rasse.

Dann kommt die ehrliche Reaktion darauf. Spiel, Kommunikation oder Knurren, Bellen und Weggehen. Wie wäre es zum Beispiel, wenn wir eine nicht so freundliche Kollegin als das sehen, was sie ist, ein Mitmensch mit anderen Ansichten. Das respektieren wir und gehen unserer Wege. Könnte so Frieden und Achtsamkeit im Kleinen aussehen? Wir haben jeden Tag die Möglichkeit, Frieden hinaus in die Welt zu tragen.

So wird unser Leben sehr viel leichter, wenn wir uns wieder auf uns selbst besinnen. Eröffnen wir doch eine völlig neue Ebene zu uns selbst, unserem Hund, unseren Mitmenschen und der Natur.

Aber wie funktioniert das jetzt eigentlich?

Dein Hund spiegelt deine Ängste und Unsicherheiten. Eine kleine Geschichte dazu. Beim Tierarzt soll ein Hund kastriert werden. Er bekommt die Spritze, Frauchen nimmt ihn ganz blass vor Sorge, zitternd in den Arm und wartet, dass er schläft. Diese Angst lässt den Hund aufhorchen, alarmiert, dass etwas ganz und gar nicht stimmt. Er schläft nicht ein, kämpft gegen das Beruhigungsmittel an. Nach der zweiten Spritze wird Frauchen heim geschickt. Es dauert nur kurz und er schläft unter den sanften, beruhigenden Händen der Tierarzthelferin ein. Die Hände signalisieren ihm, es ist alles ok, du kannst entspannen.

Das ist der Schlüssel für ein entspanntes Zusammenleben mit unseren Hunden.

Wird man sich dessen bewusst, ist es ganz leicht. Frauchen hätte ihn nur sanft streicheln brauchen, um ihm zu signalisieren, dass sie bei ihm ist. Aber wie können wir so einfach unsere Ängste und Unsicherheiten ablegen? Ganz einfach mit Liebe. Denke in Liebe an gemeinsame Stunden und glückliche Momente. Fülle dein Herz damit und du wirst sehen, die Sorgen und Ängste lösen sich auf.

So kannst du Angstspiralen, die dich gefangen nehmen, durchbrechen.

Befreie dich mit Liebe und schenke deinem Hund einen zuversichtlichen, selbstbewussten Menschen an seiner Seite.

Die andere Möglichkeit ist die Meditation

Gehe in dich, nimm dir einfach Zeit für Meditation. Wir schließen jede Ablenkung aus, atmen tief ein und aus und kommen zur Ruhe. Die Gedanken bitten wir zu schweigen, wir folgen dem tiefen, ruhigen Ein- und Ausatmen. Das kann in der Natur sein, zu Hause mit Meditationsmusik oder eine geführte Meditation. Du wirst schnell merken, wie sehr unsere Hunde diese Zeit der Stille genießen. Gemeinsame Meditationen wirken wahre Wunder bei ängstlichen, traumatisierten und unsicheren Hunden. Aber auch bei überdrehten, schlecht zur Ruhe kommenden Hunden. Wenn wir Meditationsmusik nutzen, die auch unser Hund mag (einfach ausprobieren). Dann kann man sie auch gut einsetzen, wenn der Hund Verlassensängste hat. Ist er die gemeinsamen Meditationen gewöhnt, wird ihn die Musik entspannen und beruhigen, auch wenn er allein sein muss. Von den gemeinsamen Auszeiten profitieren Mensch und Hund. Außerdem schafft es eine intensive Bindung und ein gutes Fundament.

In der Ruhe liegt die Kraft. Die Ruhe haben wir in unserer lauten, schnelllebigen Zeit einfach vergessen. Ein Wolf hat seine Höhle, Artgenossen, Jagd, Revierrunden, die Natur und viel Ruhe. Unser Hund hat den ganzen Zivilisationsstress zu verarbeiten, mit Sinnen, die um ein Vielfaches stärker sind als unsere.

Fernseher, Radio, Staubsauger, Heizung, Ofen, Licht, Klingel und von den ganzen Gerüchen ganz zu schweigen. Dann wird gebadet, Krallen schneiden, Hundefriseur, Hundeschule, Tierarzt, Autofahren usw. Eine endlose Litanei von Dingen, die Stress in verschiedensten Formen hervorrufen. Das Resultat können Nervosität, Ängste, Unsicherheiten, Allergien und Magen-Darm-Probleme sein.

Ein Welpe schläft bis zu 22 Stunden am Tag. Erwachsene Hunde bringen es etwa auf 18 Stunden. Bietet euren Hunden feste Ruhezeiten. Habt ihr einen Hund, der euch kontrolliert (folgen auf Schritt und Tritt), schickt ihn immer wieder geduldig an seinen Platz, bis er bleibt. So lernen sie abzuschalten, zu verarbeiten und zu entspannen. Hilfreich ist auch eine große Box, sie muss nicht zu sein, ist aber eine gemütliche, geschützte Höhle. Legt den Fokus auf Entspannung, und wenn sie in der Küche mal wieder beim Backen zuschauen, schickt sie an den Platz, das Backen lernen sie in diesem Leben eh nicht mehr.

Gedankenhygiene

In der Meditation haben wir ganz nebenbei gelernt, wie wir unseren Geist beruhigen, beobachten und immer wieder in die Ruhe führen. Der erste Schritt, um im Alltag zu beobachten, was denke ich eigentlich. Mit Erschrecken wirst du feststellen, mit wie viel negativen Gedanken du dich beschäftigst.

Dann kannst du hinterfragen, ist es schon passiert, hilft es mir weiter und tut es mir gut. Wenn du alles mit nein beantwortest, lass die Gedanken ziehen. Setze deinen Fokus auf positive Gedanken. Beobachte dich, was tut dir gut, was macht dir Freude oder sogar richtig Spaß. Diese Dinge tu so oft du kannst, so wirst du zu einem zufriedeneren, glücklicheren Menschen. Das Lächeln wird nun öfter in deinem Gesicht zu finden sein, eine Leichtigkeit ergreift und beflügelt dich.

Dein Hund ist dein Spiegel und so wird er dir gern folgen. Einem Menschen, der in sich ruht, kann er vertrauen und lässt sich mit Leichtigkeit führen. Was wir jetzt brauchen, ist Geduld, denn unser Ego gibt einmal vertraute Denkweisen nicht einfach auf. Er versucht es immer und immer wieder. Aber wir haben ja unseren Hund, unseren Lehrmeister. Wenn wir mal wieder völlig in Gedanken versunken sind, die Welt grau erscheint und der Glanz aus unseren Augen verschwunden ist. Holt dich dein Hund mit lautem Gebell und Zerren an der Leine in die Gegenwart. Das ist dein Signal, tief ein- und ausatmen, finde deine Mitte, lass dich von der Natur und deinem Hund heilen. Er folgt nur einem in sich ruhenden Menschen. Bist du es aus unterschiedlichen Gründen nicht, muss er auf dich aufpassen. Ist es nicht ein Wunder, dass wir von unseren Hunden so viel lernen können.

Genießt jeden Tag, verweilt nicht in der Vergangenheit, verliert euch nicht in der Zukunft.

Ein schlafender Hund strahlt so viel Zufriedenheit aus, dass es unser Herz erfüllt.

Genießt den Augenblick so oft ihr könnt. Seid dankbar. Wenn unsere Hunde älter werden, beginnt die Zeit der Harmonie, des blinden Vertrauens und Verstehens. Wir sind zusammengewachsen. Unsere Hunde übernehmen dann oft unsere Gebrechen. Sie hüten sicher all unsere, in ihr Fell geflüsterten Sorgen, Tränen und Geheimnisse. Sie spüren jede Stimmung und sind einfach für dich da.

Irgendwann ist ihre Zeit auf der Erde beendet. Dann bleibt die Liebe und die schönen Momente in unseren Herzen. Alles, was wir von ihnen lernen konnten, sollten wir überschwänglich und reichlich verschenken. So tragen wir den Sinn ihres Lebens in jedem freundlichen Wort, übermütigen Augenblick, im Lachen, im Weinen, in unserer Neugierde auf das Leben und die Liebe in die Welt hinaus.

Spitzmüller Alfred

Allerlei

Amüsante Gedichte und kritische Gedanken rund ums Leben.

Ein Zupf am rechten Ort

Schon manchen Buben zog man zart
Am hochsensiblen Backenbart,
Zog dran weiter, immer mehr
Und verschaffte sich Gehör!

Diese Art von der Bemühung
Nennt man allerseits Erziehung,
Die oft nötig und wie gut
Niemandem sehr schaden tut!

Aufsteller

Komplimente jeder Sorte,
Ernst gemeinte schöne Worte,
Anerkennung, Lob und so
Machen – oh! – dein Herz so froh
Beschwingen auch des Geistes Wohl
Und sind wie Honig für die Seel'!

Erfreulich – ja! – und sehr erhaben,
Ist's mit siebzig noch zu leben!
Ist einer zudem gut erhalten,
Zählt er nicht schon zu den Alten.
Hat da und dort ein Fältchen nur
Und athletisch die Figur!

So vermutet eine Frau,
Dass dieser da erst fünfzig sei!
Dieser eine, der bin ich,
Ich bin sehr stolz und freue mich!
Mein Herz es schlägt d'rob im Galopp,
Drum fühl ich mich fast wie ein Gott!

Das Wunderwort für allerlei

Für dies und das, da fehlt das Wort,
Manchmal auch für einen Ort,
Jedenfalls gibt's ein Problem
Und scheinbar ist dies sehr extrem,
Denn dieses Wort, wie wunderbar,
Ist fast für alles einsetzbar.

Auch für Freunde und Verwandte,
Kinder, Bruder und auch Tante,
Hunde, Katzen, manch Getier,
Ohne Beine, acht und vier,
Für alles was so hie und dort
Verwendet man dies eine Wort.

Auch für diese, die gut schwimmen
Oder in den Ästen singen,
Ja auch für Gender, die da sind
Oder gar den Wetterwind
Für alles was so hie und dort
Verwendet man dies eine Wort.

Ja, je öfter man's verwendet,
Wird's häufiger auch angewendet.
Früher war es selten-rar,
Heut' gehört's zum Vok'bular
Wird man älter, umso schlimmer,
Benutzt man es doch oft – fast immer!

Allerlei tut's Hirn bebrausen
Und uns um die Ohren sausen,
Vielzuviel wird informiert
Was niemand wirklich int'ressiert
So gibt's im Kopf – oh, welch ein Wunder -
Gelegentlich ein Durcheinander!

So fehlt schon mal, so hie und dort,
Das richtige, verflixte Wort,
Was überdies – nun bitte sehr –
Eventuell bedenklich wär,
Denn häuft sich diese Wort-Absenz
Verdächtigt man dich der Demenz!

Das Wunderwort für allerlei,
Ist wahrlich keine Zauberei!
Wie von selbst ergibt es sich,
Das Wunderwort für dich und mich,
Das „Dingsda" oder „Ding" genannt,
Ist allerseits sehr wohl bekannt!

Zwei Spatzen

Oh wie schön und oh wie fein
Ist es doch ein Spatz sein!
Fröhlich sind sie und parlieren
Welche Tänze sie verführen
Zetern, streiten immerfort
Überall an jedem Ort!

Pip, pip – der Spatz, er schimpft und wettert
Da ein and'rer's Brot ergattert,
Gibt sich jedoch nicht geschlagen,
Will vom Brot ein Teilchen haben
Und wenn möglich und mit Glück,
Nähm er sich das ganze Stück.

So saust er denn im Sturzeflug
Zum andern nieder, der nicht klug
Seine Beute unbeschwert
Gleich am Ort des Raubs verzehrt.
Mit Gezeter und Gemecker
Attackiert er diesen wacker.

Flatter, flatter – flügelschlagen,
Um das Brot sich abzujagen,
Zanken beide, hüpfen, fliegen,
Denn das Brot möcht jeder kriegen
Und sie keifen immer bunter –
Welch obenauf und untendrunter!

Doch – plötzlich – fällt das Brot zu Boden,
Herrenlos, wird aufgehoben,
Von einem Spatzen, Nummer drei,
Welcher sich darüber freu'
Und der fliegt in Windeseile
An einen Ort wo Ruhe weile.

Weiter geht der wilde Kampf,
Mit vollem Eifer und mit Dampf,
Und keiner merkt von diesen beiden,
Dass einer kam um's Brot zu rauben
Und so zanken diese Streiter
Gar am End noch heute weiter.

BIOGRAFIE

Alfred Spitzmüller wurde 1953 in Zürch geboren. Nach seiner Ausbildung zum Rechenmaschinenreparateur und Computertechniker absolvierte er anschliessend ein Wirtschafts- und Marketingstudium. In seiner Aufgabe als Marketingleiter verfasste er auch Artikel für Fachzeitschriften, Mitarbeiter- und Kundenmagazine.

Fasziniert durch Wilhelm Buschs Geschichte ‚Max und Moritz' begann er amüsante Gedichte über allerlei Lebenslagen zu schreiben. Überall bot das Leben interessante Themen, die ihn zum Schreiben ermunterten. Gedichte zu schreiben und sich über das Leben Gedanken zu machen, wurde so zur Leidenschaft. Seine Freunde schätzten seine lustigen Geschichten immer wieder.

Alfred Spitzmüller hat vier Kinder und lebt heute mit seiner Lebenspartnerin in der Nähe von Zürch.

Von Muralt Jürgen

Frühen Kulturen auf der Spur

Georg ist kein Archäologe und er hat auch nicht Altertumswissen-schaften studiert, sondern er ist ein neugieriger Mensch, der sich schon in jungen Jahren für die Hinterlassenschaften früher und fremder Völker und Kulturen interessiert hat.

Ersten Anschauungsunterricht hatte er als Schüler in seiner Heimatgemeinde genossen, denn dort wurden aus der frühen Steinzeit Werkzeuge und andere Gegenstände gefunden und auf Wanderungen in den umgebenden Wäldern gab es Reste des Limes, des römischen Grenzwalls, zu sehen. Ausgrabungen brachten auch Grundrisse von Häusern aus römischer Zeit zutage.

In der über 1200-jährigen Geschichte seiner Stadt wechselten öfters die Herrschaften wie die des Klosters Fulda, der Grafen von Hanau und der Kurpfalz, um nur einige zu nennen.

Die meisten hinterließen bescheidene Schlösser und Herren-häuser, die heute noch das Stadtbild prägen, ebenso wie das beein-druckende Renaissance-Rathaus.

Schon im jugendlichen Alter reiste er mit Freunden nach Algerien in die Sahara, wo sie in uralten Oasen im M'zab mit der Volksgruppe der Mozabiten, einer islamischen Sekte, die in der Vergangenheit immer tiefer in die Wüste gedrängt wurde, Kontakt aufnahmen und sich anderenorts alte Felszeichnungen ansehen konnten.

Sein Wissensdurst wurde durch die Lektüre des Werks von C.W. Ceram „Götter, Gräber und Gelehrte" weiter gesteigert. Während des Studiums in Berlin nutzte er die Gelegenheit, die berühmten Museen mit ihren Funden aus dem Orient zu besuchen.

Vielleicht angeregt durch einige vergilbte Fotografien von ir-gendwelchen Verwandten, die auf Kamelen sitzend sich vor den Pyramiden ablichten ließen, entschloss er sich, seine Studien in Ägypten abzuschließen.

Er wohnte in Kairo nicht weit vom ägyptischen Museum, wo er all die Funde aus vielen Dynastien bewundern konnte. Er wollte aber auch die Plätze sehen, wo diese einmaligen Schätze gefunden wurden, und reiste mit der Eisenbahn nach Luxor und Assuan, eine Reise, die er in späteren Jahren noch öfters wiederholte, auf dem Nil oder im Flugzeug.

Das Tal der Könige, wo fast alle Pharaonen begraben wurden und wo Howard Carter die unberührte Grabkammer von Tutanchamun entdeckte, vermittelt einen Eindruck der Bedeutung des Totenglaubens der altägyptischen Welt.

Viele der Funde der Archäologen fanden ihren Weg nach Europa, wo man sie im Louvre in Paris, im British Museum in London und in Berlin bewundern kann. Dort sticht besonders die Büste der Nofretete durch ihre Schönheit heraus. Eine sehr wichtige Entdeckung war der Stein von Rosette, der Jean-François Champollion die Möglichkeit gab, die Hieroglyphen zu entziffern, da der Text auf dem Stein auch in Griechisch und Demotisch abgefasst ist.

Georgs ägyptisches Abenteuer war nur der Beginn des Suchens nach Spuren früher Kulturen in der ganzen Welt.

Er hatte auch Arabisch studiert, damit er besser in der arabischen Welt zurechtkäme. Seine beruflichen Tätigkeiten erlaubten ihm, ausgiebig in den Vorderen Orient zu reisen.

Mesopotamien, das Zweistromland, ist so etwas wie die Wiege der modernen Menschheit.

Dort waren die Ursprünge der Schrift, des Rechnens und der Gesetzgebung. Letztere niedergelegt in der in Keilschrift geschriebenen Stele des Hammurapi, deren Nachbildung sich am Arbeitsplatz von Georg befindet. Babylon steht für vieles, das diese Region ausmacht.

Das wunderbare Löwentor im Pergamonmuseum in Berlin ist ein Beispiel für die Kunstfertigkeit und den Schönheitssinn der Babylonier. Das altgriechische Pergamon liegt an der Westküste Kleinasiens und ist bekannt geworden durch den grandiosen Altar, der in diesem Museum zu sehen ist. In Kleinasien hat auch der professionelle Spurensucher Schliemann nach Troja gegraben und dabei den berühmten Schatz des Priamos aus der Erde gehoben, der nach 1945 als Kriegsbeute nach Russland gebracht wurde. Eine Kopie ist jetzt in Berlin zu sehen. Ursprünglich Kaufmann, wurde Schliemann ein engagierter Archäologe, der auch in Mykene Ausgrabungen machte, wo er eine Goldmaske fand, die er fälschlicherweise Agamemnon zuschrieb.

Auch über die Marmorstraße des antiken Ephesus zur Celsus-Bibliothek zu gehen, ist ein Erlebnis, das die Kultur der antiken Griechen zum Leben erweckt. Eine der größten Städte in der Region war Milet, das als Handelszentrum diente. Das Markttor, auch im Pergamonmuseum zu sehen, war ein römischer Bau aus dem 2. Jahrhundert n. Chr.

Gegen Ende seiner beruflichen Karriere verbrachte Georg einige Wochen in Rom und konnte dort die Leistungen römischer Architekten und Künstler entdecken. Das Kolosseum ist das größte und sichtbarste Bauwerk in dieser Stadt. Aber es gibt noch eine Vielzahl von Spuren aus dem antiken Rom.

Wo immer die Römer in ihrem riesigen Reich waren, gibt es Amphitheater, so auch in Tunesien, wo bei El Djem ein Kolosseum aus der Wüste hervorragt. Ein Besuch dort ist einfacher als in Rom. Generell findet man in Nordafrika überall Spuren der Römer.

Allerdings siedelten dort auch die Karthager, mit denen die Römer die drei punischen Kriege ausfechten mussten. Wenn man heute in Karthago spazieren geht, kann man sehr gut die frühere Bedeutung dieser Stadt Hannibals erahnen.

Im Jahr 1965 unternahm Georg eine Autoreise durch Nordafrika und besuchte in Marokko die vier Königsstädte Fes, Meknes, Marrakesch und Rabat. Besonders in den beiden ersten Orten bewunderte er die prunkvollen Bauten, die ab der Mitte des 8. Jahrhunderts errichtet wurden, Paläste, Moscheen und großartige Stadttore.

Von Marokko aus machten sich zur gleichen Zeit die Mauren, islamische Berber, auf, große Teile von Spanien zu erobern und vielen Orten durch wunderbare Bauten islamische Identitäten zu verleihen. Georg hatte vor kurzem die Gelegenheit, Granada zu besuchen und die prächtige Anlage der Alhambra zu besichtigen.

Besuche von Kreta erlaubten Georg auch zu sehen, dass große Kulturleistungen in der antiken Welt Europas nicht nur von den Griechen und den Römern erbracht wurden, sondern dass im Mittelmeerraum auch andere Völker für hochstehende, zivilisatorische und kulturelle Leistungen verantwortlich waren.

Vor etwa 5000 Jahren entwickelte sich die minoische Zivilisation, die großartige Bauten errichtete. Der Palast von Knossos ist ein ausgezeichnetes Beispiel für diese architektonischen Leistungen. Den Minoern folgten die Mykener, die vor allem Handel trieben, aber ebenfalls sehenswerte Bauten hinterlassen haben. Ihnen folgten dann die Dorer.

Bevor wir den Mittelmeerraum verlassen, sollen noch die Reisen Georgs in der Levante, d. h. der Ostküste des Mittelmeeres, erwähnt werden. Die Besiedlung Baalbeks im Libanon reicht in die vorhistorische Zeit zurück. Das Baalbek, das Georg besucht hat, hatte seine Blütezeit in der römischen Epoche, aus der der Jupitertempel mit Podest aus riesigen Steinen stammt.

Weiter im Süden, in Jordanien, wo Georg mehrere Monate lebte, um seine Arabischkenntnisse zu verbessern, gibt es interessante historische Bauwerke in Amman zu sehen, aber spektakulär sind die Bauten der Nabatäer in Petra. Als Georg diese einmalige Felsenstadt besuchte, war er noch fast allein, um auf einem Esel durch den engen Spalt zwischen den roten Felsen zur Stadt zu reiten. Welch grandiose Leistung eines Händlervolkes in der Wüste. Die aus den Felsen gehauenen Fassaden der verschiedenen Räume dienten später Filmen als Kulissen. Raffinierte Leitungssysteme versorgten die Bevölkerung mit Wasser. Petra blieb lange Zeit westlichen Augen verborgen, bis der Basler Forscher Johann Ludwig

Burckhardt 1812 die Stadt wiederentdeckte. Wie sich herausstellte, war auch Georgs spätere Frau, die zu dieser Zeit in Beirut lebte, ebenfalls in Petra gewesen.

Die interessanteste Stadt in der Region ist ohne Zweifel Jerusalem, der heilige Ort für drei Weltreligionen: das Judentum, die Christenheit und der Islam.

Wenn man an der Klagemauer steht und die Gläubigen im Gebet versunken sieht oder wie sie kleine Zettelchen mit ihren Wünschen in die Ritzen der jahrtausendealten Steinquader schieben, dann ist dies sehr bewegend.

Für die Christen ist es die Grabeskirche oder der Berg Golgatha, wo Jesus gekreuzigt worden sein soll, die Jerusalem so bedeutend machen, dass im Mittelalter Könige und Kaiser Kreuzzüge zur Befreiung der Stadt von den Muslimen unternommen haben.

Für diese steht der Felsendom oder die al-Aqsa-Moschee auf dem Platz, von dem die Muslime überzeugt sind, dass der Prophet von dort ins Himmelreich aufgefahren ist.

Georg hat mehrere Wochen in Israel verbracht und dort Studien zu Siedlungsformen durchgeführt, Siedlungen, die zum Teil an biblischen Orten am Jordan liegen.

Die andere bedeutende Stadt in der Region ist Damaskus, eine der am längsten andauernd bewohnten Städte der Welt. Die wunderbare Umayyaden-Moschee ist eine der ältesten Moscheen, die es gibt. Durch den sehenswerten und geschäftigen Suq erreicht man das mit Mosaiken geschmückte Gebäude, das auf einem früheren Jupitertempel errichtet wurde. Im Suq erstand Georg einen antiken Shiraz-Teppich, der lange seine Wohnung zierte.

Wenn man mit dem Schiff oder zu Land nach Istanbul kommt, wird das Bild der Stadt durch die Hagia Sophia geprägt. Dieses Bauwerk wurde um 530 n. Chr. von Kaiser Justinian als Kuppelbasilika gebaut und diente bis zur Eroberung von Konstantinopel als religiöses Zentrum des byzantinischen Reiches. Ab 1458 diente sie 500 Jahre als Moschee, wurde dann in ein Museum umgewidmet und wurde 2020 wieder Moschee. Wenn man im Inneren dieser früheren Kirche steht, ist man besonders von der riesigen Kuppel, 55 m über dem Boden, beeindruckt.

Seine Arbeit bei einer internationalen Organisation brachte einen Wechsel des Wohnsitzes mit sich. Er lebte mit Familie fünf Jahre in Bangkok und bereiste während dieser Zeit praktisch alle Länder Asiens. Was die Spurensuche nach frühen Kulturen angeht, so war dies eine fruchtbare Zeit.

In Thailand selbst gab es viel zu entdecken, wie die frühere im 14. Jahrhundert gegründete Hauptstadt Ayutthaya, die 1767 von den Burmesen zerstört wurde. Besonders im Osten des Landes findet man wunderbare Tempel im Khmer-Stil. Sehenswert sind die prächtigen Pagoden in und um den königlichen Palast und die unzähligen Buddha-Statuen.

Dieses Land, das nie von einer Kolonialmacht besetzt war, hat eine sehr abwechslungsreiche Geschichte und hat im Laufe der Jahrhunderte sehr bedeutende Bauwerke errichtet und Kunstgegenstände hervorgebracht, die in Bangkok im Nationalmuseum zu finden sind, in dem seine Frau deutschsprachige Führungen durchführte. In ihrer Wohnung haben sie ausgewählte Exemplare thailändischer antiker Kunstgegenstände.

Nicht nur in Europa, sondern auch in Asien haben viele der sichtbaren Spuren vergangener Zeiten Gebäude, wie Tempel, Pagoden, Klöster, die von Herrschern und ihren Baumeistern errichtet wurden, religiösen Zwecken gedient. Viele fielen aber auch in Vergessenheit und wurden erst in der jüngeren Vergangenheit wiederentdeckt.

Besonders bemerkenswerte Beispiele sind Angkor Wat in Kambodscha und Borobodur in Java in Indonesien.

Auf seinen Reisen in diesen Ländern konnte Georg sie selbst bewundern. In seiner Tochter, die in der Nähe von Angkor Wat in einem Hotel arbeitete, hatte er die perfekte Führerin, um die riesigen, verstreuten Anlagen auf dem Rücksitz ihres Motorrads zu erkunden. Der Haupttempel ist dem Gott Vishnu geweiht und ist in einer sehr kurzen Bauzeit von etwa 40 Jahren aus 10 Millionen Sandsteinblöcken im 12. Jahrhundert errichtet worden. Zur Blütezeit der Khmer-Kultur war Angkor die größte Stadtanlage der Welt. Aber schon im 15. Jahrhundert begann der Niedergang und der Dschungel übernahm nach und nach die komplette Anlage, bis sie in den letzten beiden Jahrhunderten wieder ans Tageslicht gebracht wurde.

Ein ähnliches Schicksal hatte Borobodur, die größte buddhistische Tempelanlage der Welt.

Erbaut im 9. Jahrhundert aus Steinblöcken ohne Mörtel, erhebt sich die Anlage über neun Plattformen, die sich nach oben verjüngen. Die einzelnen Ebenen sind mit über 2500 Reliefs geschmückt. Gekrönt wird das Bauwerk von einer zentralen Kuppel, die von 72 Buddha-Statuen umgeben ist. Ein wahrhaft fantastisches Beispiel buddhistischer Kultur.

Nachdem der Islam in Indonesien Fuß gefasst hatte, geriet Borobodur in Vergessenheit.

Über mehr als zehn Jahrhunderte blieb die Anlage verborgen, bedeckt von Vulkanasche und vom Dschungel überwachsen.

Jetzt erstrahlt der Bau wieder in der ganzen Schönheit und wurde von der UNESCO zum Weltkulturerbe erhoben.

Eine Reise mit dem Schiff auf dem Irrawaddy nach Mandalay brachte ihn auch nach Bagan in der Zentralebene von Myanmar, vormals Burma. Die Anlage liegt in einer Landschaft mit über 3500 Denkmälern, meist Tempeln und Pagoden.

Georg leistete sich einen Rundflug mit dem Heißluftballon, um die atemberaubende Atmosphäre wirklich erfassen zu können. Bagan war vom 11. bis 13. Jahrhundert Königsstadt und Zentrum des größten buddhistischen Reiches im Mittelalter.

Es ist ausgeschlossen, auch nur zu versuchen, die einzelnen Meisterstücke buddhistischer Baukunst zu beschreiben. Vergoldete Pagoden, wie sie auch in den armen Dörfern entlang des Flusses zu sehen sind, beherrschen die Szenerie. Man muss nur an die Shwedagon-Pagode in Yangon denken, die vor Jahrhunderten gebaut und immer wieder umgebaut und vergrößert wurde und die mit vielen Tonnen Gold und Edelsteinen geschmückt ist.

In Südasien sind viele, wenn nicht die meisten kulturellen Gegebenheiten mit dem Leben und den Lehren von Buddha verbunden.
Buddha, der Erwachte, wurde als Siddhartha Gautama im Norden Indiens als Sohn eines hochstehenden Aristokraten geboren. Er wuchs in einem privilegierten Umfeld auf, wurde jung verheiratet und hatte einen Sohn.
Nicht zufrieden mit seinem Leben, verließ er mit 29 Jahren Familie und Heimat und begann ein Leben in Askese. Unter einem Bodhi-Baum sitzend, hatte er seine Erleuchtung und wurde so zu Buddha. Er wanderte und lehrte bis zu seinem Tod 45 Jahre später.

Während in Indien von 1200 v. Chr. der Buddhismus durch den Hinduismus abgelöst wurde, ist er in den östlichen Nachbarländern und in Sri Lanka, wo in Kandy ein Zahn Buddhas aufbewahrt wird, dominant.
Hinduismus ist keine Religion wie die monotheistischen Religionen, sondern kennt eine Vielzahl von Göttern und ist charakterisiert durch bestimmte Vorstellungen, Verhaltensarten und Vorschriften.

Wenn man in Indien reist, wie Georg es oftmals getan hat, sieht man überall die Spuren des Götterglaubens, der in Tempeln und heiligen Höhlen zum Ausdruck kommt.
Ob im Osten des Landes in Plätzen wie Bhubaneshwar, Konark oder Puri, eine der heiligsten Städte Indiens, oder in Rajasthan, wo der islamische Einfluss sichtbar ist, überall begegnet man Hinterlassenschaften früher Kulturen.
In Rajasthan, in der Thar-Wüste, liegt Jaisalmer, die Stadt der Jains mit dem wunderbaren Marmortempel. Auf dem Weg dorthin lebt die religiöse Gemeinschaft der Bishnoi (das heißt 29), die von Jamteshwar Jahrhunderte zuvor gegründet wurde und

deren Leben von 29 ökologischen und spirituellen Geboten geprägt ist. So dürfen sie beispielsweise kein Fleisch essen und keine Bäume fällen.

Das Tor der Winde in Jaipur und viele Paläste und Burgen erinnern an die islamischen Eroberer früherer Zeiten. Auch in Neu-Delhi zeugen Bauwerke wie das Rote Fort oder das Qutb Minar von den architektonischen Leistungen der Mogul-Herrscher. Rätsel gibt die von Akbar erbaute Stadt Fatehpur Sikri auf, die nach nur zwölfjähriger Existenz als Residenz aus unbekannten Gründen aufgegeben wurde. Heute ist sie nur eine Touristenattraktion.

Wohl das beeindruckendste Bauwerk, das man in Indien sehen kann, ist das Taj Mahal, die Grabstätte der Gattin von Shah Jahan.

Im Staat Maharashtra liegen die berühmten Felsentempel und Höhlen von Ellora, die zwischen dem 4. und 13. Jahrhundert aus den Felsen gehauen wurden. Der Begriff „Höhlentempel" beschreibt nur ungenügend die Großartigkeit dieser Bauten. Es sind wahre Kathedralen im Felsgestein.

Es gäbe über Indien noch so viel zu erzählen, aber es würde diesen Bericht sprengen. Festzuhalten ist aber die Tatsache, dass es in Indien zu einer Verschmelzung der Kulturen gekommen ist, die alle Lebensbereiche beeinflusst.

Georgs Arbeit führte ihn auch in die Länder Ostasiens. Da es meist kurze Aufenthalte waren, beschränkte sich seine Spurensuche auf die touristischen Sehenswürdigkeiten, wie in China die Ming-Gräber und die Große Mauer, die nicht wie die meisten Bauten religiösen Zwecken diente, sondern zur Verteidigung des Landes errichtet wurde.

Allerdings hatte er das Glück, in Xi'an das Mausoleum von Shihuangdi, des ersten chinesischen Kaisers, zu besuchen und die gewaltige Terrakotta-Gruppe bestaunen zu können. Diese, hunderte lebensgroße Soldaten zählende Armee, war wohl als Huldigung des Kaisers und seinem Schutz im Jenseits gewidmet.

Es erinnert an die Felsengräber und Grabbeigaben der Pharaonen in Ägypten, die ähnliche Funktionen hatten.

In Taiwan sah er auch die vielen antiken Kulturgüter, die Chiang Kai-shek auf seiner Flucht aus China mitgenommen hatte und die in einem sehr schönen Museum untergebracht sind.

Japan blickt auf eine Geschichte zurück, die vielerorts zu spüren ist und intensive Spurensuche verdient hätte. Georgs Besuche waren allerdings immer zu kurz für solche Unternehmungen.

Neben Tokio besuchte er die alte Kaiserstadt Kyoto, die als kulturelles Zentrum Japans gilt.

Der Kaiserpalast und die Burg Nijo bestechen durch ihre wunderbare Architektur und historische Bedeutung. In der Nachbarstadt Osaka ist es auch die Burg und die vielen, aus Holz gefertigten Tempel, die zu einem Besuch einladen.

In Seoul/Korea sind es auch die Tempel und der aus dem 14. Jahrhundert stammende und nach seiner Zerstörung wieder aufgebaute Gyeongbokgung-Palast, die einen Besuch lohnen.

Nach dem Zusammenbruch der Sowjetunion hatte Georg eine Einladung, Usbekistan zu besuchen und auf einer Tagung zu sprechen. In Samarkand war er besonders begeistert von der Schönheit der mit glänzenden Mosaiken verzierten Koranschulen. Zu sehen gibt es auch das Grabmal Timurs, der 1402 bei Ankara das Heer des Sultans vernichtend geschlagen hatte.

Obwohl es in Europa und Asien vielleicht am einfachsten ist, auf Spurensuche nach versunkenen und frühen Kulturen zu gehen, gibt es auch in Afrika und Amerika gute Gründe für eine derartige Suche.

Seine jahrelangen Aufenthalte im südlichen Afrika brachten Georg mit mannigfaltigen Spuren früher Kulturen zusammen. Es sind nicht nur die herrlichen Felszeichnungen der San, der Ureinwohner der Gegend, die sowohl in Namibia als auch in Südafrika zu finden sind. Sie berichten von ihrem Leben und besonders von den Tieren, die sie jagten. Auch sind Spuren allerfrühester menschlicher Entwicklungen in Südafrika gefunden worden.

In Simbabwe, dem früheren Rhodesien, gab es eine Stadt mit riesigen steinernen Mauern und Türmen, einmalig in diesem Teil der Welt, die Georg auf einer interessanten Autoreise besucht hat. Erforscht hat sie ein deutscher Abenteurer und Goldsucher namens Karl Mauch, der sie für den Tempel des Salomon hielt. Ein britischer Forscher brachte dann den Beweis, dass es sich um die Bauten der Shona-Völker handelte. Diese produzierten nicht nur fantastische Steinskulpturen, sondern auch exzellente Goldarbeiten, wie den Simbabwe-Vogel, der sich im Amtssitz des südafrikanischen Ministerpräsidenten befindet.

Auch in anderen Teilen Afrikas gibt es interessante Orte mit langen Traditionen zu entdecken. Auf einer Fahrt im Geländewagen von Burkina Faso nach Mali kam es am Bandiagara-Felsengebiet zu einer Begegnung mit den Dogon. Dies ist eine Volksgruppe, die vor Jahrhunderten aus Ober-Volta vertrieben wurde und die in diesem unwirtschaftlichen Gebirgsgebiet siedeln musste. Sie wohnen in Hütten an den Felswänden und versuchen, dem Land genug zum Leben abzugewinnen. Sie sind sehr begabte Holzschnitzer, die wunderbare Figuren und filigrane Türen und Fensterläden hergestellt haben, die in Antiquariaten hohe Preise erzielen.

Eine andere Reise fand auf dem Fluss Niger statt, die nicht nur Einblicke in das tägliche Leben der Einheimischen bot, sondern auch den Besuch der berühmten Lehmmoschee von Djenne, gebaut nach dem Original aus dem 13. Jahrhundert. Der Endpunkt der Reise war das sagenumwobene Timbuktu, das seine Blütezeit im 14. und 15. Jahrhundert hatte, als der Handel Wohlstand brachte und Tausende von Studenten dort unterrichtet wurden. Es gab Bibliotheken, und Gelehrte aus der islamischen Welt lehrten dort.

Es war Georg ein Vergnügen, auf den Spuren des Deutschen Heinrich Barth durch die schmalen Gassen Timbuktus zu gehen. Als erster Europäer hat der Schotte Alexander Gordon Laing 1826 die Stadt besucht.

Andere Beispiele bester handwerklicher und künstlerischer Arbeiten in Afrika sind die Benin-Bronzen, die man in vielen Museen bewundern kann.

Eine Forschungsreise zur Bestimmung der wirtschaftlichen und sozialen Auswirkungen von kleinen Erdölförderungen brachte Georg in den Dschungel von Guatemala. Dabei hatte er die Gelegenheit, selbst zu sehen, von dem er vorher nur gehört hatte, nämlich die Hinterlassenschaft des versunkenen Maya-Reiches. Tikal, die berühmte Stadt mit Pyramiden und Sportarenen, befindet sich mitten im Urwald. Das Maya-Reich, das im 9. Jahrhundert aus unerklärlichen oder besser unerklärten Gründen unterging, erstreckte sich in dem Bereich von Guatemala und Mexiko über ein riesiges Areal mit vielen befestigten Städten. Es gab auch Tausende von Dörfern und Siedlungen, wo die benötigten Lebensmittel erzeugt wurden.

Georg war beeindruckt von allem, was er gesehen hatte, auch an Funden, die in einem kleinen Museum ausgestellt waren. Die Mayas hatten hoch entwickelte Kenntnisse der Astronomie, der Vorgänge in der Natur und im Kalenderwesen, dargestellt in Knoten-Kordeln. Eine Schrift im eigentlichen Sinn hatten sie nicht, aber Wissenschaftler sind dabei, Zeichen zu entziffern.

In den 1000 Jahren, die dem Untergang folgten, eroberte sich der Urwald das ganze Gebiet, und es bedurfte und es bedarf noch gewaltiger Anstrengungen, den Geheimnissen der Mayas auf den Grund zu kommen.

Eine andere der großen Kulturen auf dem südamerikanischen Kontinent ist die der Inkas, und ein Besuch von Machu Picchu steht noch auf dem Programm. Ein kurzer Besuch von Peru ließ eine solche Reise nicht zu, erlaubte aber in Lima, die unter Hügeln verborgenen Pyramiden zu erahnen. Die Entdeckungen in der Wüstenstadt Caral von 2900 Jahren alten Pyramiden lassen noch manche neuen Einsichten in versunkene Kulturen erahnen.

BIOGRAFIE

Jürgen von Muralt, geboren 1935, ist deutscher und schweizerischer Staatsbürger. Nach seinem Studium der Volkswirtschaftslehre und seiner Promotion führte er wissenschaftliche Arbeiten an den Universitäten von Marburg und Heidelberg durch. Ab 1968 war er 35 Jahre lang im Dienst internationaler Organisationen der Vereinten Nationen und der Europäischen Union tätig, mit mehreren Auslandsaufenthalten in Asien und Afrika.

Wiesinger Claudia

Blue Elefant

Was versteckst du? Ich werde dich hinführen,
ohne „Es" zu betrachten. Den Weg leuchten, deine
Hand halten, bis du allein den Raum, deinen Raum,
findest, in dem du, mit dir und für dich, sicher bist!
In Wirklichkeit ist der schlimmste Kampf der mit
uns selbst. Es zahlt sich aus, diesen zu führen.

Stille kann lauter sein als Lärm.
Sie schreit dich an, hinzuhören.
Kein Ausweichen mehr, nur der Lärm
deines umtriebigen Verstandes.
Höre hin, vielleicht zum ersten Mal in
deinem Leben.

Liebe?
Wenn dein Herz sich sehnt, weint und schreit, es
dich drängt und stößt, solltest du nicht zögern,
diesem Klang, diesem Ruf zu folgen, der einzig
wahren Stimme zu gebieten, dich zu leiten. Kein
Zweifel darf sich einschleichen in deinen Geist, in
deine Hand, die Reue wäre bitterer als jeder
mühsame Weg. Dieser Ruf, diese Kraft ist der Spirit
und die wahre Erfüllung des Seins. Lass die
Zweifler und Bremser ihre Taten machen und geh
auf deine Reise, zu deinem Glück. Die Wege treffen
sich wieder. Reich an Klang und Weisheit, vereint
wie nie zuvor.

Ruh dich aus in meinem Arm! Es ist okay.
Du wirst wieder Fülle in allen Bereichen
erleben. Du wirst wieder umarmt, seelisch und auch
körperlich genährt werden.
Ruh dich aus in meinem Arm. Ich trage dich, ich
halte dich!

Vielleicht haben wir nicht dieselbe Sprache,
vielleicht können wir gerade aus diesem Grund viel
voneinander lernen.

Meine Demut hat nichts Unterwürfiges, sie ist
wissend, dass ich alles und gleichzeitig nichts ohne
Unterstützerinnen bin.

Ist dein Urlaub das Pflaster für die Wunde, die
deine Arbeitswelt hinterlässt?

Das Herz auf der Zunge, das Herz am Stift, das
Herz am Pinsel, das Herz oder der Schmerz dessen,
in der Bewegung eines Tanzes, viele Möglichkeiten
des Ausdrucks, in einem geschützten, fast schon
distanzierten Werk, so intim und doch gelöst von der
Künstlerin, hinausgetragen in die Welt, geboren in
dieser Welt und in diese wieder hinausgebrüllt.

Zweifel? Ja! Doch hätte ich mich diesen ergeben,
würdest du jetzt nicht diese Zeilen lesen.

Der Zauber der Nacht verfliegt, weicht der
Morgenschwärze, welche der November in sich
trägt, bevor die bunte Farbenwelt erwacht. Eine neue
Zeit. Vielleicht dieselben Hoffnungen, dieselben
Träume, doch neue Erkenntnisse.

Wenn du alles tun müsstest, um dich am Leben
zu erhalten, wenn du alles denken müsstest, um
dich am Leben zu erhalten, wärst du in schlimmer
Bedrängnis! Entspann dich!
Und wenn der Frieden endlich ist in dir, wirst du
auch dann weitergehen? Oder ist es der Schmerz
und die Not, die dir Flügel wachsen lässt?

Trinkst du von einem schmutzigen Gewässer,
wird dein Durst zwar gestillt,
doch dein Magen womöglich verseucht, bevor du
dich erlabst, sei dir sicher,
dass dein Organismus gestärkt genug ist, diesen
Lebewesen standzuhalten!

Wenn gespielt wird, sollten die Beteiligten
wissen, dass sie nur Spielfiguren sind.
Lass dich nicht wie eine Puppe in den Schrank
stellen und wieder herausholen, wenn den anderen
nach Spielen zumute ist. Du bist ein Wesen aus
Fleisch und Blut, keine Marionette!

Du, meine Glaskugel, treibst mich fort an einem
anderen Ort, senk ich den Blick zu dir hinab, wird
mir die Zeit zu knapp.

Wer trinkt, kann nicht essen, wer läuft, kann
nicht stillstehen, wer singt, kann nicht gleichzeitig
Süchten frönen. Du kannst in Wahrheit immer nur
eines machen, wofür entscheidest du dich jetzt?
Unsichtbare Schnüre, die ziehen, saugen und
rauben, durchtrenne nun. Frei zu gehen, wohin deine
Seele dich führt, nur begleitet von Wesen auf
Augenhöhe, lichtvoll und nährend.
Im Gespräch bist du das Ziel!

Ich begleite dich, so wie du mich. Ich trage dich,
wenn dein Körper müde ist. Deine Augen leuchten
mir den Weg, wenn ich mein Licht nicht sehen
kann. Wir wachsen im Innen und Außen. Hand in Händchen.
Mach dir kein Bildnis von mir.
Mit dem Verstand kannst du mich nicht begreifen, du
würdest mich verpassen, nur mit dem Herzen wirst
du erahnen können, wer ich bin und wer ich sein kann!

Du fühlst dich an, als würdest du zu mir
gehören, oder ich an deine Seite, fernab von der
Realität. Ich fühle dich bei mir. Ein schönes
Gefühl, gleich, ob es nur eine Illusion ist. In der Evolution ist
mein Sein nur ein Wimpernschlag, so will ich mein Bestes geben,
dass dieser zumindest einen bleibenden
Luftstrom erzeugt, welcher über die Zeiten
fortgetragen, einen feinen, doch wunderbaren
Unterschied macht.
Die Kraft, die aus meinem Inneren
emporsteigt, nach einem Verweilen im dunklen Tal,
wirkt nachhaltig, lässt mich gehen,
soweit meine Beine mich tragen.
Ich! bin zu Hause! Zu Hause in mir!
Wo ist deine Heimat?

Wolters-Sajn Gisela

‚Sprechende' konglomale Pixelstrukturen

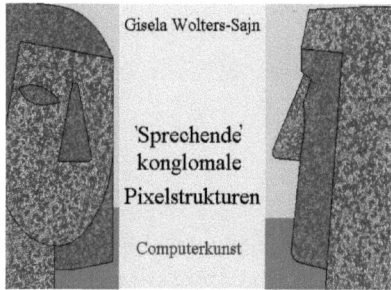

Vorwort

Das Buch ‚Sprechende' konglomale Pixelstrukturen in der Computer-kunst zeigt Experimente mit nicht vorprogrammierten, geometrisch berechneten, sondern ‚chaotisch'-intentional angeordneten, farbigen Pixeln, eine Art elektronisches ‚Farbpigment'-Gemisch. Vorgefertigte, auf gewünschte Farbnuancen abgestimmte Pixelschichten bilden die Grundbausteine für die Herstellung künstlerisch elektronischer Strukturen. Die Pixelschichten dienen den abgewogen, vielschichtigen Überlagerungen, einer digitalen Computermalweise. Mit dem Überdecken von Farbschichten wird am Monitor und im ausgedruckten Computerbild nicht nur ein Materialeffekt erzielt, sondern auch die Dreidimensionalität des aufgezeigten Gegen-standes hervorgehoben. Es handelt sich hierbei speziell um die Ausführung von elektronisch-künstlerisch dargestellten Gesteins-arten durch konglomale Pixelstrukturen. Gezeigt werden digital Konglomerate in ihren verschiedenen Zusammensetzungen und deren charakteristischen Formen. In der Computertechnik geht es nicht nur um das Beherrschen der digitalen Technik, sondern um die Anwendung von High-tech für die Kunstschöpfung.

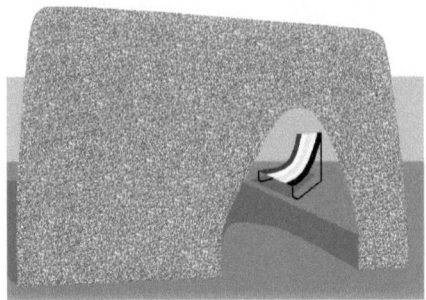

Preface

The book ‚Speaking‘ conglomal pixel structures in computer art shows experiments with colored pixels that are not pre-programmed, geometrically calculated, but arranged ‚chaotically‘ and intentionally, a kind of electronic ‚color pigment‘ mixture. Prefabricated pixel layers tailored to the desired color nuances form the basic building blocks for the production of artistic electronic structures. The pixel layers are used for the balanced, multi-layered overlays, a digital computer painting style. Covering layers of color not only creates a material effect on the monitor and in the printed computer image, but also emphasizes the three-dimensionality of the object shown. This specifically involves the execution of electronically and artistically represented rock types using conglomal pixel structures. Conglomerates are shown digitally in their various compositions and their characteristic shapes. Computer technology is not just about mastering digital technology, but about using high-tech to create art.

BIOGRAFIE

Gisela Wolters-Sajn, geboren 1930 in Berlin, wurde im Deutschen Opernhaus für das Kinderballett ausgebildet. Ab 1948 studierte sie Bildhauerei an der Hochschule für angewandte Kunst in Prag, gab Kunstunterricht in Prag und Zürich und betätigte sich als freischaffende Künstlerin. In Berlin studierte sie humanistische Sprachen und Theologie, entwickelte eine CopyART-Licht-Technik und wurde Preisträgerin für digitale Kunst auf der Buchmesse in Frankfurt a/M. In Tschechien, der Schweiz und Deutschland zeigte sie ihre Kunstwerke auf Ausstellungen. Auf dem Buchmarkt erschienen ihre Taschenbücher mit den Titeln ‚Roboterwelt‘, ‚Technik digital‘ und ‚Freiheitsgesang‘. Das Buch ‚Verhinderte Flucht‘ liegt in der Staatsbibliothek Berlin zur Studienausleihe aus.

Wünschel Hans-Jürgen

Anmerkungen zu einer geleugneten Erinnerungskultur

Am Tag der Erinnerung an die Reichspogromnacht am 9. November 1938, in der im Deutschen Reich Nationale Sozialisten 191 Synagogen in Brand gesteckt und weitere 76 demoliert haben, wird normalerweise einseitig das verbrecherische Wirken dieser deutschen Sozialisten dargestellt. Hintergründe und längerfristige Ursachen des Antisemitismus in dieser Zeit werden meist ausgeblendet, da nicht sein kann, was heute nicht sein darf. Auch die Erinnerung an 500 Jahre Reformation im Jahre 2017 drückte sich um das unappetitliche Thema.

Seit Jahren wird der Begriff Erinnerungskultur auf die Zeit der Täter des Nationalen Sozialismus 1933–1945 verengt, so dass er für bestimmte Zwecke von Politik und Ideologie missbraucht werden kann. Er wird auch seit vielen Jahren als Teil-Vermittlung historischen Wissens mit einer moralischen Gebrauchsanweisung verstanden. Das wird sich einmal rächen, denn jede einseitige Geschichtserzählung wird dann erschüttert, wenn Daten und Fakten richtig erzählt und wenn Quellen vorbehaltlos ausgewertet werden dürfen.

Ein Blick in Schulbücher und Lehrpläne des Faches Geschichte in deutschen Schulen lässt an einer nicht ideologischen Behandlung von Geschichte starke Zweifel aufkommen. Erinnerungskultur wird als Mittel verstanden, gemeinschaftsstiftend für eine Ideologie zu sein. Doch wer bestimmt, was Gemeinschaft ist, wer zur Gemeinschaft dazugehören darf? Dürfen wir die Taten der „Schreibtischtäter" und „willigen Helfer" der Nationalen Sozialisten, die diese Taten erst möglich gemacht hatten, vergessen? Wer erinnert heute an die Tausenden von protestantischen Pfarrern, Redakteuren und Millionen von evangelischen Sonntagsblättern, die seit 1870 allwöchentlich die Vernichtung der jüdischen Mitbürger gefordert hatten? Im Jahr 1946 meinte der Heidelberger Philosoph Karl Jaspers in einem Interview mit einem amerikanischen Journalisten:

„Hitler hat eben nur ausgeführt, was Martin Luther empfohlen hatte." Er erinnerte an die vielen Predigten und Rundfunkbeiträge von protestantischen Kirchenfürsten, die sich vehement bei Reichstagswahlen im Deutschen Reich, gemeinhin als Weimarer Republik bezeichnet, für den Führer des Nationalen Sozialismus als den „Nachfolger Christi" ausgesprochen hatten.

Viele Äußerungen sind weitgehend aus dem kollektiven Gedächtnis der Öffentlichkeit verschwunden. Zu einseitig wird mitgeteilt, was politisch gefällig sein soll. Es gibt auch kaum Wahrhaftigkeit in heutigen Reden gegen den Antisemitismus, denn seit vielen Jahrhunderten ist bekannt, dass der Islam extrem antisemitisch ist. Warum hat die Bundesregierung Deutschland alles dafür getan, dass in den letzten Jahren etwa 5 Millionen antisemitische Muslime Deutschland überschwemmten? Damit es wieder einen überall feststellbaren Antisemitismus gibt, worüber man die deutsche Bevölkerung wieder in Geiselhaft nehmen kann?

Es ist notwendig, an einige die verbrecherische Politik der Nationalen Sozialisten unterstützende Aussagen z. B. führender Vertreter der protestantischen Kirche aus der Zeit von 1921–1933 zu erinnern.

1921 schreibt das „Hannoversche Sonntagsblatt" (Auflage: 66.000) über die „ganze große jüdische Gefahr für unser Volk und Vaterland". Pastor Wilhelm Lueder forderte ein Verbot der Betätigung von Juden in der Presse. Im selben Jahr tauchte in evangelischen Zeitungen für Juden der Begriff „Fremdkörper im Volksleben" auf. Bei der Sitzung des Evangelischen Bundes in München forderte der Vorsitzende, Studienprofessor K. Hoefler, dass der völkische Kampf gegen das Judentum „vollständig berechtigt und notwendig, der Abwehrkampf gegen rassische und geistige Überfremdung christliche Pflicht" sei. 1924 empfahl der evangelisch-lutherische Pfarrer Friedrich-Wilhelm Auer den Boykott jüdischer Geschäfte in Deutschland, was die Nationalen Sozialisten dann neun Jahre später umsetzten.

Hans Meiser, Direktor des evangelischen Predigerseminars in Nürnberg und ab 1933 evangelischer Landesbischof Bayerns, legte 1926 ein Gutachten über „Die Evangelischen Gemeinden und die Judenfrage" vor. Er nannte folgende Ziele: „Gegen die Verjudung unseres Volkes, konkrete Maßnahmen zur Zurückdrängung des jüdischen Geistes im öffentlichen Leben, Reinhaltung des deutschen Blutes". Der einflussreiche Theologieprofessor und engagierte Antisemit Werner Elert nennt die Demokratie der Weimarer Republik eine unnatürliche, gottwidrige Staatsform. Das Deutsche Pfarrerblatt veröffentlichte 1930 einen Grundsatzbeitrag über das Verhältnis von NSDAP und Kirche. Der Autor, Pfarrer Friedrich Wienecke, erklärte, die Männer der Kirche sollten in die „Tiefe der nationalsozialistischen Gedankenwelt" schauen und sich nicht durch „äußere Schönheitsfehler" wie Härte, Rohheit und Rachsucht abschrecken lassen. Die von Gott gewollte Aufgabe für die deutsche Politik wäre die Förderung des „arisch-germanischen Menschen". In Treysa in Hessen trafen sich 1931 die Anstaltsleiter der evangelischen Inneren Mission in Deutschland zu einer „Fachkonferenz für Eugenik". Sie berieten über die Sterilisierung und „Vernichtung lebensunwerten Lebens". Die Treysaer Erklärung forderte die Zwangssterilisierung Behinderter. „Träger erblicher Anlagen, die Ursache sozialer Minderwertigkeit und Fürsorgebedürftigkeit sind, sollten tunlichst von der Fortpflanzung ausgeschlossen werden." Die Allgemeine Evangelisch-Lutherische Kirchenzeitung schrieb 1931: Weshalb verwehren wir dem Staat das Recht zur Vernichtung der lästigsten Existenzen?"

Pfarrer Johannes Schlott begeisterte sich beim Reformationsfest 1932 in der Braunschweiger Tageszeitung: „Hätte es nicht greifbar nahegelegen, die Parallele zu ziehen zwischen Luther und unserem Führer Adolf Hitler? Wie einst Gott uns Luther gesandt, die deutsche Seele freizumachen zu neuem Leben, hat er uns heute Hitler gesandt, dem deutschen Volk eine Seele zu geben. Heute ist Hitler unser großer Umwälzer, und wie einst das deutsche Volk sich seines Luthers erfreute, frohlockt heute das deutsche Volk seinem Hitler."

Die Neue Zürcher Zeitung meinte am 12. Juni 1932, die protestantische Kirche sei dabei, „Parteikirche" der NSDAP zu werden.

Im Rahmen der Eröffnung des Reichstags am 12.3.1933 predigte Otto Dibelius, nach 1945 der erste Vorsitzende der EKD und glühender Antisemit: „Wir haben von Dr. Martin Luther gelernt, dass die Kirche der rechtmäßigen staatlichen Gewalt nicht in den Arm fallen darf, wenn sie tut, wozu sie berufen ist. Auch dann nicht, wenn sie hart und rücksichtslos schaltet."

Im Pfälzischen Pfarrerblatt, 6, 1933, meinte Pfarrer Wilhelm Gruber, dass in der Vereinbarung von Nationalsozialismus und Christentum die konsequente Fortentwicklung der Reformation Luthers zu sehen wäre, denn „sie wäre die Überwindung des römischen Christentums aus dem deutschen Geist". Hitler sei „ein Wunder der Schöpfung".

Auch die Angehörigen der Familie von Weizsäcker outeten sich als glühende Nationalsozialisten. Viktor von Weizsäcker lehrte als Arzt im Sommersemester 1933 an der Universität Heidelberg: „Es wäre illusionär, ja es wäre nicht einmal fair, wenn der ... Arzt glaubt, seinen verantwortlichen Anteil an der notgeborenen Vernichtungspolitik ... an der Vernichtung unwerten Lebens ... oder unwerter Zeugungsfähigkeit, an der Ausschaltung des Unwerten nicht beitragen zu müssen".

Albert Einstein machte 1941 den amerikanischen Präsidenten Franklin D. auf einen jungen deutschen Physiker aufmerksam, der dabei war, mit anderen deutschen Physikern die Entwicklung einer Atombombe voranzubringen: Carl-Friedrich von Weizsäcker.

Im Juli 1933 übernahm die Diakonie von der SA sogar die Leitung eines KZ. Sehr brutal führten die Protestanten dieses Lager: „Auf kirchlichem Boden ... werden Gegner des Nationalsozialismus gequält und geschunden. Sie werden mit Gewehrkolben zur Arbeit getrieben, manche mit Gummiknüppeln bewusstlos geschlagen. Alle dort beschäftigten SA-Männer gelten als kirchliche Mitarbeiter und erhalten ihren Lohn von der Inneren Mission. Auch im KZ-Papenburg arbeiten von 1933–1939 Diakone des evangelischen Stephansstifts Hannover. Sie „stehen und warten, dass man einmal auf einen Menschen schießen darf". In einer Radio-Rede sprach der evangelische Generalsuperintendent Otto Dibelius: „Sie werden es erleben, dass das, was jetzt in Deutschland vor sich geht, zu einem Ziele führen wird, für das jeder dankbar sein kann, der deutsches Wesen liebt und ehrt".

Auf Anweisung des Landeskirchenrats der Evangelisch-Lutherischen Kirche in Bayern mussten die evangelischen Pfarrer mit Hakenkreuzbinde an der Nazi-Massenkundgebung 1933 auf der Theresienwiese teilnehmen.

Das „Evangelische Sonntagsblatt" schrieb an Hitlers Geburtstag 1933: „Wir sehen in ihm ein Werkzeug der göttlichen Vorsehung ... Möchte er das, was er kraftvoll begann, vollenden dürfen zum Segen unseres Volkes und unserer evangelischen Kirche".

Kurt Frör, Inspektor des Nürnberger Predigerseminars, verlangte: „Es ist evangelisch, dazu mitzuhelfen, dass der rassisch erkrankte Volkskörper wieder gesundet und erstarkt. Das wäre nicht möglich ohne Kampf gegen andere „Rasseangehörige", darum wäre die unchristliche Sentimentalität' abzulehnen." Konfirmandenprüfung in einer evangelischen Kirchengemeinde 1934. Der Pfarrer fragte: „Wie hat unser Führer Adolf Hitler in seiner letzten Rede unseren Reformator Martin Luther bezeichnet?" Der Konfirmand antwortete: „Einen großen Deutschen." Die Prüfung ist bestanden.

Aus Anlass des 2. Jahrestages der Machtübernahme des Führers und Reichskanzlers am 30. Januar wurde angeordnet, im Gottesdienst fürbittend des Führers zu gedenken: „Am heutigen Tage gedenken wir in besonderer Weise des Führers und Kanzlers unseres Reiches. Wir danken Dir, Herr, für alles, was Du in Deiner Gnade ihm in diesen zwei Jahren zum Wohle unseres Volkes hast gelingen lassen. Wir bitten Dich, Du wollest ihn leiten durch Deinen heiligen Geist, ihm weise Gedanken, ein festes Herz und einen starken Arm verleihen, dass er in Deiner Furcht unser Volk regiere, und dass in allem Dein heiliger Wille geschehe." Motto des Reformationsfestes 1935 „Luther und Hitler sind bedeutsame Beispiele für positives, praktisches und persönliches Christentum."

Flaggenverordnung der Evangelisch-Lutherischen Kirche 19.11.1935: „Soweit Kirchen mit der Reichs- und Nationalflagge (Hakenkreuzflagge) noch nicht versehen sein sollten, ist alsbald eine solche anzuschaffen."Otto Dibelius und Martin Niemöller (Bekennende Kirche, angeblich in Opposition gegen Hitler) forderten in ihrem Buch, „Wir rufen Deutschland zu Gott", die „Reinhaltung des Blutes" und der evangelisch-lutherische Oberkirchenrat D. Otto Bezzel aus Bayreuth, Bekennende Kirche (!), sagte in einer Predigt in der Erlöserkirche in Bamberg: „Die Juden sind die Zerstörer und gehören hinausgepeitscht".

Der Landesbischof von Württemberg, Theophil Wurm, bejubelte 1938 den Anschluss Österreichs als „Befreiungstat des Führers". Protestantische Pfarrer, Räte und Bischöfe begrüßten das Niederbrennen der Synagogen am 9. November 1938. Der Landesbischof Martin Sasse Eisenach: „An Luthers Geburtstag brennen in Deutschland die Synagogen. Vom deutschen Volke wird zur Sühne für die Ermordung des Gesandtschaftsrates vom Rath durch Judenhand die Macht der Juden auf wirtschaftlichem Gebiete im neuen Deutschland endgültig gebrochen und damit der gottgesegnete Kampf des Führers zur völligen Befreiung unseres Volkes gekrönt ... In dieser Stunde muss die Stimme des Mannes gehört werden, der als der Deutschen Prophet im 16. Jahrhundert einst als Freund der Juden begann, der getrieben von seinem Gewissen, getrieben von den Erfahrungen und der Wirklichkeit, der größte Antisemit seiner Zeit geworden ist, der Warner seines Volkes wider die Juden ...". Dann gründeten die protestantischen Landeskirchen in Eisenach ein Institut zur „Entjudung der Kirche".

Landesbischof Meiser erließ am 25.11.1938 ein Kirchengesetz über den Treueeid der Pfarrer auf Adolf Hitler: „Die Pfarrer der bayerischen Landeskirche haben als Träger eines öffentlichen Amtes folgenden Eid zu leisten: Ich schwöre bei Gott dem Allmächtigen und Allwissenden:Ich werde dem Führer des Deutschen Reiches und Volkes, Adolf Hitler, treu und gehorsam sein, die Gesetze beachten und meine Amtspflichten gewissenhaft erfüllen, so wahr mir Gott helfe."

Etwas mehr als zwei Wochen nach dem Anschlag auf alle Synagogen in Deutschland erließ das Kirchliche Amtsblatt für Mecklenburg „Ein Mahnwort zur Judenfrage". Darin wurden auch einige Sätze aus der Schrift Martin Luthers „Über die Juden und ihre Lügen" zitiert. Besonders wurde auf sein Sieben-Punkte-Programm verwiesen, wie mit Juden umzugehen wäre.

Die angeblich, so der Mythos nach 1945, in Opposition zu Hitler stehende „Bekennende Kirche" ist entsetzt über ein versuchtes Attentat auf Hitler: „Der frevelhafte Anschlag auf das Leben des Führers in München hat ... alle Kreise des deutschen Volkes mit tiefem Entsetzen und Empörung erfüllt ... Im Verfolg dieses Attentates hat sich das nationalsozialistische Deutschland noch fester und zum Siege entschlossen um seinen Führer geschart" Schreiben des Bischofs Theophil Wurm, der nach 1945 maßgeblich an der Vorbereitung der Flucht von SS-Cargen (u. a. Eichmann) nach Südamerika mitgeholfen hatte, an Reichsjustizminister Gürtner: „Ich bestreite mit keinem Wort dem Staat das Recht, das Judentum als ein gefährliches Element zu bekämpfen. Ich habe von Jugend auf das Urteil von protestantischen Männern wie Heinrich von Treitschke und Adolf Stoecker über die zersetzende Wirkung des Judentums auf religiösem, sittlichem, literarischem, wirtschaftlichem und politischem Gebiet für zutreffend gehalten." Die „Junge Kirche", Zeitschrift der „Bekennenden Kirche", gratulierte Adolf Hitler zum 50. Geburtstag 1939: „Es ist heute dem Letzten offenbar geworden, dass die Gestalt des Führers, mächtig sich durchkämpfend durch alle Welten, Neues mit innerem Auge schauend und seine Verwirklichung erzwingend, auf den wenigen Seiten der Weltgeschichte genannt ist, die den Anfängern einer neuen Zeit vorbehalten sind. Die deutsche Sendung in die Völkerwelt ist von einer mächtigen und festen Hand die Waagschale der Geschichte geworfen ... Wir bitten Gott, den Führer zu segnen".

Elf evangelische Landesbischöfe gründen im Mai 1939 ein „Institut zur Entjudung des Christentums": „Der christliche Glaube ist auf rassistische Einflüsse aus Palästina zu prüfen, jüdisch Minderwertiges ist aus den Kirchen und Texten zu entfernen. Einer der leitenden Verantwortlichen der Bekennenden Kirche, Landesbischof August Marahrens aus Hannover, gibt bei Kriegsausbruch in einem Telegramm an Hitler seiner Hoffnung Ausdruck, dass „in ganz Europa unter Ihrer Führung eine neue Ordnung entstehe ..." und Landesbischof Meiser rief nach dem Frankreichfeldzug 1940 die Gemeinden dazu auf, „Adolf Hitler, dem Schöpfer und obersten

Befehlshaber der sieggekrönten Wehrmacht", zu danken und für einen „baldigen Endsieg" zu beten.

Die Deutsche Evangelische Kirchenkanzlei und der Geistliche Vertrauensrat der Evangelischen Kirche bekundeten nach dem Attentat des Katholiken Oberst Stauffenberg auf Hitler, dass sich das deutsche Volk „mit Empörung und Abscheu" von der Tat des 20. Juli 1944 abwendet, und huldigten dem Führer Adolf Hitler mit einem Treue-Telegramm: „Aus tiefem Herzen danken wir dem Allmächtigen für die Errettung des Führers und bitten ihn, Er möge ihn weiterhin in seinen Schutz nehmen. Mit dieser Bitte soll sich das Gelöbnis neuer Treue und der Entschluss verbinden, uns ernster noch als zuvor der unerbittlichen Forderung der Zeit zu unterwerfen, für die der Führer rastlos sein Alles einsetzt".

So weit einige Äußerungen aus der Welt des deutschen Protestantismus. Man könnte den Eindruck haben, dass eine gewisse Hysterie – wie bei den Hexenverfolgungen zu Beginn der Neuzeit – protestantische Obere gepackt hatte, in einem Wettlauf zu beweisen, wer sich enger und eindringlicher dem Führer des Nationalen Sozialismus und unmenschlichen Zeitgeist, den Vorgaben ihres Lehrers Martin Luther brav folgend, anbieten konnte.

Warum heute im Rahmen einer umfassenden historisch wahren Erinnerungskultur nicht mehr daran erinnert wird, kann nur mit dem Hinweis auf ein neues ideologisches, präfaschistisches Zeitalter erklärt werden.

Das Unwort betreuen

Wenn seit Jahren die PISA-Studien allen sichtbar vor Augen führten, dass die Lesekompetenz der deutschen Schüler zu wünschen übrig lässt, dann beklagt sie eigentlich nur einen primären Vorgang, fast etwas Mechanisches. Nur am Rande wird beklagt, dass das Wortverstehen, dass das Sprache-Verstehen kaum beherrscht wird. Vielleicht ist auch so zu erklären, warum in die deutsche Sprache der letzten Jahrzehnte Begriffe aufgenommen wurden, deren eigentlicher Sinncharakter kaum noch verstanden wird. Doch die zum Teil ideologische Komponente eines solchen Begriffs wird als politisches Manipulationswerkzeug von denen bewusst gebraucht, die darauf setzen, dass die Bedeutung nicht mehr verstanden wird. Nicht umsonst ist unterschwellig die Bildungsreform angetreten, den Kindern mit allerlei Gaukeleien und Zeitverplempern Bildung vorzuenthalten und gezielt Informationen zu versagen. Eines der Modewörter, die etwa 20 Jahren nach Beginn der Bildungsreform die Politik prägen, ist das Wort betreuen. Gerade in dem Bereich der zwischenmenschlichen Beziehungen und in dem sensiblen Feld der Pädagogik und Erziehung hat dieses Wort eine immer größere Bedeutung erhalten. Man kann nur spekulieren warum. Sehr sonderbar ist dies deshalb, liegen doch seit Jahrzehnten Untersuchungen vor, die belegen, dass das Wort betreuen einen manipulativen Charakter hat, der faschistischen und totalitären Sprache angehört und deshalb in einer freiheitlichen Gesellschaft fehl am Platze ist.

Wenn es aber dennoch immer mehr als politisches Modewort benutzt wird, stellt sich die Frage, warum die Gesellschaft, die Menschen, die Politik und ihre aktiven und passiven Mitglieder sich eines Wortes des Unmenschen bedienen, wie dies Professor Dolf Sternberger in seinem *Wörterbuch des Unmenschen*, der Sprache des Dritten Reiches, beschrieben hat. In dem Wort betreuen steckt das vielleicht typisch deutsche Wort Treue: Treue halten, treu sein usw.

Doch sagen uns die Germanisten, dass dieses Wort kein Tätigkeitswort ist: treuen gibt es nicht: ich treue macht keinen Sinn. So kam man auf die Idee, die bewährte Silbe be- vorzusetzen und schon hatte man ein schönes Wort, das man kräftig be-nutzen konnte. Wird nicht durch die Vorsilbe be- der Andere vom Subjekt zum Objekt degradiert? Zum Beispiel in den Worten be-schützen, be-strafen, be-drücken, be-lohnen, be-herrschen. Der eigene Wille wird nicht nur infrage gestellt, er wird aufgehoben bzw. nicht zugelassen. Nicht umsonst wurde in den Konzentrationslagern – so H.G. Adler in seinem berühmten Buch *Theresienstadt*: *Alles und jeder betreut, d. h. das Wort galt als Euphemismus für Morden und Mord ... Die Lagersprache erfand Be-treuen, Be-treuer, Be-treuerin, Be-treuung.* Zynischerweise erwartet man heute von dem, der betreut wird, Dank. Dankbar soll man sein für die Aufgabe der individuellen Freiheit. Der Kinderhort *be-treut* die Säuglinge, der Kindergarten *be-treut* die Kinder, die Schule *be-treut* die Schüler, der Arzt *be-treut* die Menschen, das Altersheim die Senioren usw. ... Sehr deutlich wird diese Bedeutungsveränderung auch in unserer Rechtsprechung. Der Entmündigungsparagraph § 6 BGB wurde zum 1.1.1992 durch das Betreuungsgesetz aufgehoben. Was bis 1992 **Entmündigung** hieß, lautet seitdem **Betreuung**. Wenn also ein Betreuungsverfahren angekündigt wird, so ist dies nichts anderes als ein Entmündigungsverfahren. Auch wenn sich das Wort geändert hat, der Tatbestand bleibt derselbe, siehe §§ 1896 BGB. Allen Einwänden zum Trotz wird damit eindeutig festgestellt, dass Betreuung eben Entmündigung bedeutet. Niemand würde sagen entmündigende Grundschule. Dolf Sternberger kommt zu dem Schluss, dass der Unmensch zu erreichen strebt, dass keiner unbetreut bleibe.

Heute heißt es betreutes Arbeiten, was früher der Hilfsarbeiter tat. Der allumfassende Betreuungsstaat nach George Orwell ist das Ergebnis der Betreuung. Wenn man sich überlegt, dass die Bildungsreform mit der Forderung nach Mündigkeit aufgebrochen ist, so bestätigt die Einführung des Wortes betreuen nur erst recht die schon lange Zeit sich aufbauende Vermutung, dass zwar der semantische Trick *Mündigkeit* die Zustimmung zur Bildungsreform herstellen sollte, dass aber insgeheim die Reformer, damals versteckt, heute aber sehr offen, zum Ziel hatten, **den bisher vorhandenen selbstbewussten, gebildeten und sich seiner Fähigkeiten bewussten Menschen zu beseitigen, dafür aber eine Elite und eine nichtwissende Masse zu schaffen,** die nach Karl Marx von der Elite **betreut** werden muss. Unwissenheit wird vorsätzlich gefördert ... das System fühlt sich darin auch noch wohl.

Das Spracheverstehen wird nach 60 Jahren Bildungsreform nicht mehr beherrscht. Willige Vollstrecker benutzen die veränderte Sprache, um ihre zunächst versteckt gehaltenen Ziele durchzusetzen.

Die ideologische Komponente eines solchen Begriffs wird zum politischen Manipulationswerkzeug.

Funktionäre oder Betreuer wollen Menschen, denen durch die Bildungsreform Wissen vorenthalten wird. Sozialisten jeglicher Couleur betreuen, entmündigen die Bürger, die das noch nicht einmal merken, weil sie auch durch die verdummenden Sendungen und Regierungspropaganda der öffentlich-rechtlichen Rundfunkanstalten am Denken gehindert werden!

Wertorientierte Erziehung für ein sinnerfülltes Leben.

Die Zeit der großen visionären bildungspolitischen Reformeuphorie ist endgültig zu Ende. Übrig geblieben sind enttäuschte Hoffnungen, Überdruss, Resignation bei allen Betroffenen, bei Eltern, Lehrern und Schülern gleichermaßen. In dieser Situation ist eine Abkehr von pädagogischen Irrwegen und eine Besinnung auf eine an Werten orientierte Erziehung notwendig.

Wertorientierte Erziehung ist im traditionellen Sinne eine Tautologie. Da aber auch in der Erziehung im Rahmen der sogenannten Bildungsreform vieles bisher Feststehende angezweifelt wurde, soll die wertorientierte Erziehung einen ausdrücklichen Kontrast zu den Versuchen emanzipierter Erziehung herstellen. Das Problem der wertorientierten Erziehung besteht in der Schwierigkeit, in der pluralistischen Gesellschaft einen Kanon allgemein verbindlicher Normen zu erstellen. Der Mensch lebt hinsichtlich seiner Wertvorstellungen in einer pluralistischen Welt, die ihm heute nur noch diejenigen Normen auferlegt, die strafrechtlich sanktioniert, kaum noch die für den Bestand der Gesellschaft unerlässlich sind. Diese aber werden kaum noch ernsthaft eingefordert. Der Mensch hat aber das Recht und als mündiger Mensch sogar die Pflicht, sich mit Wertvorstellungen kritisch auseinanderzusetzen. Konkret gesprochen heißt dies auch, sich um den Menschen zu kümmern ist wesentlich schwieriger, als über die Menschheit zu philosophieren.

Wenn junge Menschen zu Recht erwarten, dass Schule sie auf das Leben in der Gesellschaft vorbereite, dann dürfen die entscheidenden Fragen menschlicher Existenz – Erlaubnis und Verbot – aus dem Geschehen der Erziehung nicht ausgeklammert werden. Die Schule gerät sonst in Gefahr, nicht zur Selbstverwirklichung, sondern eher zur Verstümmelung des sich selbst finden wollenden Menschen beizutragen. Denn die vornehmste Fähigkeit des Menschen besteht ja wohl darin, sich entscheiden zu können, das heißt angesichts der Grundfragen der geschichtlich-gesellschaftlichen Existenz, sein eigenes Dasein als das von ihm zu lebende und zu verantwortende Dasein zu begreifen. Dies aber kann nur geschehen, wenn er ein Verhältnis zu dem Sinn seines Lebens gewinnt. Denn Entscheidung will von sich selber her sinnvolle Entscheidung sein. Erst wenn dies geschieht, kommt menschliches Leben zu der ihm möglichen geschichtlichen Freiheit, die nun nicht mehr ein bloßer leerer Begriff wäre, eine bloße Freiheit von etwas, sondern eine partizipative, erfüllte und gelebte Freiheit.

Jede Erziehung, wenn man sie als vernünftige und daher begründbare Tätigkeit ansieht, setzt Zustimmung zum Leben voraus. Die Bejahung des Lebens ruht auf dem Fundament einer grundsätzlichen Sinnbejahung. Eine solche Erziehung hat es freilich erheblich schwerer als eine die Beliebigkeit unterstützende Auffassung des Heranwachsens. Sie muss Wertvorstellungen entwickeln und Haltungen anbahnen. Sofern wir als ein wesentliches Element der Erziehung die Fähigkeit zur Verbesserung gegebener Verhältnisse und nicht deren bloße Ablehnung ins Auge fassen, bedeutet das, zu einer grundsätzlich positiven Lebenshaltung zu führen. Erziehung erschöpft sich keinesfalls im Negieren und Befreien, sie muss auch etwas geben, etwas anzubieten wagen und zu fordern, aber auch in Ablehnung. Unterricht und Erziehung können als solche nur begriffen werden, sofern sie von einer grundsätzlichen Bejahung zum Leben, zum Menschen, zur Welt und zu einem letzten Sinn getragen sind. Andernfalls führen sie sich selbst ad absurdum. Wer selbst nicht an einen verantwortbaren und sittlich verpflichtenden Sinn des Lebens zu glauben vermag, kann andere kaum dazu befähigen, das Leben zu bejahen und die Zukunft vertrauensvoll und hoffnungsfroh in Angriff zu nehmen.

Als Gegensatz zur wertorientierten Erziehung wurde die wertfreie, die emanzipatorische Erziehung verstanden. Ihrem Wortsinn nach bedeutet Emanzipation die Loslösung von persönlicher oder sozialer Vormundschaft und Bevormundung, also das Selbstständigwerden des Menschen oder ganzer gesellschaftlicher Gruppen. Die Vorkämpfer für die Befreiung aus Abhängigkeit machten der bisherigen Erziehung den Vorwurf, sie habe weniger die Selbstständigkeit des jungen Menschen im Auge gehabt, als vielmehr ihn zum Gehorsam gegen die elterliche Autorität, zur Botmäßigkeit gegenüber den Lehrenden und zu einem folgsamen Staatsbürger angeleitet. Dieser Auffassung liegt ein Menschenbild zugrunde, das von absoluter Unabhängigkeit und Freiheit bestimmt ist und keinerlei soziale Bindungen und Verpflichtungen, die der Einzelne nicht selbst einzugehen bereit ist, kennt. Es ist ein ausgesprochen individualistisches Menschenverständnis, wonach jeder sich selbst vollkommen genügt und, wenn nur keine Abhängigkeiten ihm aufgezwungen werden, sich auch in der Welt zurechtfindet. Dabei wird übersehen, dass das Kind eben nicht ein Mini-Erwachsener ist, sondern auf die Familie, auf Sozialisation und auf Erziehung angewiesen ist. Es wird auch nicht erkannt, dass diese Art von Emanzipation den Menschen in eine leere Freiheit entlässt und den geschichtlichen und gesellschaftlichen Zusammenhalt zerstört. Das Ergebnis war nicht der erhoffte selbstständige Mensch, sondern Standortlosigkeit und eine neue Abhängigkeit, nicht mehr vom personalen Einfluss von Eltern und Lehrern, dafür aber von anonymen Mächten. Erziehung, die nicht wertorientiert ist, führt zur Spaßgesellschaft und damit zur Unfreiheit.